江戸咎人逃亡伝

えどとがにんとうぼうでん

伊東潤

徳間書店

江戸咎人逃亡伝

目次

島脱け

佐渡島
両津地区
相川地区
大間港
金銀山
金井地区
佐渡奉行所
新穂地区
佐和田地区
畑野地区
真野地区
赤泊地区
羽茂地区
小木地区
小木港
佐渡
越後
岩代
上野
下野
信濃
常陸
甲斐
武蔵
下総

一

運命の変転というのは突然やってくる。しかもそれは、自分ではどうにもならないことから始まる。あの時、すなわち主にあたる依田政恒から呼び出されるまで、杢之助は平々凡々と生きていた。

しかし運命の神に襟首を摑まれた瞬間から、杢之助の人生は変わった。

世は田沼意次の全盛時代。世相は爛熟し、政治には賄賂が横行し、風紀は乱れに乱れていた。

「三一の丁！」

ツボ振り役の高らかな声が、狭い中間長屋に響きわたる。

「よし、いただきだ」

杢之助がちらばった一朱銀をかき集めると、同じ中間の与左衛門が口惜しげにぼやいた。

「さんぴん侍には、三一の目がよく出るな」

さんぴん侍とは、足軽、中間、小者の一年の扶持が三両一分だったことから、それらの総称となった。

丁半博奕で三と一の目が出た時に「サンピン」と呼ぶので、与左衛門はそれに引っ掛けたのだ。

「負け惜しみもほどほどにしろ。さんぴん侍なのに、三と一の目に賭けないから負けるんだ」

周囲にいた者たちがどっと沸く。それを不快そうに見回しながら、与左衛門が吐き捨てた。

「今日はツキがねえ。このあたりでやめとくか」

「ツキは持ち回りだ。次は勝つかもよ」

「よし、もう一勝負だ！」

「そうこなくっちゃな。勝負は下駄を履くまで分からないと言うからな」

安永七年（一七七八）三月、杢之助たちが博奕に興じていると、小者の一人が駆け込んできた。

「殿がお呼びです」

「えっ、誰をだ」

「杢之助さんです」

「えっ、俺をかい」

「そうです。大急ぎだそうです」

「よし、分かった！」

自分の銭をかき集めて懐に捻じ込むと、杢之助は飛ぶように母屋に向かった。背後からは「勝ち逃げするなよ」「用が終わったら戻ってこい」などという声が聞こえたが、それらを無視して杢之助は中間長屋を後にした。

――非番のわしを呼び出すとは珍しい。

中間も輪番制なので、政恒が非番の杢之助をわざわざ呼び出すからには、中間の杢之助ではなく、杢之助個人に何らかの用があるに違いない。

――まさか所払いじゃないだろうな。

中間とは軽輩の奉公人の一つで、戦闘員となり得る足軽と非戦闘員の小者の中間に位置することから、中間と呼ばれるようになった。苗字帯刀は許されず、平時には供回りとして、戦時には荷駄などの運搬に携わる。しかし先祖代々仕えてきたわけではないので、働きが悪いと暇を言い渡されることもある。

政恒の居室にあたる小書院の前で、小者が「杢之助さんを連れてきました」と言うと、中から政恒の「杢之助だけ入れ」という声が聞こえた。

「ご無礼仕ります」と言って恐る恐る杢之助が入室すると、政恒の顔はこれまでにないほど険しいものになっていた。

――これは尋常な用じゃない。

杢之助の直感がそれを教えた。

「非番のそなたを呼んだのには、理由がある」

「はっ、何なりと」

「確かそなたは、神奈川宿の出だったな」

「へい。寺侍の三男に生まれました」

「そうだったな。そなたは小童の頃、宗興寺の大井戸の水を売っていたとか」

「よく覚えておいでで。父は寺侍だったのですが、私は三男なので、小遣い稼ぎのために水売りをやっていました。それを見て憐れに思ったのか、宗興寺の住持が依田様に話を通してくれたという次第で、こちらに厄介になっております」

水売りとは、飲料用の水を売り歩いた商人のことだ。

「それでそなたは、宗興寺にあった大井戸に詳しいわけだな」

政恒の関心は、李之助ではなく井戸にあった。

「へい。井戸の下が貯水坑になっているというやつですね」

李之助は、かつて雑談で政恒に宗興寺の大井戸のことを語ったことがあった。それを政恒は覚えていたらしい。

「そこは井戸の中に下りられるのだな」

「そうです。貯水坑の周囲に、十人ほどが座れるくらいの石敷きの通路が造ってあります」

政恒が顎に手を当てて考える。

子供時代、李之助は貯水坑まで何度も下りたことがある。そこは真夏でもひんやりしており、外が晴れていても、坑内は漆黒の闇に閉ざされていた。

そもそもこの貯水坑は、宗興寺の何代も前の住持が、大火で火に囲まれて逃げられなくなった際、寺で働く者や近所の人たちを収容するために造ったという。それでもせいぜい十人、無理しても二十人も入ればいっぱいになるので、僧侶とその妻子の避難用に造らせたものだろう。

「そなたに一つ頼みがある」

「へっ」

「これは真剣な話だ。心して聞いてほしい」

よく見ると、政恒の額には汗が浮き出ている。

「は、はい。承知仕りました」

李之助も背筋を伸ばし、威儀を正した。

「実はな、そこに物を隠してほしいのだ」

「物、ですか」

「そうだ。隠してもらいたいのはこれだ」

政恒は体を捻じると、背後の行李(こうり)を杢之助の前に置いた。

「開けてみろ」

命じられるままに開けると、中は帳簿と書付の束だった。政恒は佐渡(さど)奉行なので、金銀でも出てくるかと思っていたが、とんだ見込み違いだった。

「これは何ですか」

「証拠となる帳簿と書付だ」

「証拠ですか。私には何のことやら分かりませんが」

「実はな――」

政恒が語るところによると、安永六年(一七七七)、田沼意次に連なる勘定奉行の石谷清昌(いしがやきよまさ)は、江戸市中に流入した無宿者の処置に困っていた。そこで片っ端から無宿人を捕らえて佐渡に送り込む計画をぶち上げた。

この頃、佐渡では金銀山の採掘が盛んだったが、その仕事が過酷なことから、人出不足に悩まされていたからだ。すでに遠島に処せられた罪人たちが送られていたが、いかに無宿人とはいえ、何の罪も犯していない者を送り込むのは難しい。無宿人の大半は、それまでまじめに働いていた農民たちが主なので、飢饉が終われば再び農民として働けるからだ。

それで江戸に戻った折、政恒が清昌に抗議したところ、手ひどい叱責を受けた。その時はあきらめたが、佐渡に戻ってから過去の帳簿類を調べていると、金銀の発掘量と江戸に送った量が一致しないことに気づいた。しかもその大半が、石谷が佐渡奉行の時代のものだった。おそらく石谷は不正を行って蓄財し、それを老中たちへの賄賂として使い、勘定奉行に出頭したのだ。

　政恒は江戸に戻った折、かねてより懇意にしていた老中の松平輝高に訴え出た。だがこの日、何の前触れもなく政恒は佐渡奉行を解任されたという。

「つまり、松平様も袖の下をもらっていたに違いない。というか、石谷清昌の意のままに操られていたのだ」

　かつては「威勢天を衝くばかり」と言われていた輝高だが、最近は気鬱の病いがひどく、仕事に身が入らなくなっているという噂も流れていた。そこを清昌に付け入られたに違いない。

「何と不運な――」

「運がなかったで済ませられればよいのだが、かような形で職を解かれたということは、ただでは済まぬ。何かの罪を着せられて切腹させられるだろう」

「さような無法が罷り通るとは思えません」

「いや、これが現世なのだ。松平殿に訴え出たわしが甘かった」

　政恒が天を仰ぐ。

「で、これを大井戸に隠せと仰せですね」

「そうだ。今にも上使がやって来るやもしれん。上使にこれらの証拠を押さえられてしまえば万事休すだ。いつか心あるお方が老中の座に就いた時、これを世に出してくれ。わしの命は致し方ないが、子々孫々まで後ろ指を指されるのは耐え難い」

「分かりました。しかしほかに隠し場所はないのですか」

「わしもいろいろ考えた。だが心当たりはすべて探られるだろう。唯一――」

　政恒の双眸が光る。

「そなたの出自までは気づかれまいと思うてな」

「いかにも。隠し場所として、あそこは最適です」

「では、頼んだぞ」

「承知しました。お任せ下さい」

「このことは他言無用だ。しかし――」

政恒が言いよどむ。

「何なりと仰せになって下さい」

「万が一だが、そなたにもしものことがあった時、この証拠品を隠した場所を知る者がいなくなる。それゆえ、そなたが信用できる者一人と一緒に行ってほしいのだ」

「尤(もっと)もなことです。では――」

杢之助の頭に与左衛門の顔が浮かんだ。

「与左衛門ではどうでしょう」

「かの者は口が堅いか」

「そこまでは分かりませんが、かの者には殿に大恩があるので、心配は要らぬでしょう」

与左衛門は父祖代々の中間の家に生まれたが、次男だったので、部屋住みとして生涯を終えるところを、政恒の厚意で依田家の中間に採用されたという経緯がある。

「分かった。もはや猶予はない。与左衛門で構わぬ。二人ですぐに行ってくれるか」

「はい、お任せ下さい」

杢之助は証拠類を行李に戻すと、それを担いだ。

「杢之助、これが最後となるやもしれぬ。後のことは頼んだぞ」

「へっ、後のこと——」

「そうだ。依田家は改易となるが、老中が替わればお家再興もあり得る。その時こそ、この証拠類を新たな老中に提出するのだ」

「とは仰せになられても、それがしは中間にすぎません。伝手もないのにどうやって——」

「その場合は宮内（くない）を頼れ」

宮内とは、政恒の息子の恒明（つねあき）のことだ。

「分かりました」

「そなたに依田家の先行きは懸かっている。頼むぞ」

「それがしなどに、それほどのことを託されるのですね」

この時になって初めて、李之助が依田家の命運を握っていることに気づいた。

「そうだ。そなただけが頼りなのだ」

「お任せ下さい」

安請け合いはしたくないが、政恒が李之助を選んでくれたのだ。その期待に応えねばならない。

「では、行ってきます」

「もうここに戻らずともよいぞ」

そう言うと、政恒は懐に手を入れて銭入れを取り出すと、それごと李之助の手に握らせた。

「こんなにいただかなくても」

「よいのだ。持っていけ。わしが持っていれば、どのみちすべてを取り上げられる」

「ありがとうございます」

李之助は銭入れを掲げて礼を言うと、番町の依田屋敷を後にした。

二

与左衛門と共に依田屋敷を後にした杢之助は、神奈川宿に向かった。夜陰に紛れてなので、木戸は閉まっていたが、政恒の出してくれた手形のおかげで、木戸番は潜戸を開けてくれた。

夜明け前に神奈川宿に着いた二人は、早速大井戸に行ってみた。周囲は咫尺を弁ぜぬ闇なので、手に持つ龕灯だけが頼りだ。

「ここだ」

大井戸は今も使われているらしいが、貯水坑に下りるための縄梯子は掛けられていない。

与左衛門は腰が引け始めているのか、心細そうに言う。

「これでは下りられぬな」

「いや、何とかなる」

杢之助は釣瓶を引き上げて太縄を解くと、桶なども取り外した。

「これでよい」

続いて太縄を滑車の掛かっている横板に結ぶと、荷物を背負ったまま、するすると坑内の通路に下りた。

——よかった。昔のままだ。

わずかに差す星明りが水面を照らすだけだが、満々と水をたたえた貯水坑は、静寂の中で眠っていた。

だが待っていても、なかなか与左衛門は下りてこない。

「与左衛門、どうした。早く来い」

「わしも下りるのか」

「当たり前だ。早くしないと人が来るぞ」

「致し方ない」と言いながら、与左衛門も下りてきた。

周囲を見渡した与左衛門が息をのむ。

「何と寂しいところなのだ」

周囲を取り巻く石壁は湿っており、幽霊でも出てきそうな気配だ。

「さようなことはどうでもよい。それよりもこちらに来い」

李之助は龕灯で壁を照らしながら、ある場所を探した。

「ひっ！」

「どうした」

「何かが現れた」

暗闇に動いているものを見た李之助はあきれた。

「蛙ではないか。さようなものは、どこにでもいる」

与左衛門の袖を引くようにして、李之助は石垣の下方を探った。

——この辺りのはずだ。

子供の頃、李之助はここに入ってはいけないと言われていたが、そんなことはお構いなしに何度も入った。自分の宝物(ほうもつ)を隠すためだ。

「ここだ！」

「何を見つけた」

それには答えず、杢之助は石を引き抜いた。

「やめろ。すべて崩れるぞ」

「さようなことはない。手伝え」

二人は力を合わせ、石垣の一つを引き抜くことに成功した。

「餓鬼(がき)の頃、この石が動くことを知ったのだ。それで奥を削って宝物の隠し場所にしておいた」

龕灯で照らすと、十五年余も前に隠しておいた木箱がまだあった。それを引き出すと、背負っていた行李から木箱に証拠類を移した。

「杢之助は面白いもんを持っていたんだな」

与左衛門は仕事を手伝わず、木箱から出した宝物に龕灯を当てて見ている。

「手裏剣に欠けた香炉(こうろ)か。金目のものはなさそうだな」

「当たり前だ。十にも満たぬ小僧の宝物だぞ」

「でも、よく集めたな」

「ああ、ここは神奈川湊だからな」

当時の神奈川湊には、多くの船が寄港していた。人懐っこい杢之助は、船乗りたちから様々なものをもらった。今となっては、そのどれもが価値のないものばかりだが、当時は輝かしい宝物に思えた。

「これは何だ。あっ、御禁制のクロスではないか！」

「餓鬼の知ったことか」

素早くそのクロスを取り上げた杢之助は、貯水坑に放り投げた。

「見つかったらたいへんだったぞ」

「それよりも、この場所をよく覚えておけ」

奥に木箱を押し込むと、杢之助は外してあった石をはめた。

「何か目印を付けられないか」

「だめだ。用心には用心だ」

龕灯で位置関係を確かめた後、与左衛門が「よし、覚えた」と言って点頭した。

「行くぞ」

行李の中にかつての宝物を放り込むと、置き忘れたものがないか龕灯で周囲を照らした後、杢之助は貯水坑を後にした。

井戸の上に上がると、空気がうまい。帳簿類を隠したことで肩の荷も下りた。

「これでよい。後は西に逃れるだけだ」

「西にだと」

「そうだ。大坂辺りまで行き、棒手振りでもやろう。その後のことはまた考える。さあ、急ごう」

棒手振りとは、魚や野菜を入れた二つの籠を天秤棒の両端に結び付け、それを担いで売り歩く行商人のことだ。

だが与左衛門は意外なことを言った。

「いや、わしは江戸に戻る」

「何を言っている。さようなことをすれば捕まるぞ」

ここに来る途次、杢之助は与左衛門に、政恒の身に降りかかった不運や依頼されたことを語っていた。にもかかわらず戻るというのは、不可解この上ない。

「もし捕まっても、われらは中間にすぎぬ。知らぬ存ぜぬを通せば、獄舎などに入れられずに済む」

「しかし江戸に戻るのは、あまりに危うい」

「いや、取り越し苦労だ」

「どうしてそこまでして江戸に戻りたい。まさか借金を返さないと入墨者（いれずみもの）から追われるとでも言うのか」

「いや、借金はないのだが――」

与左衛門の歯切れが突然悪くなる。

「では、どうして戻りたい」

「実はな、わしには想い女がいて、もう腹が大きいのだ」

「何だと。いったい誰だ」

「端女（はしため）の八重（やえ）だ」

「あの醜女（しこめ）か」

「余計なお世話だ。八重は気立てがよく、わしに優しくしてくれた」

八重が優しいのは杢之助も同意するが、だからといって危険な橋を渡るほどの価値があるとは思えない。

――蓼（たで）食う虫も好き好きとは、よく言ったものだな。

杢之助は天を仰ぎたい心境だった。

「それでも戻るのはまずい。上方（かみがた）に行ってから呼び寄せろ」

「依田様の屋敷がなくなれば、どこに文（ふみ）を出してよいか分からぬ。それゆえ事情だけでも伝えておきたい」

「しかしおぬしが捕まり、拷問に遭ってこの場所を吐いてしまえば、すべては水泡に帰す」

「だからと言って、このまま八重と別れるのは嫌だ」

――どうする。

杢之助は途方に暮れた。

「致し方ない。いったん戻って八重と連絡が取れるようにしておいてから、上方に逃れてこい」

「逃れてこい、とな」

「そうだ。わしはこの足で上方に行く」

「一緒に来てくれんか」

「なぜだ」

「機転の利くおぬしがいれば心強い」

――そうか。此奴（こやつ）が捕まって口を割れば、依田様を裏切ることになる。わしがいれば何とかなるやもしれぬ。だがあまりに危うい。

杢之助が首を左右に振る。

「やはりだめだ」

「では捕まった時、口を割るぞ」

「何だと、此奴！」

杢之助が与左衛門の襟首を摑むが、与左衛門は悪びれもせずに言った。

「おぬしとわしは、もう見えない手鎖（てぐさり）でつながれておるのだ」

――そういうことか！

杢之助は、与左衛門という重荷を背負わされてしまったことを覚った。

――殺すか。

それが忠義というものなのかもしれない。だが与左衛門を殺してしまえば、政恒が危惧していたように、杢之助に万が一のことがあった時、証拠は永遠に日の目を見ない。だいいち殺人の下手人として捕まれば、聞く耳を持ってくれる者などいないはずだ。

「わしを殺そうなどとは考えるなよ」

「考えておらぬ！」

「いや、顔にそう書いてある。人を殺そうと思う者は、必ず気持ちが顔に出る」

そこまで言われてしまえば、返す言葉はない。

——此奴の言う通り、われら中間までは捕まらぬだろう。

甘い考えが脳裏をよぎる。

——そうだ。依田様が証拠を所持していることを、石谷様は知らないはずだ。つまり捕まっても罪には問われない。

杢之助がようやくうなずいた。

「分かった。今日は山で野宿し、日が落ちるのを待って明日の夜に戻ろう」

「ああ、ありがたい！」

「厄介なのは手形をどうするかだ。木戸番に手が回っていれば、依田様の手形を見せたとたんに御用となる」

「いや、木戸は江戸を出る者には厳しいが、江戸に入る者には厳しくない。手形など見せずに入れるはずだ」

かつて「入(い)り鉄砲(でっぽう)に出女(でおんな)」という言葉があったが、手ぶらの中間二人が江戸に入る妨げになるものはない。

「そうだな。しかし――」

それでも杢之助は二の足を踏んでいた。

「心配などしていても始まらぬ。さっさと戻ろう」

「分かった。だが八重と連絡の手立てがついたら、わしと一緒に上方に行くのだぞ」

「ああ、そうする。約束する」

その後、二人は権現山(ごんげんやま)という低い山に行き、そこで日中は鳴りを潜めた後、暗くなってから江戸に向かった。

だが危惧した通りのことが起こった。

二人が夜間に品川の木戸を通過しようとした際、手形の提示を求められた。致し方なく政恒からもらった手形を見せると、有無を言わさず捕縛された。すでに品川の木戸番まで、石谷清昌の手が回っていたのだ。

三

――まさか、わしが佐渡に送られるとはな。

「何をやっておる。早く駕籠に戻れ！」

護送役人の罵声(ばせい)が轟(とどろ)く。手鎖をされたまま道脇に座して握り飯を食べていた「島送り」たちは、慌てて握り飯を頬張ると水で流し込んだ。

「ああ、もう行くのか」

ぼうっとしていた与左衛門が、慌てて握り飯にかぶりつく。

「早く食え」

「島送り」の食事は一日二回で、それぞれ握り飯一個に沢庵一切れと決まっている。

だが慌てて食べたためか、与左衛門はむせってしまった。

「おい、しっかりしろ！」

四つん這いになって握り飯を吐き出す与左衛門の背をさすっていると、「此奴、聞こえんのか！」という罵声と共に腰を蹴られた。見ると年若い足軽だ。杢之助が鋭い眼光でにらみつけると、その足軽はおびえたように一歩、二歩あとずさった。

その時、護送役人の一人が、杢之助を蹴った年若い足軽に注意した。

「おい、怪我をしたらどうする。此奴らは水替人足として、これから死ぬまで働かせるのだぞ」

——何ということだ。

その言葉が胸底に響く。

「佐渡送り」とされた者の大半は水替人足とされる。というのも金銀などの鉱石を掘削するには専門技術が必要で、この仕事は大工や穿子と呼ばれる人々が従事するからだ。しかし水替人足なら誰でもできる。そこで罪もない無宿人を捕らえては「佐渡送り」としてきたのだ。

しかも水替人足は無期限での使役が基本で、使われるだけ使われて働けなくなれば、鉱山から追い出された。むろん本州に帰る船便に乗せてくれることはなく、傷ついた体を引きずりながら、佐渡で生涯を送ることになる。

与左衛門を支えつつ、杢之助が運ばれてきた唐丸駕籠の横に立つ。すかさず下人が足枷をはめていく。

すでにほかの「島送り」たちはそろっており、それを護送役人が数えると、「頭数よし！」という声が響いた。それを合図として、「島送り」たちが唐丸駕籠に乗ると、横に控えていた駕籠かきたちが長棒に取り付く。

駕籠かきは宿場人足や近郷から集められた助郷（すけごう）人足で、無賃だが次の宿場で交代できる。先頭で馬に乗る番頭（ばんがしら）が「出発！」と命じると、一行は動き出した。

唐丸駕籠の隙間からは、沿道の見物人たちの顔が見える。彼らが「気の毒に」「二度と帰ってこれないらしいよ」と語り合っている声が聞こえてくる。

――いや、帰ってみせるぞ。依田様のためにも。

唐丸駕籠の中で、李之助は何度も誓いを立てた。


安永七年七月、六十人の無宿者が水替人足として佐渡に送られることになった。彼らは石谷清昌が行った無宿人狩りに引っ掛かった者たちで、第一陣ということで「初発組（しょはつぐみ）」と呼ばれた。

その中に李之助と与左衛門もいた。

李之助が依田屋敷から神奈川宿に向かった直後、幕府の上使がやってきて、政恒に改易と切腹を命じた。あらかじめ予想していたことだったので、政恒は慌てず騒がず、従容（しょうよう）として腹を切った。

一方、上使は依田家の人々をいずこかに連れていくと、依田屋敷の家探しに入った。だが何も出てこなかったため、自らが佐渡奉行在任期間に行った汚職が暴かれていないと確信した石谷清昌は、下級武士や使用人を無罪放免とした。

だが李之助と与左衛門が品川の木戸で捕まったという一報が届くや、「何かある」と察した清昌は、厳重な取り調べを命じた。だが二人は非番だったので、神奈川宿まで遊びに行ったということで、役人も納得した。

本来なら江戸にも安い夜鷹や飯盛り女はいるので不審だが、杢之助が神奈川宿の出身ということで許されたのだ。だがその後の足取りを調べられ、二人がどこの店にも寄っていないことが明らかとなった。

二人によると、神奈川宿に着いた時は夜中近くになっており、どこの店もやっていなかったので、その日の遊興をあきらめ、翌日、洲崎明神を参拝し、神奈川湊などを見学して帰ってきたと申し述べた。

これを聞いた石谷清昌は一抹の不安を抱いたが、罪状の定かでない者を死罪にするわけにもいかず、二人を「佐渡送り」で済ませることにした。佐渡に送ってさえしまえば帰ってくることはできず、死罪も同然だからだ。

かくして二人は無宿人とされ、佐渡に送られることになった。

江戸から越後国までは、北国街道信濃路を使うのが一般的だ。板橋から熊谷、高崎、安中を過ぎ、碓氷峠を越えて追分に出る。そこからが信濃路で、小諸、上田、善光寺、野尻を経て越後路に入り、関川、柏崎、出雲崎、そして寺泊から船で佐渡の小木港に渡る。

江戸から佐渡までは海路も含めて七十六里半（約三百キロメートル）なので、天候に恵まれれば十五日から十六日の旅となるが、天気が悪いと二十日以上かかることもあった。

「島送り」一人ひとりが唐丸駕籠に乗せられているのは逃亡を防ぐためだが、それだけではなく、無宿人として江戸に入ると、「こうなるぞ」という「見懲り（見せしめ）」の目的もある。

それだけ唐丸駕籠は、囚人駕籠という印象が強いからだ。

やがて打ち寄せる波の音が聞こえてきた。

——ということは、佐渡島に渡る船に乗るのも近いな。

政恒の供として、李之助は一度だけ佐渡島に行ったことがある。その経験からすれば、数日で便船の出る寺泊に着く。

厳しい旅が終わるのにはほっとしたが、佐渡島に送られてしまえば、こちらに戻ることは難しい。

——とんだことを引き受けちまったな。

だが政恒を恨むよりも、こうした境涯に落とした清昌を恨むべきだと、李之助は思い直した。

その後、三日ほど左手に海を見ながら駕籠に揺られていたが、人々が行き交う大きめの宿に着いたかと思うと、駕籠を降ろされた。

護送役人の高らかな声が聞こえる。

「佐渡行きの船が出る寺泊に着いた。ここが本州の見納めになる。船が出るまで一刻（約二時間）ほどあるので、足枷だけは外してやる。所持金で酒を飲むなり、団子を食べるなりして名残を惜しんでおけ」

それだけ言うと、役人たちは、からから笑いながら茶屋の中に入っていった。

「島送り」たちは罪人ではないので、傘、足袋、雪駄、紙入れに、元々持っていた銭の所持を許されていた。

手鎖はそのままだが、足枷を外してもらったので、「島送り」たちは喜び、早速近くの居酒屋に入っていく者もいる。だが銭を持っていない者は道端に座り、見るでもなく海の方を見ていた。

「おい、李之助」と、与左衛門が声を掛けてきた。

「何だ」

「依田様からもらった銭は取られなかったのだろう」

杢之助がうなずく。

「それを分けてはくれぬか」

「だめだ。これはいざという時に用立てる」

「つまり逃げるのだな」

「しっ、声が高い」

与左衛門が赤みの多い目を左右に走らせる。

「ここで逃げた方がよいのではないか」

「役人とて馬鹿ではない。手鎖をしていては、逃げることができないのを知っている」

「しかし島まで行ってしまえば、二度と帰ってこれなくなるぞ」

与左衛門は佐渡島に行ったことがないので、島に送られることを過度に恐れている。

「さようなことはない」

「逃げるなら今しかないと思うのだがな」

——此奴は危うい。

与左衛門は目だけを左右に走らせ、役人たちの動きを追っている。

「悪い考えを起こすなよ」

「いや、わしはここで逃げる」

与左衛門の視線が宿の木戸に向けられる。そこは開けられていて、道行く人々が自由に出入りしていた。

「よせ、これは罠だ」

「どうしてそれが分かる」

「あの木戸の外に、もう一つ木戸がある」

「それは真(まこと)か」

「ああ、多分そうだった」

与左衛門が周囲を見回すと、「島送り」たちの中に、さりげなく木戸に近づいていく者もいる。

「杢之助、おぬしが来ないなら、わし一人で逃げる」

本来なら「勝手にしろ」と言うところだが、与左衛門が捕まって拷問に掛けられれば、証拠を隠した場所を漏らしてしまうかもしれない。

「与左衛門、よせ。これは見懲りのための罠だ」

「わしは嫌だ。江戸に戻り、八重と暮らすんだ」

与左衛門が、ふらふらとした足取りで木戸の方に向かった。

――此奴の足では無理だ。

ただでさえのろまな与左衛門だ。ここまでで体力を消耗しているので、逃げることなど覚束(おぼつか)ない。

「とにかく待て」と言いつつ、杢之助が弥左衛門の帯を摑んだ。

「放せ。わしの邪魔をするな！」

その時だった。木戸の近くでたむろしていた「島送り」の一団が駆け出した。

ほぼ同時に呼子(よぶこ)が吹かれ、「三人が逃げたぞ」という声が聞こえた。

――今なら逃げられるかもしれん。

三人に注意が行っている今しか機会はない。

「杢之助、どうする」

「だめだ。やめておけ」

杢之助の直感がそう命じてきた。

やがて騒ぎが収まると、二人の「島送り」が引っ立てられてきた。

二人ともかなり痛めつけられたらしく、顔を青く腫(は)らせ、足取りも覚束ない。

与左衛門が他人事のように言う。

「一人足らないな。逃げられたのか」

「分からぬ」

逃げた二人が、小者に膝裏を蹴られて正座させられた。

ゆっくりと茶屋から出てきた役人が大儀そうに言う。

「そなたらに束の間の自由を与えたが、この様だ。この宿はな、木戸が二重になっておるので逃げられないようにできている」

——やはりそうだったか。

杢之助は自分の記憶に感謝した。

「で、いま一人はどうした」

傍らの小者が何事かを耳打ちする。

「えっ、海に飛び込んだのか。馬鹿な奴だ」

——それで逃げられたのか。

だが杢之助の予想は覆された。

「そ奴は溺れて死んだのか」

ちょうどそこに遺骸(いがい)らしきものが運ばれてきた。

与左衛門が小声で囁(ささや)く。

「杢之助、あいつは屈強そうだったのにな」

戸板に乗せられている若者は微動だにしない。

「見懲りとして斬りたかったが、死んでしまったものは仕方がない。犬にでもくれてやれ」

役人がそう言うと、宿の者たちが多数の犬を連れてきた。野良犬として捕まえていたものらしい。

「ま、まさか食わせるのか」

「そうらしいな」

犬たちは遺骸を見つけると、盛んに吠えたて涎を流している。おそらく、ろくな餌を与えていないのだろう。

「よし、いいぞ」という声が聞こえると、宿の者たちが犬をつないでいた縄を離した。

その後のことは想像がつくので、杢之助は顔をそらしたが、女の悲鳴や童子の泣き声が聞こえてきた。

役人が生き残った二人に言う。

「この犬たちは食い足りないようだの」

犬たちは肉の奪い合いをしている。

「さて、そなたらをどうするかな」

「ああ、お許しを」

「どうか、ご慈悲を」

二人は這いつくばって懸命に謝罪した。

「水替人足が足らなくなれば、佐渡も迷惑する。どうだ、もう逃げぬな」

「はい、逃げません」

「佐渡には、もっと腹を減らした犬がいる。そなたらは一度逃げた。次は生きたまま食わせる」

二人が泣きながら額を地面に擦り付ける。

その時、役人の一人が「船の支度ができました」と告げに来た。

「よし、『島送り』どもを引っ立てい！」

それに応じて、足軽や小者たちが、「島送り」たちの背をつつく。李之助と与左衛門も否応なく船に向かった。


数日前に通過した大風（台風）の影響か、北海（日本海）は荒れに荒れていた。船倉に押し込められた「島送り」たちは、汚物の中で七転八倒しながら、佐渡島への到着を今か今かと待っていた。

かつて政恒の供として来た時、海は凪いでおり、胴の間（甲板）に出られたので、往復共に快適な船旅だったが、此度はとんでもないことになっていた。

――これが北海か。

波に翻弄された船は前後左右に傾き、その度に誰かの呻き声が聞こえた。

――わしでも、これは辛い。

神奈川宿生まれの李之助は、子供の頃から海に出ることが多かった。だが江戸湾内なので凪いでいる日が多く、これほど荒れた海には出たことがない。そのため、ひどい船酔いに襲われた。

海とかかわりなく生きてきたほかの者たちは、凄惨と言ってもよいほどの有様を呈していた。

しかも死の危険が隣り合わせなので、「けえりてえよう」と泣き出す者もいる始末だ。

船が揺れる度に人と嘔吐物が前後左右に動く。

役人たちは「島送り」たちに船を奪われることを恐れ、胴の間に通じる撥ね上げ戸を外から閉めている。そのため「島送り」たちが胴の間に出ることはできない。「島送り」たちは佐渡島に着くまで汚濁と汚臭にまみれた船倉で七転八倒して過ごさねばならない。

「しっかりしろ」

海に慣れていない与左衛門は半ば白目を剝き、呻き声を上げながらのたうち回っている。だが、どうしてやることもできない。

「もうだめだ。殺してくれ」

「何を言っている。ただの船酔いだ。陸に着けば楽になる」

「ああ、佐渡になんか行きたくないよう。嫌だよう」

「わしも同じだ。堪えろ、与左衛門！」

――もう江戸には戻れぬかもしれぬな。

それを思うと、悲しみが込み上げてくる。

――だが戻らねば、依田様の無念が晴らせぬ。あきらめてはならぬ。

李之助は、闘志の炎を掌で包むようにしていかねばならないと思った。

そのうち寝入ってしまったのか、意識が朦朧としてきた。

どれくらい経ったか分からないが、うつらうつらしていると突然、撥ね上げ戸が開けられ、陽光が船倉に満ちた。それがあまりに眩しく、李之助は目を強く閉じた。

「さあ、着いたぞ。早く出てこい！」

役人の声に目を覚ました者たちは、重い体を引きずって外に出た。李之助も目を開けて体を起こしたが、与左衛門は微動だにしない。

「さあ、行くぞ」

与左衛門を助け起こし、その尻を押しながら、李之助は撥ね上げ戸を上った。続いて胴の間に並ばされると、「水を掛けろ」という役人の声に応じ、小者たちが盥に入れた真水を掛け始めた。これでずぶ濡れになったが、汚物まみれよりはましなので、誰もがほっとした顔をしている。

昨日までの大荒れの海が嘘のように、外は快晴だった。

佐渡島の小木港は陽光に包まれ、湾内には漁船が数艘遊弋している。

ちょうど五百石積みの北前船が、港を出ていく光景に出くわした。

——あれに乗れば戻れる。

だが出船は出航前、荷の横流しを防ぐために厳密に精査される。つまり船倉に隠れることはできない。

渡し板をふらふらしながら渡り、桟橋に下り立つと、とても立っていられず、手をついてしまった。乗船している時の揺れがひどかったので、体が対応しきれていないのだ。それは皆も同じらしく、尻もちをついている者もいる。

役人たちが、「少し休ませよう」と言っている声が聞こえた。彼らもふらふらになっているのだ。

小休止の後、役人たちは立ち上がると、小者たちに「島送り」たちの手首を太縄でつなぎ始めるよう命じた。それが終わると、「出発!」という掛け声が聞こえ、「島送り」の隊列が動き出した。

四

慶長五年(一六〇〇)、関ヶ原の戦いに勝利した徳川家康は佐渡島を天領とし、島の事情に詳しい敦賀の廻船問屋・田中清六を派遣し、金銀山の採掘を担わせようとした。だが清六は商人なのでうまく行かず、同八年（一六〇三）に石見銀山の採掘で実績を挙げた大久保長安に鉱山の経営を一任する。長安は鉱山の経営のみならず、道路の開削、町人の誘致、港の拡幅などの経営に関する諸整備を行い、採掘体制を整えていった。これがうまくいき、採掘は軌道に乗り始める。

　元和から寛永（一六一五～一六四三）にかけて、採掘事業は最盛期を迎え、次々と新たな鉱区が開発された。

　だが十七世紀の半ばになると、掘りやすい場所を掘り尽くしてしまい、新たな問題が発生した。間歩と呼ばれる坑道が深くなっていくに従い、湧水が増えて採掘が困難になってきたのだ。しかも雨が降れば濁流が坑内に流れ込み、水が引くまで坑道は水没する。

　それゆえ坑内の水を手繰桶に入れて外に持ち出す水替人足が必要になった。だがこれは過酷な仕事で、いくら給金を払ってもなり手がおらず、幕府は頭を悩ましていた。そこで石谷清昌は、無宿人を強制的に佐渡島に送るという方法を考えついたのだ。

　小木港から目的地の相川までは徒歩になる。相川にも立派な港があるものの、金銀の不正流出を防ぐために、出入りする船を奉行所が制限しており、鉱山関係以外の船は寄港できない。

「島送り」たちは、海岸線沿いに細く付けられた崖道を歩かされることになった。だが太縄でつながれているので、誰かが足を滑らせれば連鎖的に崖下に落ちることになる。そのため崖道を行く時だけは太縄を解かれた。

　腕が自由になったことで、ようやく皆が元気になってきた。

「おい」と声を掛けられたので振り向くと、「振り向くな」と言われた。「島送り」どうしの私語は禁止とされているが、それは脱走の相談の恐れがあるためで、佐渡島に着いてからは、役人たちも私語を注意しなくなった。それでも背後の男は気が小さいのか、役人たちを気にしていた。

「何か用か」

「わしの名は源兵衛。越後の揚北の出身だ」

杢之助も名乗り返す。

「神奈川宿の出の杢之助だ」

「さようか。無宿人は越後や奥羽の飢饉で食えなくなったものが大半だと聞いていたが、さように江戸に近いところでも無宿になったか」

「人にはいろいろ事情がある」

杢之助は無宿人とされた理由を語るつもりはなかった。

「分かった。それは聞かないでおこう」

「越後の飢饉は、それほどひどいのか」

「ああ、わしは小作だったので食えなくなって一家離散さ」

「一家離散だと」

「そうだ。江戸に向かう途次、上州まで来たところで妻は行き倒れになり、二人の娘は人買いに売った。残った息子一人と何とか武州に着いたものの、食べるものがなくて困り果て、畑で芋を盗んだ。ところが百姓たちに見つかってな。わしは逃げられたが、息子は捕まり、農奴とされたらしい」

「農奴だと――。息子はいくつだったのだ」

これほどの苦労話を平然と語る源兵衛という男に、杢之助は驚いた。

「十と一だ」

「まだ童子ではないか」

「それでも殺されなくてよかった。盗人が横行しているので、百姓たちも苛立っておるからな」

「それで、おぬしはどうしてここに」

「ああ、そのことか」

源兵衛のため息が聞こえる。

「息子を買い戻すには金が要る。それで短期間で稼ぐために船に乗ることにした」

「ということは北前船か何かか」

「そんなものに素人は乗せてくれない。太日川の渡し舟だ」

太日川は利根川の支流で、後に江戸川と呼ばれる。

「つまり渡し守か」

「そうだ。だが渡し守にも座のようなものがあり、容易には入れてくれない。それゆえ小舟を盗んで見よう見まねで操る方法を学んだ。わしは上達が早いので、すぐに手練れになった」

「さような舟に乗る者がおるのか」

「おらぬ。だから訳ありの者を誘い、夜の間に対岸に渡していた。それでつい誤って公儀の徒士横目に声を掛けちまい、捕まったという次第だ」

横目とは幕府や諸藩の目付役のことで、何らかの理由で逃げ出した者を捜し出し、連れ帰る仕事に従事している。徒士横目は下級武士専門の横目になる。

「そういうことか。しかし訳ありの者をどうやって見分ける」

「それは目つきで分かる。だから横目に声を掛けてしくじったんだ」

横目は旅人の顔を観察し、お目当てを捜すのが仕事なので、目つきが鋭いのだろう。

「目つきだけで訳ありと分かるのか」

「そうさ。こっちも命懸けだからな」

渡し場には抜き打ちで役人が現れ、人改めをする。それで無宿人やお尋ね者は摘発されることが多い。たいていは目つきでそれと分かると、誰かに聞いたことがある。

源兵衛の身の上話にも飽きてきた頃、源兵衛がぽつりと言った。

「お前さんも訳ありだな」

「目つきで分かるのか」

「ああ、お前さんの目は、この島から逃げたがっている」

その時、ちょうど崖際の道が終わり、「島送り」たちは縄掛けされることになった。

「後で話そう」

それだけ言うと、源兵衛は黙り込んだ。

――そうか。此奴は小舟を操れるのか。

しかし小舟で北海を渡ろうとすれば、べた凪の日を除けば、待っているのは溺死だけだ。しかもべた凪となれば帆が張れないので、潮に流されてどこに着くか分からない。

――それゆえ、そこかしこに小舟があるってわけか。

ここまで歩いてくる道すがら、漁村などに目をやると、小舟が浜に放置されるように置かれていた。漁民は佐渡の海の厳しさを知っており、高をくくっているのだ。

――つまり此奴が小舟を操れても、宝の持ち腐れだ。

源兵衛の筋骨隆々たる体軀（たいく）も、この島を抜け出すのに何の役にも立たないことになる。

それでも李之助は、あきらめるつもりはなかった。

鉱山景気でにぎわう相川には、本州の津々浦々から様々な人々が集まってきていた。

一里（約四キロメートル）四方ほどの小さな町に、ありとあらゆる物を扱う店がある上、湯屋や女郎屋が町中にあったりする。風紀が乱れることなど考える暇もなく、この町が急速に発展してきたと分かる。

道行く人々には、武士もいれば、商人や職人、はたまた鉱山仕事をしていると思しき者たちもいる。女も多い。それも皆きちんとした身なりで、勝山髷や投島田といった当世風の髪型をしている。

それだけ見ても、この島が豊かだと分かる。

「杢之助」と与左衛門が声を掛けてきた。

「何だ」

「これは悪いことばかりではなさそうだ」

「何を言っていやがる。われらには関係のないことだ」

ちょうど通りかかった女郎屋では、女たちが「寄ってらっしゃいよ」などと言って「島送り」たちをからかっている。前を歩く者たちの顔が一斉に女郎屋の方を向く。それを見た役人は、「お前らには用のないところだ」と言って笑っている。

やがて一度来たことのある奉行所が見えてきた。周囲を威圧するような瓦葺きの屋根が目立つ。ほかの地以上に、ここでは幕府の威権を見せつけねばならないのだろう。

やがて奉行所前の砂利敷きに正座させられると、奉行所の役人たちが出てきた。

「頭が高い！」という声が聞こえると、「島送り」たちが一斉に砂利に額を擦り付ける。

「よし、顔を上げい！」

「島送り」たちが、おずおずと顔を正面に向けた。

「わしが佐渡奉行を仰せつかっている宇田川定円（うだがわじょうえん）だ」

中央に座す初老の男が名乗った。定円というからには出家者なのだろう。宗匠頭巾のようなものをかぶっている。

――此奴が依田様の後釜か。

石谷清昌に指名されたのだから、定円もその一味と考えてよいだろう。つまり自分と与左衛門が訴え出たところで、取り上げられないどころか、拷問の末、証拠の在り処を吐かせられるのは間違いない。

「そなたらは無宿者として初めて佐渡に送られてきた。その働き次第では、一年後には解放するよう公儀から命じられている。つまり懸命に働いた者は報われる。だが――」

定円が一拍置く。

「奉行所の決めごとに反すれば、ここに死ぬまでとどめ置かれる。また島から脱しようとした者は打ち首とする。尤も泳いで海を渡ることはできないので、その心配は不要だがな」

定円がほくそ笑む。

「それゆえ必死に働け。働いた者だけが得をし、手を抜いた者は損をする。それがこの島の掟だ」

定円の訓示が終わると、下役がそれぞれの所属する組を告げた。

「最初なので、そなたらの働きが分からぬゆえ、比較的年かさの者を組頭（差配役）とし、一日三交代で水替えをやってもらう。赤坂無宿の卯之助（うのすけ）、大坂無宿の吉兵衛（きちべえ）、権現堂無宿の長五郎（ちょうごろう）の三人が組頭だ。それぞれの下には――」

役人が組を読み上げる。幸いにして李之助と与左衛門は、源兵衛と共に卯之助の組に振り分けられた。捕まった場所が近い者を一緒にしているからだ。ちなみに権現堂とは、武蔵国（むさしのくに）北部の幸手（さって）周辺のことになる。

「以上だ。仕事は明日の夜明けから昼まで卯之助の組、昼から夕餉まで吉兵衛の組、夕餉から夜明けまで長五郎の組となる。働く時間は月番で変えていく。なお非番の時に外出するのは勝手だが、必ず鑑札が要る。それゆえ外に出たい者は奉行所に申し出て鑑札をもらえ。それを所持していないと逃げ出したとして罰せられる」

その後、生活のこまごましたことを告げられた。厳しい決まりばかりだったが、一日二食の飯が出て寝場所もあるので、給金が出なくても、何とか生きていくことはできる。無宿人たちは罪人ではないので不平を言う者もいたが、ここまで来てしまえば、どうにもならない。

かくして李之助らの佐渡島での生活が始まった。

五

李之助や与左衛門が従事することになった「手繰水替」は、坑内にたまった水を汲み上げて請船と呼ばれる水槽に流し込む仕事だ。それを地上にいる者たちが、滑車と釣瓶で地上に運び上げ、川などに流すことで一連の作業が終わる。

鉱山労働者の中でも「手繰水替」は激務中の激務で、中腰で重い桶を提げ、請船まで運ぶ作業を毎日繰り返すことで、二年から三年で腰や膝にガタが来るという。さらに四年から五年続けると、いかに屈強な若者でも働けなくなるという過酷な仕事だ。

幕府の吟味方を務めた佐久間長敬という人物が、幕末にこう書き残している。

「比の水替人足と云ふは、無期限にて使役させられ、其の苦役の状は、恰も生き乍ら、地獄に陥入りたるが如しと云ひて、無宿悪徒には、最大恐怖心を起さしむるものにてありき」

ここでは無期限と書かれているが、必ずしも無期限で使役ということはなく、十年働けば「当国平人(へいにん)」か「平人帰国」という事実上の釈放とされることもあった。だが、そこまで健康体で行き着く者は、ごくわずかだった。

ちなみに「当国平人」とは身元引受人がいない者の場合で、佐渡で平民として暮らすことになる。一方、「平人帰国」は、どこかに身元引受人がいる者の場合で、身元引受人がいる地への帰国が許された。

しかし自由の身になっても、「起居(ききょ)も不自由、歩行もなりかね」といった状態の者が大半だった。十年の年季明け前に働けなくなった者は自由の身とされるが、大半の者は足腰だけでなく、「敷疲(しきづか)れ」と呼ばれる珪肺(けいはい)を病んでいた。その結果、物乞い同然となり、相川の外れにある貧民窟のような場所で、身を寄せ合うようにして生きるしかなくなる。

佐渡奉行所では彼らに食料を与えていたが、そうした者は増加の一途をたどり、手に負えなくなっていた。

こうしたことから、初発組が着いた頃から次第に労働環境は改善されつつあった。とくに「水上輪(すいしょうりん)」が導入されてからは、水替人足の負担は大幅に軽減された。

「水上輪」とは、丸太をくりぬいた円筒の中に螺旋状(らせんじょう)の水受け板を取り付けた揚水器で、手繰（ハンドル）を回すと、突木(つきぎ)と呼ばれるピストンが水を押し出し、汲み上げていく仕組みだ。しかし「水上輪」は大がかりで複雑なからくりなので故障も多く、さらに傾きが三十度以上の場合は使えないので、人力作業の場所も多く残っていた。

またこうした設備を設けても、大雨によって破壊されることが度々あった。とくに荒天の後などは、間歩が水浸しになってしまうだけでなく、廃石や土砂を人力でかき出さねばならなくなる。それゆえ水替人足たちは荒天になると、損害が少なく済むよう神棚の前で祈り続けた。とくに八月の声を聞くと、水替人足たちは戦々恐々としてくる。大雨を伴う大風（台風）に直撃されるからだ。そうなれば必ずと言っていいほど間歩が水浸しになり、「水上輪」が破壊される。

それでも初発組の一年目は、一人の脱走者も出さずに済んだ。ところが安永八年（一七七九）の晩春、七人の無宿者と罪人が漁船を盗んで脱走した。


いつものように番役に叩き起こされた李之助らが仕事の支度をして水替小屋を出ると、広場に役人たちがたむろしていた。

——何かあったのか。

役人や小者たちの顔には、緊張が漲っている。中には「並べ！」と喚きつつ突棒で人足たちの背を突く者もいる。

「ここで座して待つようにとお達しだ」

組頭が大声で皆を座らせる。

与左衛門が唇を震わせ、李之助に問う。

「何があったんだ」

「わしにも分からん」

やがて奉行の宇田川定円が姿を現した。小者たちが走り回り、まだ立っていた人足たちを正座させる。

「聞け」

定円の顔つきは、これまでにないほど厳しいものだった。

「昨夜、水替人足七人が漁師の家に押し入り、金品を強奪した上、漁師を脅して漁船を出させた」

漁船とそれを操る漁師がいなければ本州までたどり着けるはずがなく、漁師ごと漁船を奪うのは、誰でも考えつく脱出方法だった。

——さような企(くわだ)ては知らなかった。

仲間内でそんな計画が進んでいたとは、杢之助は知る由もなかった。おそらく七人は血盟(けつめい)をするなどして、一切口外しなかったのだろう。

定円が声を大にする。

「しかし、すぐに奉行所に知らせが入り、朝には漁船を捕捉した。捕まった漁師が漁船をうまく操り、湾内から出なかったためだ。それでも水替人足七人は漁師を質に取り、何とか逃れようとした」

そこまで追い詰められてしまえば、抵抗は空(むな)しいものになる。だが捕まれば斬首刑とされるので、最後まで抵抗するしかなかったのだろう。

「われらは甘くはない。鉄砲を撃ち掛けて漁船を破壊し、二人を討ち取り、二人を溺死させた」

その話に誰もが息をのむ。

「しかしその際のどさくさで、罪人どもが漁師を殺した」

どよめきが起こる。

——さようなはずがあるまい。

漁師は流れ弾に当たって死んだに違いない。

「脱走だけでも許し難き大罪だが、漁師を殺した罪は重い。よって捕らえた三人は斬刑でなく磔刑(たっけい)とする」

その言葉と同時に、小屋の立ち並ぶ裏から、三つの磔柱が運ばれてきた。

磔柱は、縦柱一本に横柱二本が結ばれた井桁柱と呼ばれるものだ。

その柱には、褌一丁の男が三人も縛り付けられている。

「よし、猿轡を外せ」

定円の命とほぼ同時に、悲痛な叫びが聞こえてきた。

「嫌だ。死にたくない！」

「どうか、ご慈悲を！」

三人のうち二人は喚き声を上げているが、もう一人は観念しているのか、瞑目し、低い声で称名か念仏らしきものを唱えている。

「よし、覚悟を決めている者からだ」

すでに穿たれている穴に、最初の男の磔台が差し込まれる。

もはや現世のことを考えたくないのか、その男は虚ろな目をしている。

その目の前で左右から槍が交差される。これは「見せ槍」といい、処刑される者に覚悟を決めさせるために行われる。だが男には何の反応もない。

突役（処刑人）は大きな声で気合を入れると、右脇腹から左肩先に向けて槍を差し入れた。

「うぎゃー！」

人のものとは思えない絶叫が轟く。突役が槍を回しながら引き抜くと、おびただしい血液と共に臓器らしきものが絡みついてくる。続いてもう一人の突役が、左脇腹から槍を差し入れ、同じように内臓を抉り出す。すでに男に声はなく、白目を剝いて大量の血を吐いている。やがて男の首が力なく垂れ下がった。

定円が得意げに言う。

「見ての通りだ。覚悟のできている者は事切れるのも早い。だが覚悟のない者は苦しみも長引く。よし、次はその若造だ」

十代後半と思しき大柄な若者の磔台が引き上げられると、穴に差し込まれた。

若者は先ほどまで大声で助けを求めていたが、すでに顔面が蒼白となり、唇を震わせている。

「何か言い残すことはあるか」

定円が意地の悪そうな声で問う。

「あう、あう――」

だが男は歯の根が合わないのか、言葉にならない。

「もうよい。やれ」

その言葉に応じ、別の役人が男の前で槍を合わせる。それを見た男は「助けてくれ！」と言うや、体を悶えさせた。その時、尿と便が柱を伝って落ちてきた。

「臭(くさ)いな。早くやれ」

定円が柱から遠ざかる。

「わう、わう、わう」

男は体を揺らして何事か訴えんとしていたが、言葉にならない。

一方、突役は気合を入れると、槍を一突きした。あばら骨の砕ける音がすると、男の絶叫が轟く。

男が体を動かしたので、最初の突役は右脇腹に槍を差し入れられず、切っ先が折れてしまったのだ。

早速、新たな槍が渡される。その間、男は苦悶の絶叫を上げ続けた。

続いて左脇腹に槍が差し入れられると、臓器が巻き取られていく。男はよほど生命力があるのか、大量の血を吐きながらも悲痛な声を上げ続けている。

「やめ」

定円がそこで処刑を止めた。

――なぜだ。まだ息があるではないか！

定円が、男の苦痛を長引かせようとしているのは明らかだった。

「どうだ、辛いか」

「ああ、こ、ろ、し、て、く、れ――」

男が声を絞り出す。

「そんなに殺してほしいか」

定円が男の真下に落ちた臓器を足先でつつく。

「あうう。お、ね、が、い、で、す」

大量の血を吐きながら、男が懇請する。

「自らの罪を悔いるか」

苦しみと格闘しているにもかかわらず、男が激しく点頭する。

「皆もよく見ておけ。『島脱(しまぬ)け』しようとした者はこうなる」

定円が合図すると、再び槍が交互に差し入れられた。それでも急所をわざと外したのか、男は六回目の差し入れまで泣き叫び続けた。

「さて、もう一人だ」

最後の一人の磔台が立てられた。

「あっ、もう死んでいるではないか！」

定円が口惜しげに叫ぶ。

どうやら男は、役人たちが目を離した隙に舌を噛んだらしい。

「まだ息があります」

役人の一人が確かめる。

「もうよい。刑に服することを拒否したのだ。そのままにしておけ」

口から血を滴らせ、男は放置された。その目だけがぎょろぎょろと周囲を見回している。

「さて、皆聞け。この三人は島脱けの大罪を犯した上、罪なき漁師を巻き添えにした。それゆえ磔にした。その覚悟があれば島脱けするがよい」

それだけ言うと、定円は奥に戻っていった。

舌を噛んだ男の磔台が下ろされ、男にとどめが刺された。これにより処刑が終わった。遺骸は馬捨て場に捨てられ、野良犬の餌になる。

「さて、仕事だ！」

組頭が組の者たちに立つよう促すと、蒼白な顔をして皆が立ち上がった。だが傍らの与左衛門は座したままだ。

「与左衛門、立て」

李之助が立たせようとしたが、与左衛門は心ここにあらずといった顔で、立ち上がろうとしない。

「どうした。立て！」

見ると、その場で失禁したらしく、黒々とした染みが地面にできている。

「与左衛門、立つのだ！」

無理に引き起こそうとしていると、小者が駆けてきた。

「何をやっておる！」

「しばしお待ちを」

そこにいた者たちの手も借りて、杢之助は何とか与左衛門を立たせた。

「しっかりせい！」

小者が与左衛門の頬を叩くと、与左衛門は目が覚めたようだ。

「あうう」

「これから仕事だ。しゃんとしろ！」

小者はそれだけ言うと行ってしまった。

それでも与左衛門は、心ここにあらずと言った体だ。

「杢之助、われらは一生この島から出られんのだ」

「さようなことはない。お奉行様も働きのよい者は報われると仰せだ」

組頭が「行くぞ」と気合を入れると、列が動き出した。だが与左衛門は動こうとしない。

「何をやっている。早くしろ」

「嫌だ。もう穴に入りたくない」

「いい加減にしろ！」

「ああ、嫌だ、嫌だ」

組頭が列の先頭から怒鳴る。

「そこにいる者、何をやっている！」

杢之助と与左衛門を置いて、列は進み始めた。

「さあ、進め。とにかく進むのだ」

杢之助に支えられるようにして、与左衛門が歩を進める。

二人は、朝の入り（出勤）を監視する「追い出し小頭（こがしら）」に名乗り、さらに坑口で頭数を点検する「差組（さしくみ）小頭」に数えられ、ようやく組頭を先頭とする列に並ぶことができた。

「もう穴には入りたくない」

「今は堪えろ」

「わしは罪人でも無宿者でもない。真面目に中間をしていただけだ。それをどうして——」

「よせ」

ふらふらと列から離れようとする与左衛門の肩を、背後から杢之助が摑む。

与左衛門の様子に気づいた組頭が、先頭から駆け寄ってくる。

「どうした」

「何でもありません」と杢之助が答えたが、与左衛門がつい言ってしまった。

「どうか今日だけ休ませて下さい」

「そなたは休みたいのか」

組頭の口辺に残忍な笑みが浮かぶ。組頭の判断一つで、五十〜百日間の「敷内追い込み（地上に出さないこと）」という罰を科されたり、体を折らないと入れない差籠（さしごめ）（檻）に何日も入れられたりする。これは足腰を痛めている人足たちにとって地獄の苦しみで、最も恐れられた罰だ。

杢之助が与左衛門を背後に隠すようにして言う。

「この者は磔刑を見て動転しているだけです。わしが坑内に連れていきますから、この場はご容赦下さい」

「入れてから騒がれても困る」

「分かっています。お任せ下さい」

「致し方ない。おぬしに任せた」

「は、はい。ありがとうございます」

「静かにさせるのだぞ」

それだけ言うと組頭は先頭に戻った。組頭も無宿者の一人にすぎないが、憂さ晴らしに人足たちをいじめることがある。だがその反面、働きが悪かったり、規律が乱れていたりすると降格させられる。平人足に落とされれば、それまでの反動で、今度はいじめられる側になる。そのため必死なのだ。

「行くぞ！」

組頭を先頭に、列の先頭から真っ暗闇の中に入っていく。与左衛門の肩は震えているが、何とか気持ちの整理をつけたようだ。

――かような日がいつまで続くのか。

さすがの杢之助も絶望的な気持ちになっていた。

六

その後も「島脱け」しようとする者は後を絶たなかった。ある者は漁船を盗んで荒海に漕ぎ出し、ある者は商船の船底に隠れ、またある者は小屋に放火し、皆が騒ぐ隙を突いて逃れようとした。

だが、そのことごとくが失敗に終わった。まれに越後国に流れ着く者もいたが、佐渡海峡横断という厳しい航海で消耗しきっており、瞬く間に漁民たちに捕らえられた。

佐渡海峡を突破できるとしたら海の凪ぐ夏だけだが、凪いだら凪いだで艪（ろ）を漕ぎ続けなければならない。さもないと潮に流されて本州に到達できない。ほかの季節に漕ぎ出せば、よほど操船に慣れていない限り、荒海に翻弄され、どこかで船は覆る。まさに佐渡島は「囚われの島」と呼ぶに値する絶海の孤島だった。

しかも役人たちは、番所や浦番所に人を置くより、飲料水と食物の管理を厳にした方が「島脱け」を防げると知っており、逃げ出すのに十分な飲料水と食物を確保するのは一苦労だった。

それだけならまだしも、水替人足を二年もやらされれば、いかに屈強な若者でも、過酷な佐渡の海を乗り切る健康を失い、それが気力の喪失につながっていった。

それでも多くの者たちが過酷な労働に耐えきれず脱走し、捕まるか殺されていった。

杢之助としても一刻も早く「島脱け」したい。さもないと体にガタが来て脱出行に耐えられなくなる。だが逃亡の時期を誤ると、たとえ本州に到達することができても捕まって殺されるだけだ。

――わしはわしだけのために「島脱け」するのではない。その一点において、ほかの「島脱け」どもとは異なる。

かつての主人のために「島脱け」するという大義だけが、杢之助を支えていた。

杢之助は何としても「島脱け」し、あの証拠をそろえて幕閣に訴え出なければならない。だが幕閣が今の体制のままでは、訴えたところで証拠は闇から闇に葬られ、杢之助は処刑される。

――それを防ぐには、老中の交代時期しかない。

つまり杢之助は、田沼時代が終わり、田沼もろとも石谷清昌が隠退ないしは失脚する時機が来ない限り、「島脱け」そのものに意味がないと心得ていた。

――それまで、いかに体の状態を保つかが勝負だ。

過酷な労働の日々に耐えられない人足たちは、酒や博奕に逃げるのが常だ。町に出るには鑑札が必要な上、給金は衣食住を支えるためだけの微々たるものなので、女を買うわけにはいかない。それゆえ大半が酒に溺れる。建て前上、奉行所は飲酒を許していない。それでも、翌日の仕事に差し支えない程度の飲酒は、お目こぼししてくれる。さもないと人足たちの捌（は）け口がないからだ。

酒は誰かがどこかから調達してくるか、自ら購入する。というのも鉱山関係の仕事に従事する大工、穿子（ほりこ）、樋引（といびき）、山留（やまどめ）、石叩き、鍛冶屋などは一般人なので、自由に町に出入りできるからだ。彼らに頼めば、手に入らないものはないと言ってもよい。


「おい、李之助」

水替小屋の寝床に横になっていると、源兵衛が声を掛けてきた。ここに至るまで、源兵衛も逃亡の気配さえ見せておらず、真面目に仕事をしていた。

「なんでい」

「お前さんは酒も博奕もやらないんだな」

「源さんだってそうじゃないか」

少し年かさの源兵衛は、仲間うちでは「源さん」と呼ばれていた。年を取っているためか、源兵衛は楽な仕事を命じられることが多く、若い者たちから羨ましがられていた。

「そうさ。なけなしの銭は貯めておく。ここから戻れたら、息子を買い戻さねばならんからな」

給金をすぐに使ってしまう者は、肌身離さず銭を持っている。だが李之助や源兵衛は、出入りの商人に銭を預けて証文をもらっていた。銭を持っていれば使いたくなるのが人情だ。それを防ぐだけでなく、預ければ盗難防止策にもなるからだ。一方、商人にとっても、そうした資金を仕入れに回せるという長所がある。それゆえ手間賃は取らない。しかも預けた者が死んでしまえば、商人はすべてを懐に収められる。

「息子が息災だといいな」

「ああ、それだけが心配だ。まともなものも食べさせてはくれないだろうからな」

源兵衛が悲しげな顔をする。

「息子を働かせたいなら、食べさせてもらえているさ」

「それもそうだな。だがここで気を揉むことにも疲れた。それゆえ――」

源兵衛が左右を見た後、小声で言った。

「早くここを出たい」

「早まるな」

「なぜだ」

「知っての通り、『島脱け』しようとした者たちは、ことごとく失敗している。行方知らずになった者たちも数知れずだ。おそらく奴らは海の藻屑となっている」

源兵衛の顔が青ざめる。

「では、どうする」

「必ず機会は来る。それまで体を壊さないようにしておくのだ」

「しかしお前さんの相棒は、あの様だぞ」

源兵衛が顎で示した先には、仲間たちと博奕に興じる与左衛門の姿があった。

「わしが口を酸っぱくして注意しても、奴は聞く耳を持たぬ」

「では、連れていかぬのだな」

――さようなわけにはいかぬのだ。

もしも本州に脱出できたとしても、追手から逃げ切って神奈川宿にたどり着くのは、容易なことではない。杢之助が殺されるか捕らわれ、与左衛門が逃げ切れることもある。そのためには、何としても与左衛門を連れていかねばならない。

「いや、連れていく」

「どうしてだ」

「その理由はまだ話せん」

「見たところ義兄弟でも男色（なんしょく）の仲でもないようだが、いろいろ事情があるのだな」

源兵衛はよく観察していた。

「ああ、いろいろな」

「いずれにせよ」と言いながら、源兵衛が伸びをした。

「おぬしのように頼りになりそうな男が、いつかは『島脱け』するつもりでおるのは心強い」

「待て。よき機会が来たらの話だ。早くここから出たいのなら、別の者と組め」

源兵衛が首を左右に振る。

「いや、わしはおぬしに賭ける。ほかの者たちは阿呆ばかりだからな。いざという時は、わしの操船の腕が頼りになる。そのことを忘れるな」

そう言ってにやりとすると、源兵衛は去っていった。それと入れ違うようにして、与左衛門が戻ってきた。

「いやー、今日は散々だった」

「賭け事はよせと言ったのに聞かぬからだ」

「まあ、損したと言っても雀の涙だ。気にすることはない」

「馬鹿を申すな。たとえ雀の涙でも、江戸までの旅には一文だって無駄にはできないのだぞ」

「はい、はい。分かっていますよ」

与左衛門がとぼけたように答える。

「それに酒が過ぎるのではないか」

「それも分かっている。そのうち控える」

「だといいのだがな」

「それよりも」と言いながら、酒臭い息をさせながら、与左衛門が身をすり寄せてきた。

「今、源さんと話していたな」

「それがどうした」

与左衛門が歯茎をせり出すようにして笑う。

『島脱け』の算段だな」

「さような話はしておらぬ」

「いや、目を見れば分かる」

与左衛門は博奕好きなので、相手の顔色や目を見ることで、その内心を読むことに長けていた。

「そうか。分かった。わしは知らぬが、源さんがその話題を持ち出してきた」

「で、何と答えた」

「時機を待つとだけ答えた」

「今は時機ではないのか」

「うむ。われらは『島脱け』することだけが、宛所（あてどころ）（目的）ではない」

「まだ、さようなことを言っているのか」

与左衛門がため息をつくと続けた。

「もう依田家のお家再興は叶わぬだろう」

「どうしてそれが分かる」

「考えてもみろ。老中の田沼様の威権(いけん)は絶大だ。その配下の石谷様の手腕によって江戸は空前の賑わいだ。かように上下共に富み栄えていれば、この世に不満を持つ者はおらぬ」

それを言われてしまえば、その通りとしか答えられない。

田沼時代と呼ばれるものは、十八世紀後半の宝暦(ほうれき)・明和(めいわ)・安永・天明期を指し、西暦で言えば、一七五一年から一七八八年までの三十七年間を指す。この時代は、幕閣が従来の緊縮財政方針を捨て、商業資本の積極的利用を推し進めたことで社会・経済・文化が成熟し、元禄以来の好景気に沸いていた。

「ならば今『島脱け』しても、証拠は闇から闇に葬られ、依田家の再興は叶わぬ」

「いつまでさようなことを言っている。どう考えても依田家の再興など叶わぬ。時期を待っていては、こちらの体にガタが来る。『島脱け』するなら早い方がよい」

与左衛門は単に「島脱け」したいだけで、主君への恩返しなど考えてもいないのだ。

——とんだ奴を指名してしまった。

今更ながら、親しいというだけで、与左衛門をもう一人の証人に選んでしまったことが悔やまれる。だがあの時、周囲には適当な者がおらず、与左衛門を指名するしかなかったのだ。

「おぬしの方こそ、酒に博奕ばかりでは、体にガタが来るのが早いぞ」

「知ったことか。わしの体にガタが来るのが嫌なら、早く『島脱け』の算段をしろ」

「此奴、何ということを！」

あまりの物言いに、かっとなった李之助が与左衛門の襟を摑む。

「殴りたければ殴るがよい」

李之助が殴れないのを知っている与左衛門には、余裕がある。

——わしの負けだ。

李之助が襟から手を放す。

「おぬしはわしを大事にせねばならぬ。さもないと依田様から託された使命を全うできなくなるぞ」

そう言ってひとしきり笑った与左衛門は、莚蒲団（むしろぶとん）を頭からかぶって寝入ってしまった。

その憎々しい鼾（いびき）を聞きながら、李之助は、このまま佐渡島で朽ち果てていくのではないかという不安に苛（さいな）まれた。

——焦るな。必ず好機は到来する。

そう言い聞かせた李之助は、与左衛門と同じように莚蒲団を頭からかぶった。

七

天明三年（一七八三）、天明の大飢饉が始まった。元々耕作地の少ない佐渡だが、少ない物成（ものなり）さえ悪化し、大工や人足たちの食べ物も薄い稗粥（ひえがゆ）ばかりとなった。それに従い、大工や人足たちの働きが悪くなり、役人たちは間歩まで下りて大工や人足を叱咤するほどになった。

そしてついに来るべきものが来る。天明四年（一七八四）三月、大工をはじめとする鉱山労働者たちが食糧事情の改善と給金の向上を求め、列を成して奉行所に陳情にやってきたのだ。

だが全国規模の飢饉なので、奉行所とて手の打ちようがない。双方は交渉を続けたが、埒（らち）が明かず、遂に一部の者が町家に押し入り、金品を奪い始めた。それをきっかけとし、大規模な暴動が発生した。相川の町には火がつけられた上、多くの蔵が破られ、食料や金目の物が盗まれた。これに対し、奉行所は有効な対策が打てず、無力を露呈してしまった。

この混乱に乗じ、何組かの無宿人を中心にした者たちが「島脱け」を謀った。だが計画的なものではなかったので、役人たちに追われずとも、冬の海に漕ぎ出して消息を絶った。

こうした混乱にあっても、杢之助は沈黙を守っていた。与左衛門と源兵衛も大人しくしていた。そのため誰も三人に注意を払わなかった。

そんな折、江戸に行っていた宇田川定円が佐渡島に戻り、江戸の政変を伝えた。もちろん杢之助たちには伝えられなかったが、こうした大事件は人の口端（くちのは）を伝わってくる。

それによるとこの三月、田沼意次の息子の意知（おきとも）が、殿中で旗本の佐野政言（さのまさこと）に惨殺されるという事件が起こった。意知は意次の後継者として出世街道をひた走っており、その衝撃は幕府を揺るがすほどだった。というのも意次の男子は意知しか残っておらず、これで跡継ぎがいなくなったからだ。しかも意次は六十六歳という隠居も秒読みの年齢だったので、意次の権力継承計画が挫折したのは明らかだった。

原因は、佐野が任官のために賄賂を贈ったにもかかわらず、任官が叶わなかったからだとされた。賄賂が横行する田沼時代の終末を予感させるような理由だった。

だが意次は、今でも老中の座にとどまっていた。意次の地位がそのままで、それを背後から支える将軍家治（いえはる）が健在な限り、軽挙は慎まねばならない。

天明六年（一七八六）八月、将軍家治が死去した。この知らせが入った時、政治体制の刷新が近づいてきたと李之助は感じた。そして将軍の葬礼の儀が終わった後、意次は老中を辞任する。

それを待っていたかのように同年中、「勤役中に不正の儀」があったことを理由に、意次は二万石と大坂蔵屋敷を没収された。そして翌年には二万七千石を没収され、田沼家は相良城を破却させられた上、一万石の大名に格下げされる。

天明七年（一七八七）、松平定信が老中首座に就き、寛政の改革が開始される。いよいよ機は熟したのだ。

自らの体の限界も考慮し、遂に李之助は決断した。

——「島脱け」しよう。

まず商人に預けていた全財産を戻してもらった。自らの墓石を生前に作っておくというのが理由だった。この島に骨を埋める覚悟のできた者は皆そうしていたので、とくに疑われることはなかった。源兵衛と与左衛門にも、密かに預けた金の払い戻しを勧めた。それを聞いた時の源兵衛は、「遂に時が来たか」と言って感涙に咽んだが、一方の与左衛門は、喜びよりも不安な顔をしていたのが印象的だった。

同年十二月某日の九つ半（午前一時頃）、食料と水を詰め込んだ信玄袋を袈裟に掛けた三人は水替小屋を出た。

小屋の四囲には朝鮮竹でできた柵がめぐらされているが、道具を使って切断するのは容易だった。しかし柵全体が倒れてしまっては見つかるので、すぐに用意してきた竹を接いで結び付けた。

まずは竹垣の外に出ることに成功したが、小屋の外には外囲いと呼ばれる堀があり、そこには多くの鈴が張りめぐらされている。人足が逃げることを防ぐというより、野犬を侵入させないためだ。野犬が侵入した場合、堀底に下りたところで鈴が鳴るようにしているので、たいていの野犬は驚いて逃げ出す。

多少の音なら、風が鳴らしたものと判別できないので心配は要らないが、大きな音を立てると、小者が見回りにやってくる。そのため真っ暗闇の中、手探りで鈴の位置を確かめると、鈴紐と鈴紐の間を慎重に通り抜けた。

外囲いを脱した三人は大間港に達した。大間は相川でも有数の港なので、小舟の一つもあるはずだ。しかも外海は荒れており、小舟で逃げる人足もいないと思われることから、漁民たちも用心していないと思われた。

「あった」

ようやく適当な小舟を見つけた杢之助が、それを押し出そうとすると、これまで黙ってついてきた源兵衛が言った。

「おい、こんな小さな舟では沖に出る前に覆る」

与左衛門も言い添える。

「かような小舟で漕ぎ出すなど無謀だ」

「おぬしらは、わしを信じるのではなかったのか」

源兵衛が口を尖らせる。

「しかしこの舟では危うすぎる。もっと大きなものを盗もう」

「大きなものは厳重に結び合わされている。それを解くには時間がかかる」

漁民は漁船を太縄でつなぎ合い、嵐が襲ってきても流されないようにしている。

だいいち源兵衛が、一人でそんな大船を操れる保証はない。

与左衛門が泣きそうな声で言う。

「そんな小舟で沖に出るのは嫌だ」

「分かった。では、わしだけで行く。今すぐに小屋に戻れば、ばれずに済む」

二人が顔を見交わす。

――源さんが欠ければ、この策は水泡に帰す。

杢之助は祈るような気持ちでいた。というのも小舟の操船に長けているという源兵衛は、この計画に不可欠だからだ。

「わしは行く」と言って源兵衛が小舟に手を掛けた。

――よかった。

杢之助は胸を撫で下ろした。

「与左衛門はどうする」

「本当に大丈夫だな」

「大丈夫かどうかは、天のみぞ知ることだ」

「ああ」と言ってため息をついた後、与左衛門が言った。

「行く」

「だったら早く手伝え」

三人は力を合わせて小舟を海に押し出した。

真冬の海は凍りつくようだった。体を水に浸けてしまえば、小半刻（約三十分）と持たないのは間違いない。しかも外海は湾内よりはるかに荒れているはずで、何かの拍子に落水してしまえば、小舟が覆っていなくても、這い上がれないだろう。

腰まで海に浸かって何とか小舟を押し出した三人は、それに飛び乗った。寒風が体を刺す。手はかじかんで感覚がなくなってきている。それでも源兵衛は自らの役割を心得ており、艪に取り付くと沖へと漕ぎ出していく。

――もはや後戻りはできぬ。

ここまで来てしまえば後には引けない。舳先(へさき)近くで震える与左衛門は、自らの体を抱えて「寒い、寒い」と連呼している。

「堪えろ！」と言って李之助が肩を押すと、与左衛門は悲しげな顔で押し黙った。

しばらくすると海がさらに荒れてきた。

「外海に出れば危険だ！」

源兵衛が背後から怒鳴る。

「いや、もう少し沖に出ないとだめだ！」

源兵衛が歯を食いしばって艪を漕ぐ。源兵衛は波に飲み込まれないよう、うまく波の腹に舳先を当てていく。それを星明りだけを頼りにやっているので、いつかは限界が来る。

――もう少し風だけでも収まらないものか。

ようやく東の空が明るんできた。夜明けが来たのだ。

「ああ、寒い！」

与左衛門が寒風に抗(あらが)うように声を上げる。

「もう少しだ。もう少しの辛抱だ！」

李之助が自分に言い聞かせるように言った。

源兵衛が大声で問う。

「本当に大間の港を出てくる北前船があるのか」

「ある。今日は、夜明けと共に北前船が出航する日だ」

「しかし風待ちをされたら終わりだぞ！」

「いや、北前船は荒れた海に慣れている。このくらいなら必ず出てくる」

「なんまいだ、なんまいだ」

遂に与左衛門は称名を唱え始めた。

だがいっこうに北前船の姿は見えない。

――やはり風待ちしているのか。

北前船が出航時間を遅らせることは、十分に考えられる。その前に源兵衛が力尽きれば、三人の命は海の藻屑と消える。

――戻るか。

杢之助の心に一瞬弱気の影が差す。だが戻れば捕まって斬首刑となる。一方、このまま海上にいれば、大波を避けきれず小舟がいつかは覆る。

――どうする。

杢之助は決断を迫られた。だがその時、与左衛門が大間港の方を指差して叫び声を上げげた。

「あれは何だ！」

顔を上げて目を凝らすと、こちらに向かってくる船影が見えてきた。

「あれが待っていた北前船だ！」

「ああ、ありがたや、ありがたや」

与左衛門が手を合わせる。

「まだ助かるとは決まっておらん。手を振って助けを求めるのだ」

源兵衛は北前船の進行方向に舳先を向けると、その進路を塞ぐようにした。

「ここだ。ここだ！」

「おーい、助けてくれ！」

「乗せていってくれ！」

三人は声を限りに叫ぶと、ちぎれんばかりに手を振った。

だが北前船は三人の乗る小舟に気づいていないのか、波を蹴立てて迫ってくる。

「杢之助、北前船はわれらに気づいておらぬようだぞ！」

源兵衛の悲痛な叫びが、波濤(はとう)の砕ける音の合間に聞こえる。

「杢之助、北前船を避けるぞ！」

「待て、これは一か八かの勝負だ。引いたら負けだ！」

杢之助は三人の命を賭場に張る覚悟でいた。

与左衛門が悲鳴を上げる。

「もう無理だ。ぶつかるぞ！」

杢之助は舳先に立ち、両手を大きく振り回した。

北前船が目前に迫ってくる。このままいけば小舟は蹴散らされ、三人は海に投げ出される。

「止まってくれ！」

――ああ、もうだめだ！

そう思った瞬間、北前船が止まった。

「よし、気づいたぞ。漕ぎ寄せろ！」

源兵衛が北前船の横腹に小舟を漕ぎ寄せる。

上を見ると、いくつかの頭が舷側の間から出ては消えている。

――頼む。縄梯子を下ろしてくれ。

祈るような気持ちでいると、舷側から縄梯子が下ろされてきた。

「行け！」と言って与左衛門の尻を押し上げる。与左衛門が称名を唱えながら上ったのを確かめると、杢之助が小舟の縁と縄梯子を持って叫ぶ。

「源さん、続け！」

艪を押さえていた源兵衛が、縄梯子に近づこうとする。だが小舟が波に翻弄されて北前船から離れてしまいそうになる。

――負けてたまるか！

小舟の縁と縄梯子の間で、杢之助の体が伸び切ろうとする寸前、源兵衛の手が縄梯子に掛かった。

「うう、早く――」

源兵衛が縄梯子を伝っていく。それを確かめた杢之助は縄梯子に摑まり、小舟から手を離した。小舟は瞬く間に北前船から離れていく。杢之助は縄梯子に摑まったまま波に翻弄されていた。

――もうだめだ。

自分一個の命だけならあきらめもつく。だが自分を信頼してくれた主君の期待を裏切るわけにはいかない。

「うおー！」

杢之助は渾身の力を込めて縄梯子を上ろうとした。だが、どうしても足が掛からない。

――ああ、依田様！

ところが幸いなことに、舷側にぶつかってきた大波が体を押し上げてくれた。その瞬間を逃さず、李之助は縄梯子に足を掛けることに成功した。

「よし！」

声に出して気合を入れると、李之助は縄梯子を伝っていった。

やっとの思いで舷側までたどり着くと、船子と思しき者たちが、体を胴の間（甲板）に引っ張り上げてくれた。

――ああ、助かった。

礼を言おうとした次の瞬間、顔を蹴られた李之助は気を失った。

八

李之助は夢を見ていた。なぜか一人で宗興寺の大井戸にいると、水の中から観音菩薩らしき女性(にょしょう)が現れたのだ。唖然(あぜん)としていると、菩薩は優しげな顔で手招きする。李之助がふらふらと近づくと、水面にもかかわらず歩くことができた。

菩薩が優しげな声で言う。

「李之助、自分のためではなく他者のために力を尽くすのです」

「他者のためなら、どんな苦労も報われるのでしょうか」

「それは分かりません。しかし他者のためだけを考えて邁進すれば、必ずや仏の加護が得られるでしょう」

「しかし、それだけで、何事もやり遂げられるのでしょうか」

「己を信じるのです。道は自ずと開かれます」

そう言うと菩薩は微笑み、再び水の中に消えていった。

——そうだ。自分のためでなく、他者のために力を尽くすのだ。さすれば道は開けてくる。

そう思った瞬間、頰を叩かれた。

「おい、杢之助」

頰を叩いたのは与左衛門だった。その下卑た笑いが、わずかな灯火の中に浮かび上がる。

「ここはどこだ」

頭が割れるように痛い。だが上体を起こすと、とくに痛む箇所はない。

——いったい、わしはどこにおるのだ。

そこは激しく揺れており、水替小屋ではないようだ。

与左衛門の背後から源兵衛の声がする。

「ここは北前船の船底だ」

その言葉で記憶がよみがえってきた。

「船子たちに押し込められたのだな」

与左衛門が震える声で言う。

「そうだ。われらが『島脱け』だと知った船子たちは、われらを殴り、船底に押し込めた」

「で、船はどこに向かっている」

「おそらく越後方面だ。佐渡島に戻るなら、もう着いていてもおかしくない」

「そうか。わしはどれほど気を失っていた」

「一刻（約二時間）ほどだ」

源兵衛が水の入った瓢簞を渡してきた。それを受け取った杢之助は貪るように飲んだ。

それで一息つくと、杢之助は自信を持って言った。

「よし、ここまでは読み通りだ」

与左衛門が不安をあらわに言う。

「だが、このままでは船底に閉じ込められたまま寺泊に着くことになるぞ」

「分かっている。だからもっと海が荒れることを祈るだけだ」

源兵衛が苦い顔で言う。

「海が荒れれば、ここから出してもらえるのだな」

「そのはずだ。沈船の見込みが出てきた時、たとえ囚人だろうと胴の間に出すのが、船子たちのしきたりだと聞いた」

与左衛門が泣きそうな顔で言う。

「つまりだ。このまま無事に航海できそうなら、そうはならないってわけか」

「ああ、そうだ。だがな、わしは夢を見ていた」

「夢を――」

「うむ。観音菩薩が現れ、己を信じれば、必ず思い通りに行くと仰せになった」

源兵衛が祈るように言う。

「そうか。それを信じるしかなさそうだな」

案に相違せず、その後、海の荒れ方は徐々にひどくなっていった。摑まるものとてない船底では、体を支えることもできず、杢之助たちは右に左に転がるしかなくなっていた。

――もっと荒れろ。

嘔吐物の中を転がりながら、杢之助はそれだけを念じていた。

「もうだめだ。われらはここで死ぬんだ！」

与左衛門が泣き叫ぶが、もはや李之助の耳には入っていなかった。

その時、突然撥ね上げ戸が引き上げられた。寒風と波飛沫が船底に入ってくる。

「出ろ！」

船子の一人が梯子を伝って船底に下りてくると、三人に命じた。

「船頭様の思し召しにより、おぬしらを胴の間に上げることにした。だが勝手な振る舞いは許さぬ。われらの言う通りにするのだ」

「分かりました」

「ああ、ありがたや、ありがたや」

祈る与左衛門の肩を荒々しく摑むと、船子は与左衛門の尻を押し上げた。続いて源兵衛が、最後に李之助が上った。その時、船子は言った。

「この荒れた海に飛び込むのだけはよせ。とても助からぬ」

「へ、へい」と怯えたように答え、李之助は胴の間に出た。

昼とはいえ外は凄まじい有様となっていた。波濤は荒れ狂い、風はすべてをなぎ倒さんばかりに吹き荒れている。だが帆柱はまだ立っており、遭難というところまでは行っていない。

だが北前船は帆走をあきらめたのか、帆はほとんど畳まれていた。千石船の場合、二十五反帆で、約二十メートル四方の四角帆を張るが、それが十分の一ほどしか張られていない。

――それだけ風が強いのだ。

三人は胴の間の上で休む暇も与えられず、船子たちを手伝う羽目になった。胴の間を洗う海水をかき出し、帆を畳むのだ。

「風波が収まるまで『つかし』をするぞ。舵を引き上げろ。垂らしを流せ！」

船頭の指示により、舵が引き上げられて垂らし（錨（いかり））が落とされていく。これにより、うねりを船尾に受けることが避けられ、波浪によって舵や外艫（そとども）が破壊されることはなくなった。だが、この態勢を取るということは、帆走をあきらめたことになる。

「荷打ちだ！」

船頭が荷打ちを命じると、待ってましたとばかりに、船子たちが次々と荷を投げ捨て始めた。おそらく佐渡島で取れた海産物が入っているのだろう。俵の裂け目から流出した干物は、いつまでも海面を漂っている。

「頭、船底に水が溜まり始めています！」

船子の一人が報告する。

「手の空いている者は水を汲み出せ！」

何人かの船子が船底に下り、桶に水を汲んでは手渡しで上に送り始めた。

「おぬしらも行け」

三人は再び船底に下ろされ、手桶で水を汲み上げることになった。

「これでは佐渡と変わらんな」

源兵衛が戯（ざ）れ言（ごと）を言うと、与左衛門もそれに応じる。

「わしらは、ここでも水替人足だ」

懸命に仕事をしながら、李之助は外の様子をうかがっていた。舷側に叩きつけられる波濤の音は静まり、先ほどまでうなり声を上げていた風も、次第に弱まってきているようだ。

やがて「帆を張れ」という声が聞こえてきた。

——しめた！

船が帆走を始めたようだ。

それからしばらくして、待ちに待った瞬間が訪れた。

「陸が見えてきたぞ！」

目を凝らすと、黒い点が横に広がっていき、陸上が近づいてきたと分かった。

「やったぞ！」

「助かった！」

船底にいた船子たちが梯子を上っていく。それに便乗するかのように、三人も続いた。

胴の間は歓喜の声に包まれ、誰も杢之助たちのことを気にしていない。

——いよいよだな。

順風を受け、陸が見る間に近づいてくる。

与左衛門と源兵衛の方を見ると、二人とも緊張で引きつったような顔をしている。

「こうなったら、やるしかあるまいな」

源兵衛が覚悟を決めたように言う。

杢之助は与左衛門の肩を摑んだ。

「覚悟はよいな」

「わしには無理だ」

「何を言っている。ここで飛び込まねば、寺泊で役人に引き渡され、佐渡に戻されて斬首されるだけだぞ」

「分かっている。だが、わしは泳ぎが不得手なのだ」

李之助が天を仰ぐ。

「泳ぎが得意だと言っておったではないか」

「あれは、連れていってもらいたいから言った嘘だ」

「今更どうにもならない。わしが飛び込んだら後に続け」

「ああ、分かった」

与左衛門の顔は蒼白となっていた。

やがて船の進む左側に短い岬が見えてきた。そこに泳ぎ着けるかどうかが勝負所となる。

船子たちを見ると、誰もが歓喜に咽（むせ）んでいる。

——今しかない。

しばらくすると、皆入港の支度に戻るはずだ。その前に飛び込まねばならない。

内湾に入り、次第に波濤も小さくなってきた。

「では、わしが最初に行く。二人とも船子たちに引き止められる前に飛び込むのだぞ。向こうに着いたら別行動だ」

源兵衛が力強くうなずく。だが与左衛門は、まだ覚悟ができていないようだ。

「わしの力で泳げるか分からぬ。李之助、その時は助けてくれるか」

「馬鹿を申すな。わしも必死なのだ。とにかくついてこい」

二人に合図すると、李之助は大きく息を吸った。

——依田様、どうかご加護を！

李之助が舷側から身を躍らせた。

「あっ、逃げたぞ」という声が背後から聞こえた。

海に入って振り向くと、船上で船子たちが右往左往しているのが見えた。

――わしは生き残ってみせる！

それを念じながら、李之助は懸命に水をかいた。

九

下半身を波に洗われながら、李之助は砂浜に突っ伏していた。

起き上がろうとしたが、体中が痛くてままならない。それでも肘をついて上体を起こすと、岩礁（がんしょう）の間にいることが分かった。

――うっ、痛い。

岩礁に幾度となく体をぶつけたためか、体は擦り傷だらけになっていた。

痛みと共に記憶がよみがえってきた。

――そうか。北前船から飛び降りたんだったな。

自らの置かれた状況を思い出した李之助は、乾いた場所に移動すべく砂浜を這いずった。

擦り傷がひどいものの、どうやら歩けないほどの傷は負ってはいないようだ。

――あの北前船はどうした。

首を回して沖を見ると、烏賊（いか）釣り漁船が数艘出ているだけで、三人が乗ってきた北前船の姿は見えない。

――もう入港しているはずだな。

だとしたら、寺泊の代官所に通報しているはずだ。

――あれからどのくらい経ったのだろう。

曇天（どんてん）なので太陽の位置は見定められないが、かなりの時間が経過したと思われる。

――船が着き、代官所に通報され、代官が手代や町人を招集し、沿岸に人を派すまで、早くて一刻（約二時間）か。猶予はないな。

杢之助は素早く計算すると立ち上がった。だが頭がふらふらして再び膝をついてしまった。それでも呼吸を整えて再び立ち上がると、何とか歩くことができた。

――与左衛門と源兵衛はどうした。

歩いているうちに、そのことを思い出した。

――まさか溺れ死んだのではあるまいな。

生きるか死ぬかのぎりぎりだとは思っていたものの、もし二人が溺死していたら、こんな暴挙に誘ったことが悔やまれる。

年かさの源兵衛と体を動かすことが苦手な与左衛門は、溺れ死んでしまった可能性が高い。それを思うと居たたまれなくなる。一瞬、浜に沿って捜そうかと思ったが、そんなことをすれば、すぐに漁師に見つかり、代官所に通報される。

それゆえ杢之助は、浜のすぐ背後にある藪（やぶ）の中に入っていった。

それで身を隠すことはできたが、続いて喉の渇きと空腹に襲われた。遠くに海に流れ込む小川のようなものが見えたので、藪を漕ぎながらそちらの方角に向かった。

――あった。

小川を見つけた時は歓声を上げたかった。それで喉の渇きだけは収まったが、空腹はいかんともし難（がた）い。何かで腹を満たすとなると、どうしても人里に向かわねばならない。

もう一つの問題は寒さだった。歯の根が合わないほど寒い。

佐渡の水替人足は「島脱け」防止のため、古着の切れ端を級などの木の繊維で縫い合わせた「裂織」と呼ばれる粗末な着物しか着させてもらえない。そのため寒気は防げない。それでも坑内は暖かく、常に体を動かしているので何とかなる。しかし夜は、隙間風がひどくて耐えられないので、片っ端から重ね着して凌ぐしかない。

そんなことから寒気には慣れているが、吹きさらしの場所に薄着でいるのは、さすがに辛い。それでも日が落ちるまでは、ここに隠れていなければならない。藪の中からは見えないが、まれに近くの道を通る漁師たちの声が聞こえてくる。その度に代官所の捕方ではないかと思い、肝が縮んだ。

李之助は細い腕で体を抱くようにし、じっと日が落ちるのを待った。

様々な思いが脳裏を駆けめぐる。

——誰のため、何のために、こんな辛い思いをしているのだ。

元々、主人の依田政恒が権力者の石谷清昌に逆らったため、李之助ら奉公人は、そのとばっちりを食らったのだ。つまり一代限りの武家奉公人でしかない中間の李之助らは、政恒を恨むこともできたはずだ。だが政恒は、李之助を見込んで大事を託してきた。それに応えなければならないという使命感から、李之助はここまで頑張ってきた。

——だが考えれば、それだけのことではないか。

おそらく政治体制が替わろうが、依田家の再興が成るとは思えない。一旗本を憐れに思うほど、幕府は甘くないはずだ。

——では、何のためにこんなことをしているのだ。

李之助は常に「主家のため」と思ってきたが、単に自分が佐渡を脱出し、自由の身になりたかっただけではないか。

――それが本音だろう。

ここから神奈川宿まで戻るなど至難の業だ。よしんば戻れたとしても、「島脱け」をした者の訴えを、役人たちが聞いてくれるとは思えない。

――いっそのこと、奥羽方面に逃れるか。

その方が逃げきれる可能性はずっと高くなるが、託された使命は果たせなくなる。

――ここまで頑張ってきたのだ。最後までやり抜くことで運も開けてくるはずだ。

杢之助は素志を貫徹すると決めた。


やがて夕暮れがやってきた。完全に日が落ちてしまうと、真っ暗闇なので道に迷ってしまう。そのため日が落ちる直前に元来た道を引き返さねばならない。

藪の中をしばらく行くと、潮騒（しおさい）が聞こえてきた。漁師たちの姿はなく、網や漁具を収めた小屋が数軒立っているだけだ。その小屋の前には干物台があり、鰺（あじ）の開きが干してあった。それを数枚失敬し、貪るように食べた。

それで人心地つくと、漁師小屋に掛けてある蓑が目についた。

――これで寒さを凌げる。

蓑は雨よけにはなっても、寒さにはほとんど効果はない。だが薄物一枚の杢之助にとっては、何よりもありがたいものだ。

――だが盗みはまずい。

杢之助は股間に縛り付けてあった巾着袋を剝がすと、その中から小粒の銀を一粒抜き取り、こよりに巻いて、目につく場所に置いた。干物と蓑を買うには過分な額だが、小銭の持ち合わせがないので仕方がない。

――助かりました。ありがとうございます。

盗んでしまえばそれで済むのだが、そんなことをすれば、ツキを落とす気がする。

漁師小屋に向かって一礼すると、李之助は神奈川宿への第一歩を踏み出した。

江戸方面に戻るには来た道を行くしかない。だが街道の要所には、関所や口留番所（藩が藩境に設置した関所）があり、通行手形の提示を求められる。それだけならまだしも、街道筋の宿には自身番屋や木戸番屋があり、見慣れない顔の者は呼び止められる。

宿を通過せずに進むには、脇道や間道を通らねばならない。だがそれらの道は、地元の人たちが日常生活で使っているので、見慣れない者が通っていれば通報される。だからといって夜間に通ろうとすれば、咫尺（しせき）を弁ぜぬ闇の中、道に迷うのは間違いない。

そうしたことを知っていた李之助は、かつて賭場で隣り合った金銀吹分師の持ち物から通行手形を抜き取っていた。これも股間に縛り付けてきたが、油紙を幾重にも巻いてきたので、墨の字はにじんでいなかった。

とは言うものの、吹分師が「通行手形をなくした」と奉行所に届け出ていれば、万事休すとなる。だが通行手形の紛失は大罪だ。届け出れば、吹分師は何らかの罪に服さねばならなくなる。幸いにして吹分師は佐渡島に長く居つくこともできるので、届け出ないことも考えられる。

李之助は、それに賭けた。

だが吹分師ともなれば、それなりの旅装束が必要になる。寺泊の宿に入れば古着屋はあるはずだが、そこから足が付く公算が高い。それゆえ杢之助は別の方法を考えついた。

杢之助は湯屋を探していた。左右を見ながら歩くので、番所の役人や岡っ引きから目を付けられやすい。それゆえ首を動かさず、目だけで左右の店を見ながら歩いた。だがどうしたわけか、宿に緊迫した雰囲気はない。

――そうか。北前船の連中が黙っているのだ。

「島脱け」を捕まえたにもかかわらず逃がせば、軽くても「お叱り」の罰を受ける。北前船にしてみればいい迷惑なので、杢之助たちを拾ったことを、なかったことにしているに違いない。

――ということは、与左衛門と源兵衛も船から飛び降りたのだな。

二人がそのまま船にとどまっていれば、さすがに代官所に突き出さねばならない。各宿の番所に何の動きもないということは、突き出されていないことになる。

――ということは、やはり二人は飛び込んだのだ。

しかしその後に溺れてしまった可能性は否定できない。

――もう二人のことは忘れよう。

二人を捜そうとすれば、杢之助も捕まってしまう。

――あった。あれだ。

ようやく湯屋を見つけた杢之助は「裂織」を着ていることを見せまいと、蓑の前を押さえ、番台に一文銭を置いた。

湯屋の営業時間は日の出から日の入りと決められていたが、それを守る湯屋は少なく、夜が更けてからは、湯女による売春が行われ、賭場も立てられた。

番台に座る主人が品定めするような視線を向ける。雨が降っていないのに蓑を着ているので、不審に思ったのだろう。

「見慣れない顔だが、ここでは板の間稼ぎはできないよ」

板の間稼ぎとは、脱衣場で他人の着物を着て出ていくことを言う。

「そんなことはしない」

「でも、あんたの恰好じゃ、板の間稼ぎに来たとしか思えないね」

「では、持ち物を預けていく」

巾着袋の重さに驚いた主人の口調が変わる。

「まあ、それなら構いませんが──、どちらにしますか」

「どちらって」

「決まってるじゃないですか。女か賭場か──」

「まずは風呂だ」

「風呂にもまだ入れますがね。聞きたいのはその後のことです」

「賭場だ」

番台に座す主人らしき男がにやりとした。

──湯屋が「風呂にも入れます」はよかったな。

湯屋の経営は売春と賭場で成り立っているからだ。

「それで、この巾着袋の中身は何ですかい」

「見たいのか」

「いちおうは見せていただきます」

「これでどうだ」

杢之助が小さな袋から金銀の欠片を取り出して掌に載せると、主人の顔色が変わった。

「これがすべて金か銀なのですか」

「ああ、そうだが」

杢之助は仕事の合間に金銀の小片をくすねていた。坑内から出る時は、口の中から尻の穴まで入念に調べられるので、いったん腹の中に収め、便が出る時に箸を使って掘り出し、きれいに洗って保管していた。

「あんたまさか――」

「野暮なことは聞くなってことよ」

杢之助が凄む。もちろん非合法な商売をしている湯屋が、代官所に訴え出ることはない。

「分かりました。でも銭に換金してもらわないと、賭場には出られませんよ」

「分かっている。これでどのくらいになる」

小さな秤を取り出すと、主人は金銀を選り分けて載せた後、杢之助に目盛りを見せるようにして言った。

「手数料を除いてこんなところでどうでしょう」

それは、佐渡と江戸を何度も往復できる額になった。

幕府は日本独自の強い貨幣圏を構築すべく、銭と銀貨だけが通貨だった時代に金貨を導入した。その結果、金貨・銀貨・銭が本位貨幣となる「三貨制度」が確立された。だが賭場では、揉め事の原因となるので銭に換金せねばならない。

足元を見られ、両替商以上の手数料を取られはしたものの、背に腹は代えられない。銭となった全財産を番台に預け、杢之助は風呂に入った。

久しぶりの風呂なので、気分は最高だった。

――後はいかに勝つかだけだ。

もうどの湯女も買われているのか、洗い場にも浴槽にも誰一人いない。杢之助はゆっくり体を洗い、存分に湯を楽しんだ。

番台に戻り、主人から換金された銭袋をもらうと、ずっしりと重かった。こうした商売は信用がすべてなので、胴元は客の金をくすねるようなことはしない。

「いい男ぶりじゃないですか」

主人が世辞を言う。

「あれっ、ご主人はそっちの方かい」

「よして下さいよ。それよりせいぜい頑張って下さいよ」

「ああ、稼がせてもらうよ」

「稼げるかどうかは分かりませんがね。二階に行くのには、さらに八文かかります」

「分かったよ」と言いつつ、杢之助は八文払った。

湯屋の二階は男性客だけの休憩所という名目だが、小間では売春が平然と行われているらしく、男女の卑猥(ひわい)な声も聞こえてくる。

端の方では囲碁や将棋を楽しんでいる者もいるが、中央では花札が行われていた。隠し窓もあり、女湯がのぞけるようになっているが、一般女性の湯浴(ゆあ)みはのぞけない。店を閉めた後、湯女を入れ、男性客に品定めをさせるのだ。

杢之助は花札をやっている者たちに声を掛けた。

「入れてくれるかい」

「銭は持っているか」

「もちろんさ」と答えて見せ金すると、男たちは場所を空けてくれた。

――さて、江戸仕込みの腕を見せてやるか。

大きく伸びをすると、李之助は最初に配られた花札を手に取った。

十

朝日が眩しい。李之助は目をしばたたかせながら、さらに重くなった懐を手で支えた。

――これで江戸まで戻る旅費の心配はなくなった。

しかも負けが込んで熱くなった旅人から道中着を巻き上げたので、着る物の心配もない。その旅人は湯屋でしばらく働かされることになった。

江戸までは来た道を戻るしかない。最も緊張するのが寺泊の木戸だったが、とくに厳しく取り締まっているわけではなく、通行手形を見せると、すんなり通してくれた。

金銀に関する職人の場合、江戸から呼び出しを受けたとでも言えば足止めを食らうことはないと聞いていたが、その通りだった。しかし不思議なのは、自身番屋や木戸番屋が警戒を厳にしていないことだ。

――やはり北前船の連中は届けていないのだ。

それには確信が持てたが、与左衛門と源兵衛の消息は杳(よう)として知れない。後ろ髪を引かれる思いはあったが、もはやどうにもならない。

――可哀想だが、こればかりは致し方ない。

李之助は、二人のことを忘れることにした。

その後、李之助は寺泊から出雲崎、柏崎、関川と来た道を引き返し、信濃路に入った。だが信濃路も、とくに警戒を厳にしていることもなく、いくつかの関を無事に通過し、碓氷峠を越えることができた。

何もかもすんなりいくと、逆に心配になるのが人というものだ。各宿場の札の辻などで人相書が貼られていないか確かめながら来たが、とくに「島脱け」に関するものはない。少なくとも佐渡奉行所から人相書が回ってきていてもよさそうだが、とくにそういうものもない。

もしかすると「島脱け」を出すと佐渡奉行所の落ち度とされるので、李之助ら三人は、初めからいなかったものとされているのかもしれない。

――だが油断はできない。

李之助は気を引き締めて街道を進んだ。

やがて板橋に着き、江戸は目前となったが、夜になったので宿泊することにした。

念のため木賃宿の二階から宿場の喧噪を眺めていたが、怪しい目つきの男はとくにいない。

――だが何かおかしい。

李之助は胸騒ぎを覚えた。

佐渡では、三人の逃走が翌朝には分かったはずだ。いかに奉行所の手落ちだろうと、追手が掛からないという話は、これまで聞いたことがない。

――北前船が通報しないというのも、やはりおかしい。

もしも溺死せずに生き残った者が捕まったら、どうやって逃れたか詮議(せんぎ)がある。その時、北前船の話をすれば、後で北前船は厳しく追及される。あの時に通報していれば、逃がしたことを咎められるくらいだが、後で発覚すれば「お叱り」では済まされない。船長の入牢も考えられる。船乗りたちが、それほどの危険を冒すとは思えない。

いったん湧き出した疑問は次第に大きくなっていった。

――北前船の連中は、あの海を見て溺死すると確信したのだ。

荒れた夜の海を泳ぐのは、船子たちでも容易ではない。きっと李之助らの様子を見て、溺死は間違いないと思い、通報を思いとどまったのだ。また佐渡奉行所も、三人が盗んだ小舟が佐渡のどこかに漂着したことで、溺死として処理したのかもしれない。

だが通り一遍の捜索はするはずで、出雲崎や寺泊で何の動きもなかったのは不可解だ。

――そうだ。出足が遅れたのだ。

北前船が通報しなかった前提だが、翌朝に佐渡で「島脱け」が発覚し、佐渡内を捜索するのに一日。同時に、その日の便船か何かで出雲崎や寺泊の自身番に知らせるのに一日。その夜、李之助は賭場にいた。しかし翌朝、堂々と寺泊の木戸を出ることができ、さらに翌日、出雲崎も通過できた。

これで時の経過はおかしくはないが、後手に回ろうと、追手が掛からないのは、やはりおかしい。

もしかすると与左衛門と源兵衛の遺骸が越後国のどこかに流れ着き、李之助の遺骸だけは見つからないが溺死として処理され、捜索が打ち切られたとも考えられる。

――だがそれは、すべてが都合よく運んだ場合だけだ。

あれこれ考えてみたが、追手が掛からないのは、どう考えてもおかしい。

――ええい、ままよ！

李之助は考えるのに疲れた。こうなってしまえば、流れに身を任せるしかないのだ。

それよりも杢之助には、大きな懸案があった。

――神奈川宿で石谷清昌の悪事についての証拠類を手にしたとて、いかなる伝手を使って訴え出るのだ。

伝手がなければ、いかに田沼一派に往時の勢いがなかったとしても、証拠類は闇から闇に葬り去られる可能性が高い。というのも末端の役人どもは事なかれ主義なので、めんどうなことに巻き込まれたくないからだ。

――最後の詰めを誤るわけにはいかない。

政恒の息子の宮内に相談するにしても、杢之助は、宮内が生きているのか死んでいるのか、またどこに住んでいるのかも知らない。それを探っているうちに、捕まることもあり得る。

――それを考えるのは後でもよい。まずは神奈川宿に行き、証拠の品の入った木箱を引き出してからだ。

開き直った杢之助はその夜、久しぶりにぐっすりと眠った。


翌朝、板橋から道を南西に取り、石神井(しゃくじい)を通過し、武蔵府中で多摩川を渡河した杢之助は、そこで一泊した後、町田に出て道を東に取り、中山でさらに一泊した。どの宿も夜間に木戸を閉めてしまい、夜間の移動は逆に怪しまれるので、こまめに宿泊することになる。

翌日、宿を出た杢之助は予定通り、夕方には神奈川宿に入れた。

飯屋で腹をこしらえた後、宗興寺の裏手にある雑木林に身を潜めた杢之助は、丑三つ時(午前二時頃)になり、忍び足で大井戸に向かった。

寝静まった宿の中を抜き足差し足で歩き、大井戸に至った杢之助は、周囲を見回して誰もいないことを確かめると、するすると大井戸の中に下りていった。

十一

井戸の中は真っ暗だったが、わずかな星明りを頼りに、うまく通路に着地できた。

折り畳み式の小型提灯を広げて火を入れると、坑内が薄ぼんやりと浮かび上がった。

――変わっていないな。

おそらく李之助と与左衛門が来てから、誰も足を踏み入れていないのだろう。通路には苔が密生しており、その上を誰かが歩いた形跡はない。

李之助は早速、例の石がある場所を探った。

――ここだ。

李之助が石を取り除けると、あの時に入れた木箱があった。念のため中を調べてみたが、何かが抜き取られた形跡はない。

――よかった。

木箱の中味を背負ってきた行李に移し替え、井戸から上がると、まだ夜は明けていなかった。

――さて、宮内様をいかに捜すか。

次なる課題はそれになる。

――まずは高輪の木戸から江戸に入ろう。宮内様を捜すのはそれからだ。

その時、煙草の臭いが漂ってきた。

――誰かいるのか！

杢之助が身構える前に、「おい」という声が暗がりからかかった。

突然、背筋に焼き串を刺されたような衝撃が走る。

息をのみながら振り向くと、井戸を隔てた暗がりから、誰かが一歩踏み出した。

その男は一人だが、商家の大旦那風に長羽織を引っ掛け、手には煙管（キセル）を持っている。

「誰だ！」

「誰だと思う」

男の顔が星明りに照らされる。

「えっ、まさか源さんかい」

「ああ、そのまさかだ」

「生きていたのか」

相手が源兵衛だと分かり、ほっとすると同時に体の力が抜けていった。

「見ての通り、生きているよ」

だが源兵衛は、再会を喜ぶというより悠揚（ゆうよう）迫らざる態度で煙草をふかしている。

――そうか。この場所を知っているということは与左衛門も一緒か。

「源さん、与左衛門はどうした」

「ああ、奴も生きている」

源兵衛が寄ってこないので、二人は井戸を挟んで対峙する形になった。

「よかった。で、どこにいるんだい」

「ここにはいないよ」

「だから、どこにいるんだい」

「佐渡さ」

「どうしてだ。あいつだけ捕まったとでも言うのかい」

空が白んできたのか、源兵衛の吐き出す紫煙が、わずかに見えるようになった。

「それには深い事情があってね」

「どんな事情だ。あんたがここにいるってことは、与左衛門からこの場所を聞き出したんだろう」

「ご明察」

――此奴は何者なのだ。

その着物から悠然とした態度まで、かつての源兵衛の面影はない。

夜が明けるように、心に引っ掛かっていた謎が次第にはっきりしてきた。

「源さん、もしかすると、あんたと与左衛門は北前船から海へ飛び込まなかったのかい」

「ああ、そうだよ」

「やはりそうだったか。与左衛門の話だけでは、貯水坑内の石の位置までは分からない。それでわしを泳がせたってわけか」

「そういうことになる」

源兵衛が井戸の縁で煙管の灰を落とした。その小気味よい音が一番鶏の声と重なる。

「あんたは、いったい誰なんだ」

「ああ、わしか。お前さんの敵だよ」

「何てこった。石谷の手先だったのか」

「そうだ。お前さんたちが何かを握っているに違いないと、石谷様はにらんでいてね。それで渡し守の訓練を受けさせてもらった上、わしを潜り込ませたってわけだ。それでも水替えだけは嫌だったので、佐渡では楽な仕事に回してもらったけどね」

源兵衛がにやりとする。

「すべて嘘偽りだったのだな」

「ああ、息子の話か。あんな作り話をまだ覚えていたのか」

「そうだ。それで憐れに思い、仲間に入れてやったのに」

「すまなかったな。だが騙された方が悪いんだ。人を信じてもろくなことはないぞ」

李之助は口惜しかった。

「それで、この行李がほしいのだな」

「ほしいね」

源兵衛が近づいてきたので、李之助が一歩二歩下がる。

――こいつは相当の腕だ。とても敵わない。

刀を差していないにもかかわらず、源兵衛は手練れの兵法者のように大きく見える。

――これは殺されるかもしれん。

ふいに死の恐怖が迫ってきた。

――どうやら逃げても無駄のようだな。

重い行李を背負ったまま走っても、すぐに追いつかれる。李之助は万事休したことを覚（さと）った。

――ああ、依田様、申し訳ありません。

口惜しさが込み上げてきた。李之助は最後の最後にしくじったのだ。

だが源兵衛が近づいてきたのは、李之助を殺すためではなく、新たに煙草を詰め始めるのにちょうどよい場所まで来るためだった。井戸の縁に煙草入れを置くと、源兵衛はあくびをしながら煙草を詰め始めた。

「それにしても、人の運命とは不思議なものだな」

予想もしない言葉が源兵衛の口から出る。

「不思議なものとは、どういうことだ」

「いろいろ事情が変わったのは知っているだろう」

「事情――」

「お上のことさ」

源兵衛がさもうまそうに紫煙を吐く。紫煙はさっきよりはっきり見える。

「田沼一派のことか」

「そうだ。田沼様と共に石谷様が失脚した今となっては、わしがさような証拠を摑んだところで喜びはしないだろう」

「だが雇った事実は変わらない。捨て銭くらいはくれるだろう」

「そんなものは煙草銭にもならない。それよりも――」

源兵衛が媚びるような笑みを浮かべる。

「そいつを一緒に届けないか」

「届けるって、ど、どこにだ」

「松平様に決まっている。これからは松平様の世だからな」

松平様とは、寛政の改革を推し進めている定信のことだ。

「どうしてだ。そなたは石谷様に雇われ――」

「それはそうだが、時代は変わったのだ。わしも身の振り方を変えねばならぬ」

「つまり、わしを殺して行李を奪うつもりはないのだな」

「ははは、そんなことに怯えていたのか」

源兵衛が高笑いする。

「そ、そうだ」

「さような心配は要らん。今は味方だ」

「簡単に節を曲げてもよいのか」

源兵衛の顔が厳しいものに変わる。

「ああ、構わない。風向きが変わればそれに従う。それが、われら陰の仕事をする者の生き方だ。だがな——」

源兵衛が真剣な眼差しを杢之助に向ける。

「節に殉（じゅん）じようとする中間には、さすがのわしも打たれた」

「わしのことか」

「ああ、お前さんはたいした男だ」

「わしはただ——」

杢之助が言葉に詰まる。

「忠義か——」

源兵衛が空に向かって煙を吐き出すと続けた。

「久しく聞かない言葉だったが、お前さんはそれを教えてくれた」

「忠義心というか、わしはただ自分のためでないから頑張れただけだ」

「そんな奴は、この江戸には一人もいない。だからお上の顔ぶれが変わらなくても、わしはお前さんを殺せなかっただろう」

源兵衛の眼差しには、尊敬の念が籠もっていた。

「だがこれで、すべてがうまくいくとは限らぬ。わしは、依田様のご子息がどこにいるのか見当もつかない。そこから始めねばならぬ」

「なんだ。さようなことを案じていたのか。蛇の道は蛇だ。それはわしに任せろ」

源兵衛は再び高笑いすると胸を張った。

十二

「三一（さんぴん）の丁！」

「また三一かよ。これですかんぴんだ」

そうぼやいた与左衛門は中間部屋の賭場から立ち上がり、こちらにやってきた。

「李之助、もう博奕はやらないのかい」

「ああ、もう足を洗った」

「どうしてだい」

与左衛門が横たわる李之助をまね、手枕で横になる。

「博奕なんてものは、自分のために打つものだからさ」

「そんなの決まってるじゃないか。他人のために打つ博奕なんてあるかい」

与左衛門が笑ったので、賭場にいる連中がこちらに顔を向けた。負けて上機嫌な者などいないからだ。

「何事も自分のためにやろうとすると、ツキが落ちるからさ」

「ははは、なるほどな。しかし博奕をやらないのは分かるが、宮内様が若党にしてくれるというのを、なぜ断ったんだ」

「わしには、中間が似合っている」

「でもな、若党になれば給金も増えるし、所帯も持てるのにな」

「自分のことだけを考えたらそうだろうよ。だがツキを落としたくはないからな」

「そういうことか。お前さんは変わっているな。でも変わっているおかげで、依田家の再興が成り、こうしてわれらも元の中間に戻れたってわけだ」

「そうだな。元の中間に戻ることが、いかにたいへんだったか」

神奈川宿での再会後、源兵衛と共に依田宮内を捜し出した李之助は、宮内に証拠を渡し、訴え出ることを勧めた。宮内はそれに従い、松平定信に訴え出た。それにより依田家の再興が成った。

さらに佐渡にいる与左衛門を呼び戻してもらい、二人して宮内に仕えることになった。

与左衛門が分かったような口ぶりで言う。

「多くを望まず、元のままを望むのが、ツキを落とさぬコツってわけだ」

「そうだな。何事も分相応が一番だ」

「それにしても、佐渡に連れ戻されたわしのことを忘れなかったことには感謝する」

「あれは宮内様が奔走してくれたおかげだ。それと――」

「源さんだな」

「そう。今では七十俵五人扶持の御家人に収まった多田源兵衛殿が働き掛けてくれたからだ」

源兵衛は宮内の口利きで、御家人の末端に加えてもらった。

「奴にはひどい目に遭わされたので、差し引きなしだ」

だが源兵衛によると、佐渡へ戻る船内で与左衛門を締め上げようとしたところ、その前に与左衛門は大井戸のことを語ったという。

「いずれにせよ、何があろうと他人のためを思っていれば、必ず報われる」

杢之助が己に言い聞かせるようにそう言うと、夕餉を知らせる鐘が聞こえてきた。

「おっ、夕餉の時間だ。懐は寂しいが、腹くらいはいっぱいにするか」

与左衛門に促され、杢之助も立ち上がった。

中間長屋を出ると、懐かしい江戸の匂いが鼻腔に満ちた。

――「吾唯知足（われただ足るを知る）」か。いい言葉だな。

誰かから教わったそんな言葉が、ふいに浮かんだ。

気づくと夜の帳（とばり）はおり始め、いつもと変わらぬ一日の終わりがやってきていた。

――さて、明日も頑張るか。

杢之助は満ち足りた気持ちで与左衛門の後を追った。

夢でありんす

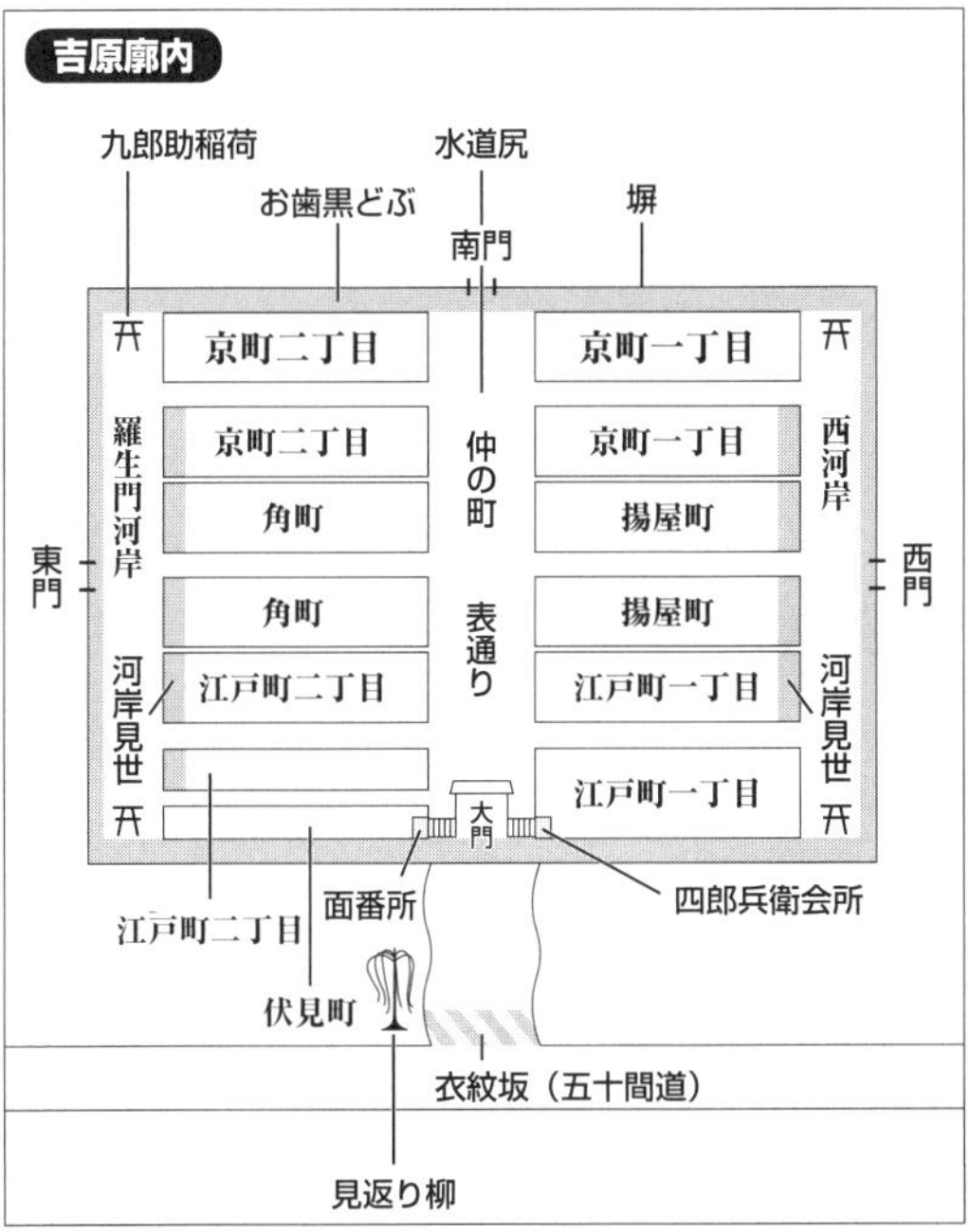
吉原廓内
九郎助稲荷
水道尻
お歯黒どぶ
塀
南門
京町二丁目
京町一丁目
羅生門河岸
京町二丁目
仲の町
京町一丁目
西河岸
角町
揚屋町
東門
西門
角町
表通り
揚屋町
河岸見世
江戸町二丁目
江戸町一丁目
河岸見世
大門
江戸町一丁目
面番所
四郎兵衛会所
江戸町二丁目
伏見町
衣紋坂（五十間道）
見返り柳

一

徳川家康が江戸に幕府を開いて以来、江戸の人口は増加の一途をたどっていた。というのも江戸には、何らかの仕事があり、食いっぱぐれることはないからだ。それを知った農家の次・三男は、仕事を求めて江戸に流入してきた。これにより十八世紀初頭には、江戸の人口は百万を超え、世界有数の大都市となっていた。

若い男が集まれば、そうした男たちに春を売る女郎（遊女）の需要が高まる。だが江戸市中の至るところで勝手に春をひさがれては、公序良俗に反する。そこで幕府は、女郎たちを一カ所に集めて商いをさせることにした。

かくして男たちの桃源郷。吉原が造られる。

当初、吉原は日本橋人形町に造られたが、「遊郭が江戸城の近くにあるのはまずい」となり、明暦二年（一六五六）、浅草浅草寺の裏手にある千束村へと移転させられた。その移転が始まろうとする矢先の明暦三年初頭、明暦の大火によって江戸の大半が焼失した。そのためその後に建設が開始され、大火のあった明暦三年の末に、新吉原遊郭の営業が開始された。

人形町にあった吉原を元吉原、千束村にできた吉原を新吉原と当初は呼んでいたが、次第に吉原と言えば後者を指すようになった。

吉原は田園の中に忽然と姿を現した男たちの桃源郷だった。その広さは約二万坪（六万六千平米）、妓楼の数は大小二百十四軒、そこで暮らす人々は一万人前後、女郎の数は時代によって異なるが、二千から七千、そして一日に千両が落ちると言われた。

ここに人々の欲望が渦巻く様々な物語が生まれてくる。


吉原揚屋町に住む鋳掛屋力蔵の許に、四郎兵衛会所から「すぐに来てくれ」という一報が入ったのは、文政三年（一八二〇）三月五日の朝だった。やってきたのは四郎兵衛会所の小僧で、全速力で走ってきたのか息を切らしている。

四郎兵衛会所とは、吉原唯一の出入口となる大門を入って右側にある私設の監視所のことだ。ここは交代制で昼夜を問わず、大門を出る人々を監視している。

四郎兵衛会所という名は、初代の監視人の頭目が四郎兵衛という名だったことに由来し、それ以降、頭目は四郎兵衛を襲名するようになった。

ちなみに大門の左側にあるのが面番所で、町奉行の支配下にある同心二人と岡っ引き数人が交代で常駐している。こちらは廓内の警察機能を担っている。

鉛を溶かそうと坩堝を火に掛けたばかりだったので、力蔵が「朝の仕事が終わったら行く」と答えたところ、小僧が「それでは困ります。親方がすぐ来てくれと仰せです」と答えた。

「仕方ねえな」

悪態をつきながら火を消し、外に出てみると、小僧が「急いで下さい」と言う。

だが力蔵は五十の坂を越えている上、鋳掛屋なのでしゃがみ仕事が多かったためか、膝が痛む。そのため足を引きずるようにして四郎兵衛会所に向かった。

力蔵の住む揚屋町に妓楼はなく、表通りには呉服屋、古着屋、酒屋、傘屋、桶屋、瀬戸物屋、煙草屋、蠟燭屋といった常設店舗を構える商家が並び、裏通りには、妓楼で働く人々、力蔵のような職人、髪結、芸事の師匠、按摩、易者、際物師などが住んでいる。際物師とは、心中事件など女郎が喜びそうな記事のさわりだけ読んで瓦版を売る者のことだ。

以前は女郎を置屋から呼んで遊ぶ揚屋の町だったので、その名が残ったが、妓楼から揚屋までの花魁道中に経費が掛かりすぎることから、宝暦年間に制度が改まり、男たちは妓楼で用を済ますようになる。そのためそれ以降、揚屋町は、吉原に必要な様々な仕事をする人々が集住する一角になっていた。

揚屋町の木戸門を抜けると、吉原の目抜き通りにあたる仲の町に出る。仲の町といっても町の名ではなく通りの名になる。仲の町の両側は高級妓楼に登楼する客が仲介してもらう引手茶屋が軒を連ねている。この一帯は、夜ともなれば二階座敷からは酒宴の賑わいが聞こえ、三味線の音が絶えることはない。

道の中央には季節を先取りした樹木が植えられている。今は春なので、多数の桜の木が一列に植えられているが、もう十日もすれば、細長い藤棚に支えられた藤に取って代わられる。

いかに吉原が不夜城とはいえ、早朝ともなれば目抜き通りを歩く人もまばらになる。引手茶屋に勤める老人が水を撒き、客と後朝の別れを交わしてきた女郎が、眠そうな目で妓楼に戻る姿が見られるくらいだ。

――夢を売る街か。

かりそめの夫婦の「粋」とばかりに、甘い言葉を囁(ささや)いて大門で客と別れてきた女にも、大門を出て幾度も振り返りつつ衣紋坂(えもんざか)を上り、大門が見える最後の地点となる「見返り柳」で女郎に手を振る男にも、厳しい浮世が待っている。

桜が舞い散る中、力蔵は急ぎ足で四郎兵衛会所に向かった。

会所に入ると、四郎兵衛が何人かの配下と立ち話をしていた。小僧が力蔵の到着を告げると、四郎兵衛が早速やってきた。その顔を見れば、厄介な頼み事だと分かる。

「力蔵さん、よく来てくれた」

「四郎兵衛さん、お久しぶりです」

当代の四郎兵衛は小柄で目立たない男だが、怪しい者を見抜く目は抜群で、町年寄たちの評判もよかった。

会所では足抜けしようという女郎だけでなく、籬越(まがき)しに女郎に見とれる客を狙った掏摸(すり)や、湯屋で盗みを働く板の間稼ぎ（置き引き）も捕まえる。これまで四郎兵衛は、鋭い眼力で何人もの足抜け女郎や盗人(ぬすっと)を捕まえてきた。

「力蔵さんは、あいかわらず息災のようだね」

二人の年齢はたいして変わらない。

「風邪くらいは引きますよ。そういえば四郎兵衛さんは寝込んでいたんだってね」

「ああ、寄る年波には勝てないよ」

吉原は「粋」と「張り」の街だ。「粋」はどんな時でも慌てず、余裕を見せること。「張り」とは心意気のことで、吉原に生きる女も男も、「粋」と「張り」を何よりも大切にしていた。それゆえ緊急時以外、久しぶりに会った者どうしは雑談から入る。

四郎兵衛に導かれるままに囲炉裏（いろり）に座した力蔵は、煙管（キセル）を取り出した。それに倣って四郎兵衛も一服する。

「実はね、手を借りたいことができちまったんだ」

「わいの手かい。鋳物なら新品同然にしてみせるよ」

四郎兵衛が笑う。

「戯（ざ）れ言（ごと）はよしてくれよ。そっちじゃないのは分かっているだろう」

「前職の始末仕事かい」

「それでもないんだ」

「ということは追捕（ついぶ）仕事だね」

「そうなんだ。ひと働きしてくれないか」

小気味よい音で煙草盆の灰落としに灰を落とすと、力蔵は「張り」を利かせた。

「ほかならぬ四郎兵衛さんの頼みだ。わいにできることなら、何でも言ってくんない」

「分かった。では聞いてくれ」

そう言うと、四郎兵衛も灰を落とし、細刻みを詰め直すと語り始めた。

「三月三日の晩に、女郎の足抜けがあったんだ」

力蔵が絶句する。というのも、明暦三年（一六五七）に新吉原ができてから、今年すなわち文政三年までの百六十三年間、足抜けを試みた者は十人前後しかおらず、吉原の外に出ることができた者も少しはいるが、ただの一人も逃げきった者はいない。外まで逃げおおせた者のうち、二人は若かりし頃の力蔵が捕まえていた。

「あんたの代になってからは、誰一人として抜け出せなかったんだろう」

「そうさ。だが此度ばかりは、やられちまったんだよ」

四郎兵衛が不貞腐れたように灰を落とす。

「廓内は捜したのかい」

「ああ、すべての建物の床下から天井裏まで捜させた」

昨日はほとんど外に出ずに仕事をしていたので、力蔵はそうした動きを知らなかった。

「で、どこの誰が足抜けしたんだい」

「万字屋の春日野さ」

「万字屋といえば大見世じゃないか。しかも春日野といえば、大名から豪商まで贔屓が引きも切らないという呼出だ。それがなぜ――」

　吉原の妓楼は格式によって、大見世、中見世、小見世に分類されていた。大見世はほかに江戸町一町目の扇屋と松葉屋、江戸町二丁目の丁子屋、京町一丁目の大文字屋と角海老など八軒しかない。ちなみに中見世は十九軒、小見世は五十八軒あり、また河岸見世と呼ばれる安価なものも羅生門河岸に二十八軒、西河岸に二十二軒あった。さらに局見世と呼ばれる長屋形式の小さなものもあり、すべてを合わせると妓楼の数は二百十四軒に及ぶ。

　ちみなに呼出とは、太夫の後を受けて作られた最上位の女郎で、三千人いる女郎の中で二十から三十人しかいなかった。その下には、昼三、付廻、座敷持、部屋持、切見世と明確に格付けが決まっていた。花魁と呼ばれるのは座敷持以上になる。

「春日野が足抜けした理由までは分からない。だが年寄衆は、会所が監視の目を怠ったとしてお怒りだ。とくに万字屋の忘八は、われらの落ち度だと思い込んでいる」

年寄衆とは主に大見世の主たちのことで、吉原の内政を司(つかさど)っている。また忘八とは妓楼の主人のことで、「仁・義・礼・知・忠・信・孝・悌(てい)」の八徳を忘れた者として忘八と呼ばれた。

「それで春日野は、あんたらの目を盗んで大門を通過できたのか」

「そんなはずはない。その日は、わしも目を光らせていた」

「では、大門からは逃れたはずがないと、自信を持って言えるのだな」

「ああ、わしの目に狂いはない」

四郎兵衛が確信を持って言う。

かつて四郎兵衛は、山岡頭巾(やまおかずきん)をかぶった武士を呼び止めたことがあった。武士を誰何(すいか)するのは、よほどの自信がないとできないことだ。というのも下手をすると無礼討ちにされるからだ。だが四郎兵衛はその武士が女とにらみ、声を掛けたのだ。結果は四郎兵衛の見込み通りだった。

また、かつて大柄な医師が駕籠(かご)で通り過ぎようとした。吉原では、駕籠の窓を開けて四郎兵衛会所の前を通過するという条件で、医師だけが駕籠を利用できるからだ。だが四郎兵衛は、その異様に太った医師に違和感を抱き、駕籠を降りるようお願いした。何と医師に化けた男は、二人羽織で逃れようとしたのだ。

「これまで先代も先々代も、大門からは一人の女郎も逃がしていなかったね」

「もちろんだ。怪しい者は絶対に見破れる」

四郎兵衛が唇を噛む。

「てことは、ほかの手段で逃れたってわけだ」

「そうに違いない」

「そういえば逃げた日は、雛祭(ひなまつ)りの晩だったな」

「ああ、そうだ」

「その日の夜には、片づけがあるな」

春日野が消えた三月三日は上巳の節句で、夜には雛飾りの片づけがある。吉原の大見世に飾られる雛飾りは道具屋から借りているもので、万字屋も豪奢な雛飾りを借りていた。

「三日の夜には、それを入れる櫃が、いくつも女中部屋などに置かれていたはずだ」

「うむ。櫃は道具屋の車で廓外に運び出されるが、ここですべての櫃や道具箱を改めている。だから三日の夜には列ができちまって、ひと騒動なんだ」

「その目をかいくぐったってことはないかい」

「ありえないね。道具改め役とほかの帰り客の監視役は、別々に設けているからな」

四郎兵衛の仕事は、いつも完璧だった。

「では、大門から出ていないということは、どこから出たんだ」

「お歯黒どぶを渡るしかないだろう」

吉原の区画は長方形で、その四囲には忍返が付けられた黒板塀がめぐらされ、お歯黒どぶと呼ばれる堀が設けられていた。堀幅は約二間（三・六メートル）で、堀底には歩けないほどの泥土が入れられ、魚も棲めないほどの悪臭を放っていた。その外側は吉原田圃と呼ばれる泥田が広がり、さらに道となっている日本堤に出るには、土手をよじ登らねばならない。

日本堤とは吉原に至る唯一の道のことで、元は隅田川の溢れ水を防ぐための堤防だったが、吉原ができてからは、その「通い道」となっていた。

この堤は浅草聖天町と三ノ輪を結ぶ一本道で、吉原はその中ほどにあるため、どちらかに逃れても捕まえるのは、さほど難しいことではなかった。

つまり吉原から逃れるのは不可能に近かった。しかも妓楼の主たちは、女郎に体力をつけさせないために運動をさせないので、女郎たちは「膳一つ運べない」と言われるほどひ弱だった。

「あそこを抜けるのは無理だろう」

「いや、以前、羅生門河岸から逃れようとした女郎がいた。蒲団(ふとん)をかぶせて塀を越え、板を渡してどぶを渡ったんだ。しかも日本堤に駕籠を待たせていた」

「それは男、つまり間夫(まぶ)の手引きがあってのことかい」

間夫とは、情人や色とも呼ばれる恋仲になってしまった男のことだ。

「その通り。男の手引きがなければ、女郎がお歯黒どぶを越えることはできない」

これまで吉原の外に逃れた女郎の大半が、間夫の手引きによるものだった。

「で、その時はどうやって捕まえたんだい」

「吉原は不夜城だ。そんなことをしていれば、誰かに見つかる」

その女郎は、誰かに通報されて捕まったのだ。通報すれば褒美がもらえるが、そんなことより、好いた間夫と逃げ出そうとする女郎を、女たちは見逃したりはしない。そうした嫉妬が渦巻くのが吉原なのだ。

「では、春日野も同じことをすれば、すぐに見つかるだろう」

「おそらくな。しかもその一件以来、仲の町だけに設けられていた誰哉行灯(たそやあんどん)を、羅生門河岸と西河岸にも多数設けたので、夜でも昼のように明るくなった」

「春日野に間夫の影は――」

「それは万字屋さんに聞いた方がよいだろう」

「それもそうだな」と言って力蔵が立ち上がる。

「引き受けてくれるのかい」

「もちろんだ」

「では、この後は万字屋さんに行ってくれ。手間賃や褒美は万字屋さんが決める」

「ああ、分かった」

四郎兵衛会所を後にしようとした力蔵は、暖簾に手を掛けたところで振り向くと言った。

「四郎兵衛さん、あまり気を落とすなよ」

「分かっている。だがな――」

一つため息を漏らすと、四郎兵衛が言った。

「わしも、そろそろ身を引く潮時かもしれない」

「そんなことはないさ。春日野を見つけてくれれば元の通りだ」

「だといいんだけどな」

四郎兵衛が肩を落として苦笑いした。

二

吉原という場所は、男たちには桃源郷でも、そこで働く女たちには苦界以外の何物でもない。農民が八割を占めるこの時代、労働力がほしい農家は子だくさんだった。しかし農作業は過酷なので、農家は男子をほしがる。収穫が常に安定しているなら、女子でも十五歳くらいまで育て上げ、どこかに嫁入りさせればよいが、物成が悪くなると食い扶持を減らさねばならなくなる。そのため飢饉となれば人身売買が盛んになる。

そうなると女衒が農家を回り、娘を片っ端から買っていく。身売りの対価は五両から十両で、一両を現代価値に換算しても十万円程度で、たいした額にはならない。それでも飢え死にするよりはましなので、農民は娘を売るしかない。

続いて女衒が売り先を決める。器量の悪い娘は江戸に四つある岡場所か、どこかの宿場の飯炊き女（雑用役兼女郎）として売られるが、器量よしの娘は吉原に売られてくる。

十歳以下なら禿となり、十五歳くらいまで姉役の女郎から行儀や諸芸を習う。十五歳になった時、最初の選別が待っている。器量よしで筋がよさそうな者は振袖新造という花魁予備軍にされ、そうでない者は留袖新造という中級以下の女郎の道を歩まされる。

留袖が振袖に配置換えされることはまれで、留袖とされれば、まさに苦界に身を沈めることになる。というのも客一人当たりの稼ぎが少ないので、振袖に比べて客を多く取らねばならないからだ。

二十七歳前後になると、身売り額の返済も済むので年季明けとなる。その前に有徳人（金持ち）に身請けされればよいのだが、それはまれで、たいていの女郎は年季明けとなって吉原を出るか、病死ということになる。つまり女郎が吉原を出るには、身請けされるか、年季明けとなるか、死ぬかしかなく、その分、女郎たちの自由への渇望は大きくなる。

――酷いものだな。

吉原の女郎は籠の鳥も同じで、一生の大半を吉原で過ごさねばならなくなる。それゆえ何とかして脱出したいと思う者が出てくるのは当然だった。

――籠の鳥は、わいも変わらないがな。

廓内で働く若い衆と年季明けした女郎の間に生まれた力蔵は、若い頃、金がないのに登楼した客や無銭飲食した客に取り立てを行う始末屋と呼ばれる仕事の傍ら、吉原の外に逃れ出た女郎を追跡する追捕人という仕事も請け負っていた。

逃げおおせたと思い込み、束の間の幸せに酔う女郎の居場所を突き止め、連れ帰るのが追捕人の仕事だ。それゆえ可哀想だとは思いつつも、その褒美が始末屋に比べて破格なのでやめられなかった。

ある時など、男と二人で睦み合っている場に踏み込み、男を殴り倒し、舌を嚙もうとする女に猿轡を嚙ませ、連れ帰ったことがある。縛り上げた女を肩に担ぎ、仲の町を歩くと、引手茶屋や妓楼から多くの者が出てきて、やんやの歓声を浴びた。それは力蔵にとって花道でも、捕まった女郎にとっては地獄の道でしかなかった。

その後、女郎は厳しい折檻を受けた末、食べ物断ちをして死んだと聞いた。

――この街で情けは禁物だ。可哀想と思ったら、この街では生きられない。

その一件があってから、力蔵は「鬼力」の異名で呼ばれ、周囲から恐れられるようになった。

――さて、仕事だ。

花魁道中で春日野の姿を見たことはあるものの、言葉を交わしたことはない。どのような思いで、春日野が足抜けしたのかは分からない。だが力蔵は一切の感情を差し挟まず、粛々と仕事をこなしていくつもりだった。

四郎兵衛会所の外に出た力蔵は、その足で万字屋に向かった。万字屋は江戸町一町目にあるので、四郎兵衛会所から徒歩ですぐの距離だ。

――ここだな。

見世の前まで来たが、まだ朝なので静まり返っている。張見世となる惣籬には女郎一人おらず、若い衆が雑巾を掛けている。

惣籬とは全面が朱塗りの格子になっていることで、大見世の目印となる。ちみなに中見世は半籬という上四分の一が開いている籬を、小見世は惣半籬という下半分だけに格子が組まれている籬になる。これは客に識別を容易にさせるためで、客は入る前に揚代の見当をつけることができた。

「ごめんよ」

力蔵が暖簾を潜ると、一斉に視線が向けられた。

「鋳掛屋の力蔵だ。茂吉（もきち）さんに用がある」

万字屋の忘八は茂吉という。

「お待ちしていました」

早速やってきた番頭が奥まで案内する。妓楼の番頭は忘八に次ぐ地位にあり、見世の帳簿を預かっている。

「ご足労いただき申し訳ありません」

「なあに、たいしたことじゃありません」

そんな会話を交わしながら、茂吉のいる内所（ないしょ）（忘八の居室）に案内されると、中で茂吉と花車（かしゃ）（忘八の妻）が額を寄せ合っていた。

「おう、力蔵さん、よく来てくれた」

「大筋の話は会所で聞きました」

「そうか。そいつは話が早い。どうやら四郎兵衛も焼きが回っちまったらしくてね。春日野を大門から出しちまったんだ」

「そいつは、どうかと思いますよ」

茂吉が不思議そうな顔で問う。

「どうしてだい。ほかに出る方法でもあるのかい」

「それは調べてみないと分かりませんが、どこかに隠れているということはありませんか」

「わしも最初はそう思い、四郎兵衛らと廓内を隈なく捜した。ところが春日野は見つからなかった」

――そんなわけないだろう。

心中でそう思っても、顔に出すわけにはいかない。

「手助けした者はいませんか」

「心当たりはないね」

「何か不満を抱いていたのでは」

「春日野に限って、そんなものはない」

「どうして、そう言えるのですか」

茂吉が首を左右に振る。

「力蔵さんは春日野を知らないからだよ」

「つまり常の女郎とは違っていたと」

「そうだ。気立てがよい上、禿の面倒見もいい申し分のない花魁だった」

「つまり、ここの生活に慣れていたんですね」

茂吉が花車に問う。

「お前はどう思う」

「あの娘ほどよい子はおざんせん」

花車が廓言葉で答える。

吉原では異界を演出するために、独特の廓言葉を作り、女郎たちに使わせていた。おそらくこの花車も女郎出身なのだろう。

「そうですかい。しかし春日野はここを出ていった。ということは、何か嫌なことでもあったのと違いますか」

「心当たりはありんせん」

「わしにもない」

「わいは、お二人が厳しすぎたと疑っているわけじゃないんです。まず逃げた理由を知りたいんです」

茂吉が不機嫌そうに問う。

「どうしてだ」

「それが分かれば、逃げた場所を突き止められるかもしれないからです」

「そうか。逃げた方法よりも理由が大切ってわけか」

「そうです。わいだって逃げた方法は知りたい。でも、それは連れ戻してから口を割らせればよいことです」

逃げた方法を知ることよりも、春日野がいる場所を探り出し、連れ戻すことが先決なのだ。

「何か面白くないことでもあったんだろうか」

茂吉が独り言のように言う。

「申し訳ありませんが、ここは苦界です。楽しそうにしていても、ここから逃れたいと、女郎たちは常に思っているんじゃないですか」

花車が口を挟む。

「さようなことはありんせん」

「どうして、そうと言い切れます」

「それは――」

花車が口ごもる。

「お二人が女郎たちを可愛がっているのは分かります。しかし春をひさぐというのは――」

「さようなことは分かってやす。あちきも女郎でありんしたから」

「そうですか。つかぬことを聞いちまって申し訳ありません」

「あちきたちの頃に比べれば、うちは随分と待遇もよいと思いんす」

「なるほど。それは分かりました。では、間夫の影は――」

茂吉が答える。

「すでに番頭新造（妹分）から禿まで聞いたのだが、常連はいても、言い交わしたような相手はいないとのことだった」

間夫の手引きで足抜けすることを防ぐため、番頭新造は監視の役割も課されていた。

「間夫の影は薄いというのですね」

茂吉がうなずく。

「その日は客を取っていたんですか」

「もちろんだ。しかし泊り客はいなかった」

「では、最後の客が帰ったのは――」

花車が答える。

「四つ半（午後十一時頃）でありんす」

「春日野の姿を最後に見たのは誰で、何時（なんどき）くらいですか」

「内湯を使ったのを何人かが見てやす」

吉原には湯屋もあるので、そちらは外湯、妓楼内の湯は内湯と呼ばれた。

「それは何時くらいですか」

「引け四つ（午前零時頃）でありんす」

妓楼では引け四つで妓楼の表戸を閉めて閉店となるが、泊り客の接待は続く。八つ（午前二時頃）になると拍子木が打たれて大引け（就寝）となる。妓楼では大引けには床に入るよう女郎たちに勧めていたが、泊り客が起きていれば接待は続く。

「では、風呂に入って八つには寝たはずですね」

花車がうなずく。

「春日野が出ていく姿は誰も見なかったんですか」

茂吉が話を代わる。

「八つになっても若い衆らの仕事はある。そのため二階は静かになるんだが、一階は明け六つ（午前六時頃）まで誰かが起きている」

若い衆とは妓楼の雑用を担当する男性のことで、必ずしも若いわけではない。

「つまり一階のどこかから出た形跡はないと」

「若い衆が手引きしていない限りはね」

廓には表口と勝手口の二つがある。双方共に内側から錠前を掛ける。言うまでもなく女郎を逃がさないためだ。その鍵は不寝番（ねずのばん）の若い衆が預かり、翌朝に出勤してくる番頭に渡す習わしだ。

「つまり春日野が逃げ出したとしても、二階からとなりますね」

茂吉が確信をもって言う。

「間違いない。二階からだ」

妓楼の二階は客を迎えて酒宴に興じ、睦言を交わす場で、花魁の部屋や部屋持以下の大部屋がある。どれも襖一枚隔てただけなので、隣室の声も廊下を歩く音も聞こえる。そうした中を抜き足差し足で進み、窓を開けて屋根に出て、どこかから通りに下り、何らかの手段で廓外に出るなど至難の業だ。

「では、二階から出たという形跡は何かありましたか」

「形跡とは」

「窓枠を外した跡とか。窓の下に台が置いてあったとか」

「何もなかったね」

茂吉が記憶をまさぐるような顔で言う。

「そうですか。後で私も検分させてもらいますが、それで何時くらいに、春日野がいないと気づいたのですか」

「昼四つか四つ半くらいだね」

昼四つとは午前十時のことで、四つ半とは午前十一時のことになる。女郎は昼見世の始まる昼九つ（正午）までは自由時間なので、寝ている者も多い。そのため春日野の不在に気づくのが遅れたのだ。

「では、もう一つ聞かせて下さい」

「ああ、何なりと聞いてくれ」

「春日野の出身についてです」

「ああ、そのことか」

茂吉が暗い顔をした。その表情からすると、女郎なら誰にも付いて回る悲劇的な逸話があるに違いない。聞きたくない話だが、それを手がかりとするのが、居場所を捜す最も早道なのだ。

三

煙草を吸おうと思ったのか、茂吉が引き寄せかけた煙草盆を戻すと言った。

「そうだ。春日野のことは、春日野の部屋で話そう」

「そうしましょう」

力蔵に否はない。というのも、春日野の手回り品も見ておきたかったからだ。

内所を出ると、嫌悪とも畏怖（いふ）ともつかない視線が集まるのを感じた。だがそれも一瞬だけで、誰もが視線を外して自分の仕事に戻った。

――俺は鼻つまみ者だからな。

春日野を連れ戻せば折檻があるかもしれない。そうした雰囲気は妓楼の隅々まで伝播（でんぱ）し、働く者たちの雰囲気を悪くしている。

――知ったことか。

茂吉は開き直ったような気持ちで、店内を見回した。だが誰も視線を合わせようとしない。

茂吉の先導で二階に向かう階段まで来たところで、力蔵は問うた。

「妓楼の階段てのは、表口に背を向けて作られていますよね」

「ああ。客と女郎の出入りが内所から見やすいようにできている。まあ、それだけじゃないがね」

「知ってます。客どうしの鉢合わせを避けているんですよね」

「うむ。帰る客と着いた客が、同じ女郎を贔屓にしていた場合、鉢合わせすると気まずいからね」

女郎は階段を下りる際、内所に視線を向ける。そこで忘八か花車が合図を送ると、女郎は心得たもので、帰る客を脇にある引付座敷に招き入れて茶を出させる。その間に遣手婆（やりてばば）か番頭が着いた客を二階に案内する。女郎の部屋はまだ片づけが済んでいないので、二階の接待座敷や廻し部屋に通しておく。こうした細かい配慮によって、客は上機嫌で登楼し、上機嫌のまま帰途に就くのだ。

「てことは、三月三日も茂吉さんかお内儀が、内所にいたんですね」

「もちろんさ。これも習慣でね。つい階段に目が行くんだ。それで誰が二階にいて客を取り、誰が一階の張見世にいるかを把握しているんだ」

階段の途中から、茂吉が今までいた内所を指差す。そこでは、花車と番頭が帳簿を見ながら何かを話している。

「ほら、あそこから階段は丸見えだろう」

「見落とすことはないのですか」

「あの日は見世を閉めた後だったからね。内湯を使った春日野が階段を上がっていくのを見たのが最後だった」

階段を上り切ると、正面の座敷に中年の女がいた。女の傍らにはビイドロ細工の小さな燈籠が置かれ、床の間には薄端（うすばた）の花活けに紫苑（しおん）が活けてあった。その後ろには冷泉為泰（れいぜいためやす）の色紙が、掛軸に仕立てられて掛けられている。

――見た目と違って「粋（いき）」が分かっているな。

それだけで、その部屋の主が賢いと分かる。吉原では、こうした趣味のよさが評価される。それをこの部屋の主も分かっているのだ。

「あっ、お仙さん、ちょうどよかった」

その部屋の主の女は、万字屋の二階を取り仕切る遣手婆の仙だった。仙は四十がらみの太った女で、現役の頃は呼出に次ぐ昼三まで上り詰めたというが、今では、それを知る者は少ない。だが力蔵は人伝に、仙の手練手管を聞いたことがある。この世界は、美貌だけで成り上がれるわけではないのだ。とくに美貌に劣る女郎の場合、秘技を駆使して客を満足させないと、金を稼げない。むしろんそうした床技だけでなく、「粋」と「張り」によって、自分を贔屓にさせる駆け引きにも長じていなければならない。

――それでも仙は、呼出にはなれなかったってわけか。

だが女の切り札は、やはり美貌になる。仙は仙なりに頑張ったようだが、持って生まれたものだけは仕方がない。

「旦那さん、春日野のことでありんすか」

仙が挨拶もせずに問う。

「そうだ。ここにいるのは力蔵さんだ」

「はい。存じ上げております」

仙があからさまに嫌な顔をする。

「力蔵さんに見たことを話してほしいんだ」

「もう四郎兵衛さんたちに話しんした」

「そう言わずに頼むよ」

見世の主人が頭を下げて頼み入るほど、妓楼内で遣手婆は力を持っていた。遣手婆は女郎のしつけから床技まで教えるからで、それによって妓楼の売り上げが左右された。

その一方、女郎の監視役兼しつけ役でもあり、女郎たちから慕われることも多い。というのも、女郎の悩みごとを聞いてやったり、妓楼の主人へ何かを陳情したりすることもあるからだ。

そんな遣手婆だが、客からの祝儀や礼金で食べているので非正規雇用者になる。つまり面白くないことがあると、ほかの見世に移ることもあり得るのだ。

「仕方ありんせんね。でもあちきは、何も見のうござりんした」

「つまり内湯から上がってきた春日野は部屋に戻り、それからは、一度もこの階段を下りなかったのだな」

「そうでありんす。引け四つ（午前零時頃）に部屋に戻る姿を見んした。でもあちきも九つ半（午前一時頃）には、障子を閉めて床に就きんしたから、それからのことは知りんせん」

「力蔵さん、という次第だ」

「分かりました。仙さん、後で何か聞くかもしれんが、その時はよろしくな」

「分かりんした」

仙が不愛想にうなずく。

仙の部屋を後にし、迷路のように廊下を進むと、茂吉が立ち止まった。

「ここが春日野の部屋です」

そこは二部屋分ほどの広さで、春日野が万字屋で一、二を争う女郎だということを証明していた。

しかも襖によって二部屋に仕切られており、客は手前で酒食を共にし、奥で閨事（ねやごと）を楽しむようになっていた。

「ご無礼いたしやす」

春日野がいないと知りながら、力蔵は頭を一つ下げて入室した。というのも吉原では、呼出は尊敬の対象で、ごく親しい者以外は敬語を使うからだ。つまり春をひさがせているにもかかわらず、忘八までもが頭を下げるというのが吉原の文化なのだ。

これが外国人宣教師たちの目には奇異に映ったらしく、「この国では、春をひさぐ女を尊敬する慣習がある」と書かれた書簡もある。だがこれは、吉原全体で女郎の価値を上げるためにやっていることだった。

茂吉がため息交じりに言う。

「春日野というのは尋常じゃなかった」

「何が、ですかい」

春日野が置いていった書籍類をめくりながら、力蔵が問う。

「その美貌は吉原随一と謳われていたが、それだけでなく大身の武士や豪商、はたまた文人や俳人と対等に話せるくらいの教養を身に付けていた。読み書き、算盤(そろばん)、活け花、茶道、和歌、俳句、囲碁、将棋に至るまで精通し、漢詩も書けて琴も弾けた」

力蔵は、そこに積まれた書物の山に驚嘆していた。

「ということは、出自がよかったんですね」

「そうさ。たいていは身売りされてきて禿から叩き上げるものだが、春日野は十六でここに来た」

力蔵は書物を丹念にめくりながら問うた。

「ということは、親が身を持ち崩したんですかい」

「まあ、そういうことだ」

「どこかの商家の出ですか」

「それが違うんだ」

力蔵の手が止まる。

「て、ことは、まさか武家の――」

「いや、それも違う。春日野は絵師の娘だった」

力蔵は少し拍子抜けした。

「なんだ、絵師ですか」

「絵師といってもピンからキリだ」

「まさか、ピンの方ですか」

「うむ。何と父親は月岡雪栄さ」

「えっ、あの月岡派の一翼を担った風景画の名人ですか」

力蔵が呆気に取られる。

「そうなんだ。何の因果か、あれだけの名声をほしいままにした絵師が、死んだ時は借金だらけだったのさ」

「また、どうして」

「知り合いの請人になっちまったんだ」

請人とは保証人のことで、本人が何らかの理由で借金を返せない場合、それを肩代わりせねばならなくなる。

「雪栄さんと母親はどうしたんで」

「身を持ち崩し、そろって病死したらしい」

「それで春日野は、ここに売られてきたんですね」

「ああ、よくある話さ」

吉原には、そんな話がいくらでもあるが、栄光と没落が鮮やかなだけに、さすがの力蔵も同情を禁じ得なかった。

「聞くのも辛い話ですね」

「そうなんだ。だがこっちも商いだ。早く年季明けさせるよう、内儀と一緒に春日野を励ましていたんだ。そしたら春日野は、わしら夫婦を実の父母のように慕ってくれてな――」

茂吉が目頭を押さえる。

――何が実の父母のようだ。

たとえ表面上はそうであっても、春日野に春をひさがせていた事実は変わらない。

「そうでしたか。では、春日野は茂吉さん夫婦を裏切るようなことをしちまったっんですね」

「そうだ。あいつめ、こっちがどれだけ可愛がってきたか」

その顔は怒りに歪み、「実の父」のようには見えない。

「兄弟姉妹はいなかったんで」

「うむ。春日野は一人娘だったらしい」

「どこに生まれて、どこで育ったんで」

「品川宿と聞いているが、住んでいた場所までは知らない」

――て、ことは、あの辺りに土地勘があるな。

人は土地勘のない場所に行きたがらない。行ったところで、うろうろしているところを見つかるだけだからだ。周到に練られた計画なら、品川周辺に身を隠しているに違いない。

「しつこいようですが、間夫の影はちらついていなかったんですね」

「ああ、全くだ。とくに春日野は――」

茂吉が口ごもる。

「何でも言って下さい」

「うむ。春日野は相場より高い値をつけても引く手あまただったので、旦那衆の中でも、よほどのお大尽じゃないと同衾できなかった」

「当然、引手茶屋を通していたんですね」

「もちろんさ」

吉原の妓楼は引手茶屋と共存共栄を図ってきた。なぜかといえば引手茶屋は、吉原における遊びの相談役兼世話役だからだ。とくに大見世は引手茶屋を通さない客は受け付けないほどだった。しかし引手茶屋も「粋」を大切にしているので、妓楼と癒着せず、客の望みを聞き、それに適う妓楼へと案内した。


まず客は引手茶屋で酒宴を開いて女郎を待つ。女郎はいわゆる「花魁道中」で引手茶屋に向かい、酒宴に参じた後、客と一緒に自分の妓楼へと戻る。この時、花魁の相手が誰かは一目瞭然なので、客は男たちの羨望の眼差しを一身に受ける。


仲の町に六十五軒もあった引手茶屋だが、文化・文政（一八〇四～一八三〇）の頃には大門の外にも七軒の引手茶屋が軒を連ねるようになっていた。というのも金は持っているが初めて登楼する客は、その華やかさに気後れしたり、気恥ずかしがったりで大門内に入りにくい。そこで気を利かせ、引手茶屋が外に設けられたのだ。そのため仲の町の引手茶屋が初登楼の客を取られてしまうという苦情も出ていたが、自由競争なので文句は言えない。

「話を整理しましょう」

二人は春日野の部屋で胡坐をかいた。

「いいよ。だがな、内湯から上がってからは、誰も春日野の姿を見ていないんだ」

「お客さんもですかい」

「うむ。あの日、ほかの女郎の客として泊まっていた旦那衆も、春日野が内湯から戻ってきた頃には、寝ていたという話だ」

「四つ半（午後十一時頃）にここに戻ってから、番頭新造や禿もその姿を見ていないと――」

「ああ、もうその前に禿は寝かせているし、新造たちも、それぞれの部屋に引き取っている」

「ということは最後に春日野の姿を見たのは、お仙さんですね」

「厳密には廊下で擦れ違った女郎もいるので、そうとは言い切れないが――」

「その女郎は、春日野が部屋に入るのを見たというのですね」

「そう聞いている」

――こいつは厄介そうだな。

直感的に難しい事案になるとは思っていたが、やはりその予感は正しかったようだ。

「一つお願いがあります。昼見世が始まる前に、春日野を最後に見かけた女郎、春日野と親しかった女郎、そして春日野付きの新造と禿に話を聞かせてもらえませんか」

「ああ、構わないよ。で、場所はどこにする」

「ここでもよろしいですか」

「ああ、もちろんだ。使ってくんな」

「では、お言葉に甘えて」

茂吉は去り際に振り向いて問うた。

「昼見世の開けまでには終わりそうかい」

昼見世は九つ（正午）からだが、引手茶屋から始まるので、遅くとも九つ半（午後一時頃）までに終わらせればよい。

「それまでには目処をつけます」

「その後はどうするんだい」

「吉原の四囲を見て回り、春日野が逃げた痕跡を探します」

「で、明日は品川に行くのかい」

「へい。その前に最後の客に話を聞きに行きます」

「ああ、千住の若松屋さんだな。書簡を書いて小僧に持たせておく」

「ぜひ、よろしく」

茂吉が懐に手を入れて財布を取り出すと、一両小判を五枚渡してきた。

「これは調べ賃（調査経費）だ。取っといてくれよ」

「ありがとうございます」

「それで春日野を連れてきたら、五十両でどうだい」

——仕方ない。

もっと吹っ掛けてもよかったが、狭い町なのだ。悪い噂が立てば、それだけで生きにくくなる。

「過分な礼金ありがとうございます」

「さすがに気風のいい力蔵さんだ。すまないね」

だが力蔵は知っていた。茂吉が力蔵に払う金額は、春日野に回され、それだけ年季明けが遅れることを。

——酷いことよ。

だが掟は掟だ。力蔵がとやかく言うことではない。

四

春日野の部屋には女郎仲間はもとより、喜助（世話役）、飯炊き、風呂番、不寝番（ねずのばん）、中郎（掃除係）といった若い衆から、下男下女まで次々とやってきた。だが朝方に茂吉から聞いた話と代わり映えせず、たいした収穫はなかった。

襖越しに、「もう九つだよ。何やってんだい。さっさと張見世に行ったらどうだい！」という仙の声が聞こえた。女郎たちだけでなく、力蔵にも聞こえるように言い、退散を促しているのだろう。

春日野が逃げ出したことは、仙にとっても管理責任を問われかねないことで、評判を落とすことにもつながりかねない。だから事を荒立てたくないに違いない。

——仕方ない。行くか。

力蔵が重い腰を上げようとすると、襖が少し開き、おかっぱ頭が顔を出した。

「なんだい、お前は」

「禿の伊右衛門（いえもん）です」

吉原では禿に男名を付けることがある。性別の曖昧さを漂わせるためだ。

「ああ、お前さんかい。風病で臥（ふ）せっていた禿というのは」

「はい。治ったので床を出たところ、ここに行くよう、花車様から命じられました」

伊右衛門は、まだ廓言葉を覚えていないらしい。少し方言が残るが、江戸言葉とさして変わらない発音なので、上野国か下野国辺りの出だと推察できる。

「まあ、よい。入れ」

伊右衛門の背後に見える廊下の先で、仙がこちらをにらんでいたので、力蔵は伊右衛門を引き入れると、襖を閉めさせた。

「お前さんは春日野の付禿をやっていたって」

「あい。姐さんには世話になりました」

伊右衛門がきちんと正座する。しかも力蔵と対座する位置ではなく、少し脇にずれた場所だ。そうするよう、しつけられているからだろう。

「そうか。いくつになる」

「もう十です」

——こんないたいけな娘も、そのうち客を取らされるのだ。

今更ながら力蔵でさえ同情したくなる。だが吉原で生きる者にとって、他人への憐憫はご法度だ。なぜかといえば、華やかな世界の裏で、同情したくなる話など山ほどあるからだ。

「どこから来た」

「遠いところ」

女郎と同様、禿も自分の出自や出身地については語らないようにしつけられている。それが客に分かってもどうということではないのだが、具体的な地名が出ることで、吉原という異界の夢が覚めてしまうからだ。

——女郎も客も禿たちも、吉原という舞台で何者かを演じているんだ。

それが吉原の本質なのだ。そんな演者の中の一人に力蔵もいる。

――どこまでが現で、どこからが夢なのか。

その境が曖昧な街こそ吉原なのだ。

「それで三日の夜はどうしていた」

「姐さんが客を取っている間、あちきたちは裏座敷で遊んでいました」

「そうか。それで客が帰る頃を見計らって、姐さんの手伝いに行くんだな」

「はい。でもあの夜は、姐さんが『寝てよい』というので――」

「寝ちまったのかい」

伊右衛門が首を左右に振る。

「春日野が『寝てよい』と言ったのに、なんで寝なかったんだい」

「あちきは九つでも起きていられます。あの夜も廊下にいました」

伊右衛門が誇らしげに言う。ほかの禿よりも夜が強いのが自慢なのだろう。

「そいつは偉かったな。でも、あの夜に限って、なんで姐さんは『寝てよい』と言ったんだい」

「分かりません」

「では、姐さんのところから客が帰っていくのを見たのかい」

「はい。姐さんが内湯に入る前に、お客さんは帰りました」

「上機嫌でか」

伊右衛門の顔が曇る。

「どうした。何かあったのかい」

「お客さんは少し機嫌を損ねていました」

「どうしてだい。お客さんは馴染み客なんだろう」

「そうです。千住の若松屋さんは姐さんにぞっこんです」

――何かある。

力蔵の直感が何かを伝えてきた。

「それでどうした」

「内湯から戻ってきた姐さんが、あちきに『そんな心配顔をしなくてようござりんすえ。若松屋さんとは仲がいいにんした。でもね、少し機嫌を損ねたことがあってね』と言ってました」

「そうか。それでお前さんは床に就いたんだな」

「はい。一つ頼まれごとをされましたが――」

「頼まれごとだと」

力蔵が息をのむ。

「はい。たいしたことではありません」

「いいから教えてくれ」

「明朝に姐さんの父様（てて）の画集を、若松屋さんに届けてほしいとのことでした」

「お前にか」

伊右衛門がうなずく。

禿は比較的自由に外に出ることができた。というのも廓の外でしか売っていないものを買いに行かせることや、ちょっとした用足しもあるので、四郎兵衛たちも出入りを目こぼしするからだ。

「若松屋さんは、かねてから姐さんの父様の画集をほしがっていましたから」

「しかしどうして翌朝なんだい。帰り際に渡せばいいじゃないか」

「姐さんは『名残惜しいから、一夜だけ画集と別れを惜しむ』と言っていました。それで『画集をこの部屋に置いておくから、あちきを起こさずに持っていっておくれ』と言っていました」

「そうか。それで翌朝、お前さんは画集を若松屋さんに届けたんだな」

「あい。若松屋さんの喜びようはなかったです」

――そうか。喜びを倍増させるために、そんな手を使ったんだな。

客の感情を操れるほど、女郎たちは男女の手管に長けている。

「それで、お前さんも褒美をもらったんだな」

伊右衛門がうなずく。だが次の瞬間、背後を気にした。襖の向こうで仙が聞き耳を立てているかもしれないと思ったのだろう。

「ありがとよ。話はよく分かった。だけど、どうして春日野は消えちまったんだ。お前さんに何か心当たりはあるかい」

伊右衛門が頭(かぶり)を振る。

「お前さんに聞いても分かるわけねえな。でも最後に一つだけ教えてくれ。この部屋に入って、画集を手にした時、奥の部屋に春日野の気配はしたかい」

伊右衛門が首をかしげる。おそらく寝ているものと思ったので、気にも留めなかったのだろう。

――そうか。その時、奥の部屋はもぬけの殻だったのだろう。つまり三月三日が四日に変わる時、春日野は忽然と姿を消しちまったんだな。

その時、「ご無礼いたしやす」と言って仙が襖を開けた。

「何だい」

「もう時間でありんす」

「そうか。もう終わりにするよ」

そう言い残すと、春日野の部屋を出た力蔵は階下に下りた。

早くも万字屋は昼の客を受け容れる態勢が整ったようだ。張見世から嬌声が聞こえてくる。間もなく営業が開始されるのだろう。

内所を見ると、茂吉と花車が額を寄せて何かを話し合っている。

立ち上がろうとする茂吉を制し、力蔵は外に出た。

――さて、仕事だ。

一つ大きく伸びをすると、力蔵は人の出始めた仲の町を歩き出した。

五

千住の若松屋に行く前に、力蔵は廓内を一周してみようと思った。というのも若松屋は青物問屋なので、午前が忙しい。

廓内は四郎兵衛や茂吉たちがしらみつぶしに調べたはずなので、おそらく逃げた痕跡は見つけられないだろう。だが力蔵は自分の目で確かめないことには、気が済まない性分だった。

いったん大門のところまで行った力蔵は、四郎兵衛会所で西門、南門、東門の鍵を借りると、まず西河岸に向かった。

入念に塀を見ながら歩くが、引っ掛かった着物の切れ端などは残っていない。時折、木戸の内に入り、切見世や家屋の床下などものぞいてみたが、人が何日も籠もれる空間はない。

やがて北端部を回り込み、北から西南に続く西河岸に出た。吉原で最も寂しい一帯だけあり、過去には、ここから逃れ出た女郎もいたという。西側のお歯黒どぶを越えると、上野寛永寺から三ノ輪や根岸まで続く道に出られ、その先には千住もあるので、若松屋に手引きされているとしたら可能性はある。

西河岸の中央部には西門がある。吉原は北門にあたる大門だけを出入口としているため、西、南、東の三つの門は開かずの門となっている。ただし火事や地震が起こった際は、四郎兵衛会所から四郎兵衛の配下が三方に走り、諸門を開ける決まりになっていた。

というのも大門だけに人が殺到すれば、事故が起こったり、逃げられなくなったりするからだ。それでも人の習性というのは奇妙なもので、ボヤの時、四郎兵衛が手際よく三つの門を開けてやっても、誰もが大門に殺到する。そのため町ごとに、有事の際、逃げる門を決めることまでした。

西門の鍵を開けて外に出ると、土手があり、その下にお歯黒どぶが横たわっていた。海から泥土を運び込んで造ったので浜臭いのは当然だが、廓内で生活する者たちに衛生観念が乏しいのか、塀越しに様々なごみを捨てる。それらがひどい悪臭を放ちつつ漂っている。中には、猫の死体と思しきものまで浮いている。

鼻をつまみながら見て回ったが、誰かが土手を滑り下りた形跡はない。土手を下ったのであれば、草が倒れているのですぐに分かる。

汗を拭った力蔵は、西門の鍵を閉めて中に入ると、廓の西南端に着いた。そこは吉原の最も寂しい場所で、人影は全くなく、黒い痩せ犬が自分の縄張りを主張するかのように力なく鳴いていた。だが力蔵が構わず近づいていくと、犬は足を引きずりながら逃げていった。

塀越しに寛永寺の伽藍（がらん）が見える。

江戸の北から南にかけて延びる山の手台地の先端にあたる上野台地（忍岡（しのぶがおか））に上野寛永寺はある。その総面積は三十万坪に及び、塔頭（たっちゅう）は三十六もある。芝（しば）の増上寺（ぞうじょうじ）と並ぶ徳川家の菩提寺として、寛永寺は隆盛を誇っていた。

力蔵は子供の頃、父に連れられて寛永寺に行ったことがある。広小路には夜見世が立ち並び、様々なものが売られていた。不忍池（しのばずのいけ）の周りには、酔客や夫婦と思しき人々が歩き回り、皆が持つ提灯がゆらゆらと揺れ、それらが不忍池に反射し、喩（たと）えようもなく美しかった。

――夢のようだったな。

だが父との思い出はそれくらいで、父も母も日々の生活に追われていた。

――夢は一夜だから美しい。人は大半の日々を現（うつつ）に追われているんだ。

大人になってから、力蔵はそのことに思い至った。

――だがここは、金のある男たちが夢を見るための場所だ。その夢の背後には、女たちの慟哭（どうこく）や怨嗟（えんさ）が渦巻いている。

吉原で食べている力蔵は、その構造に文句を言うつもりはない。力蔵とて生きるのに精いっぱいなのだ。

揚屋町の西端には丁子風呂（ちょうじぶろ）という湯屋がある。力蔵も通っているが、ここでは湯から上がった後、茶や水菓子だけでなく料理も出す。いわば丁子風呂は吉原で働く者たちの憩いの場だった。

大門を入って左手にあたる伏見町にも湯屋はあったが、伏見町の湯屋はただ風呂に入るためだけなので、風呂銭（入湯料）も丁子風呂に比べて半分以下だ。

やがて水道尻と呼ばれる吉原の南西端に着いた。ここは大門から一直線に続く仲の町の突き当りになり、廓内に住む人々の生活用水用の井戸がある。水道尻という名は外部から通っている水道の終端部という意味で、ここには火防の神と言われる秋葉権現（あきはごんげん）を祀る立派な常灯明があった。

水道尻の後ろにある南門を開けてお歯黒どぶを見て回ったが、誰かが逃れた形跡はここにもない。

南門を閉め、水道尻に水を汲みに来ている者たちに聞き込みをしたが、誰もが首をかしげるばかりだ。

――こいつは難物だな。

水道尻を過ぎ、南東に向かって歩くと、南東の隅にある九郎助稲荷に出た。吉原の四隅には稲荷社が設けられているが、九郎助稲荷は霊験あらたからしく、女郎たちの信仰を最も集めていた。

――九郎助へ礼参りする二十七、か。

この川柳は二十七歳で年季が明け、それまで見守ってくれた九郎助稲荷にお礼参りに来た女郎を詠んだものだ。この女郎は健康な状態で年季が明けたのだろう。無事に吉原を出ていけるのは信仰のおかげと思うのも分かる。

九郎助稲荷は毎月午の日が縁日で、狭い境内に小見世が出ていた。そこに行って何か買い物をするのが、女郎や禿たちのささやかな楽しみだった。

九郎助稲荷を北に折れると、羅生門河岸に出る。足抜けをする際、最も使われることが多い河岸だが、その理由は、お歯黒どぶを越えて泥田を少し歩けば浅草寺の境内で、その先に日光街道が通っているからだ。

西門と南門でしたと同じように、鍵を開けて土手に出ると、草が倒れていないか入念に調べた。

――ここにも逃げた形跡はないな。つまり春日野は、お歯黒どぶを越えていないということか。だとすると、春日野は何らかの方法で大門から出たことになる。

浅草寺の伽藍を眺めつつ、一つ伸びをした力蔵は門内に戻った。

東門を閉めていると、切見世の女郎らしき女が見ていた。相当着古したと思しき金糸の擦れた紫の縫い模様の打掛を着ていた。

「春日野が逃げた場所を探しているんだって」

吉原の噂は早い。

「ああ、そうだよ。何か見たかい」

「何も見ていないよ。だいいちここで見えるものなんて、夢か現か分からないじゃないか」

「夢か現かだと——」

「そうだよ。あんたの見ているものだって本当に現なのかい」

「もういい、あっちへ行け」

力蔵は女を追い払うような仕草をした。

——どいつもこいつも分かったようなことを言いやがって。

吉原は、男たちの夢を具現化したものだ。だが女たちも、現世の厳しさから逃れるために夢を見ようとする。

——誰もが夢を見ているんだ。

それが吉原なのだ。

「そうか。あんたも夢と現の境が分からなくなっちまったんだね」

甲高い笑い声を上げて、その痩せた女は角町(すみちょう)の木戸の内に消えた。

——ここには、夢と現の境が分かる人間なんていやしない。

にやりと笑った力蔵は、東の角を曲がって大門のところに戻った。そこで四郎兵衛会所に顔を出して三つの門の鍵を返すと、大門から外に出た。

——男は誰にも見咎められることなく出られる門が、女にとっては出るに出られぬ地獄の門か。

それが吉原なのは十分に分かっているつもりだが、女たちの境遇を思うと、割り切れない気持ちになる。

――春日野、そんなにここから出たかったのか。

春日野が何を思い、何のために吉原から逃れたかったのかは分からない。だが、廓内にいないことだけは確かだった。

――憐れみは禁物だ。わいはただ女郎を捕まえ、この地獄に連れ戻すだけだ。

力蔵は一切の憐憫の情を振り捨て、衣紋坂を上った。

六

江戸に入部した徳川家康によって文禄三年（一五九四）、入間川（現・隅田川）に架かる初めての橋になる千住大橋が架橋されてから、千住は活況を呈していく。寛永二年（一六二五）には千住宿が建設され、日光街道や水戸街道の起点となる宿場町として賑わっていた。

千住には「やっちゃ場」と呼ばれる青物市場があるため、人でごった返していた。この青物市場は神田と駒込と並ぶ江戸の三大青物市場に数えられ、日光街道や水戸街道、さらに入間川から運ばれてくる青物を、江戸の中心部に供給する役割を果たしていた。

若松屋は青物問屋の一つで、下野国や常陸国の生産農家から野菜を買い付け、競り市にかけるのを主業としていた。主の彦五郎は競り市の年寄の一人で、千住では顔役として幅を利かせていた。

雑踏をかき分けて千住の若松屋に着いたのは午後だったので、もう競り市も終わったのか、町全体が落ち着いた雰囲気に包まれていた。

来訪を告げると、番頭の案内で奥座敷に通された。

——もう桜も満開か。

中庭に植えられた満開の桜をぼんやりと眺めていると、「お待たせしました」と言いながら、彦五郎が現れた。吉原通いの大店の主人らしく「通人」を気取っているのか、細縞の入った小紋に黒一色の羽織を着て、蔵前商人風に先細の本多髷を結っている。

元禄頃までは、総模様や大胆な柄と色合いの小袖が流行っていたが、文化・文政の頃になると、地味な小袖を着こなす者を「通人」と呼ぶようになった。とくに大店の主人で吉原に通うような者は、流行りに敏感な女郎に馬鹿にされないよう、着ているものから小物入れまで気を使った。

吉原の女郎は、気に入らない客を待たせた挙句にふることもあった。とくに初見の時、女郎は垢抜けし、そこはかとない風情を漂わせる粋な客を好み、客を待たせている間、妹分の振袖新造や禿に客を観察させて報告を聞いた。その時に着物の裏地が浅黄だったら「浅黄裏」と呼ばれて蔑まれた。しかし「通人」や「洒落者」を気取っても、着こなしが決まっていなかったり、小袖と羽織の色合いが悪かったりすると「半可通」、すなわち「知ったかぶり」と陰口を叩かれ、一晩待ってふられることもあった。

そんな時、妓楼は金を取らず「またのお越しを」と言って客を送り出す。それも手管の一つで、客は自分の何が気に入られなかったのかを研究し、次第に垢抜けていく。すると女郎も受け容れてくれるようになる。いわば吉原は女を抱くところではなく、疑似恋愛を楽しむ場で、性欲を満たすだけなら、岡場所に行けばよいことになる。

「これは、これは、力蔵さんに出張っていただくとは驚きました」

「あっしのことをご存じで」

「はい。追捕人をやらせたら右に出る者はいないとか」

「ありがとうございます。それより若松屋さんの方は、たいそうな羽振りですな」

そうした世辞を言い合うことが、初対面の商人どうしの慣例だということを、力蔵は思い出した。

「ははは、おかげさまで。それより、さっさと用件を済ませましょう」

にこやかだった彦五郎の顔が、一瞬にして険しいものに変わる。そこには、力蔵などという下賤(げせん)な者との面談を、一刻も早く終わらせたいという思いが表れていた。

「そうでしたね。ご多忙なところ申し訳ありません」

「いえいえ、何なりと聞いて下さい」

彦五郎が豪奢(ごうしゃ)な煙草盆を引き寄せると、いかにも年代物の銀煙管を取り出し、手慣れた仕草で火を熾(おこ)し、煙管を吸い始めた。

「力蔵さんは煙草をやらないのですか」

「へい、貧乏人はやりたくてもやれません」

力蔵は煙草を吸うが、皮肉を込めてそう言った。

「貧乏人ですか」

彦五郎が遠くを見る目をする。彦五郎は一代で財を築いたと聞いているので、おそらく自分が貧乏だった頃に思いを馳せているのだろう。

「よござんすか」

「ああ、何でも聞いて下さい」

まず力蔵は事実関係を確かめた。それは四郎兵衛らから聞いていたことと変わらなかった。

「そうですか。全く心当たりはないんですね」

「はい。私は先に帰りましたし、足抜けを手伝うなんて愚かなことはしませんよ。もし春日野に心底惚れたとしたら身請けしますね。しかし断じて足抜けなどさせません」

身請けは客が金を出して年季証文を買い取り、女郎の身柄を引き取ることで、花魁の上位に行けば行くほど高い値が付けられた。これを樽代といい、女郎の借金分を払えばよいわけではない。

元禄十三年（一七〇〇）に三浦屋の薄雲の樽代が三百五十両、安永四年（一七七五）には、松葉屋の瀬川を、盲目の高利貸・烏山検校が千四百両で身請けし、江戸中の話題をさらった。だがたいていは、三百両から五百両の間で話がついた。というのも、女郎が急死してしまえば、将来得られるはずの利益は吹っ飛ぶので、妓楼側としても、迅速に金を手にしたいからだ。

「なるほど。若松屋さんの身代なら、その話もうなずけます」

「ただ私にも妻子はいますからね。それに商いは生き馬の目を抜くように激しい競争です。女郎に惚れる暇はありません」

――どうもいけすかねえな。

顔には一切出さないが、力蔵は彦五郎の言い方に鼻白んだ。

「では、どうして吉原通いをなさっているんで」

「一時の気晴らしですよ」

経済的に余裕のある男にとって、吉原通いは見栄を張ることに通じる。悪所通いというのは岡場所に通ったり、夜鷹に入れあげたりすることで、吉原通いは逆に男を上げることにつながっていた。それも吉原が長年かけて作り上げてきた権威なのだ。

「吉原に行きたくても行けない男たちが多い中、若松屋さんは果報者だ」

「私は会津の貧農の出です。丁稚に出されたのは七歳の時で、それから千住で脇目もふらずに働き、今の身代を築いたのです」

「ははあ、それはご無礼を――」

「だから吉原に行くことは、ずっと夢だったのです」

彦五郎の吐く紫煙が、いつまでも中空にとどまっている。それを見るでもなく見ている彦五郎の視線の先には、男たちの夢の里・吉原が見えているのだろう。

――夢、か。

力蔵のように吉原で生まれ、吉原で育ち、吉原で年を取ってきた者にとって、その舞台裏を見すぎているので、とても夢の里には思えない。しかし舞台裏を見ない客にとって、吉原は永遠の夢の里なのだ。

「つまり若松屋さんは、吉原に行くことを目指して死にもの狂いで働いてきたんですね」

「それだけではありません。新鮮な野菜をより安く江戸で働く人たちに届けたいという思いの方が勝っています」

それが彦五郎の本音なのかどうかは分からない。だが、そうした大義なくして頑張れないのも人なのだ。

――わいには、そんな大義があるのか。

力蔵は成り行きに任せて生きてきた。さほど悪くない頭からすれば、もっと別の道があったようにも思う。だが力蔵は吉原を出る勇気がなかった。そしてもう出ることはできないだろう。

――わいも吉原に囚われているんだ。決して明けることのない年季と共にな。

沈黙する力蔵に対し、彦五郎が咳払いする。

「では、用件は済みましたね」

彦五郎が煙草盆の灰落としに灰を落とすと、銀煙管を置いた。「そろそろ終わりにしたい」という意思表示なのだろう。

その顔つきをじっくりと観察してみたが、彦五郎に怪しいところは一切なかった。

「最後に一つだけ聞いてもよろしいですか」

「何なりと」

「春日野との最後の夜は情けを交わしましたか」

情けを交わすとは性行為のことだ。

彦五郎の表情が初めて変わる。

「禿から聞いたんですよ。若松屋さんは、ご立腹してお帰りになったと」

「お察しの通り、あの夜、春日野とは体を合わせていません」

「やはりそうでしたか。馴染みの春日野と、なぜ諍いになったのですか」

彦五郎が気まずそうに答える。

「くだらないことですよ。春日野の父親が有名な絵師の月岡雪栄だと、風の噂で聞きましてね。私が『雪栄の絵を持っていたら譲ってくれないか』と言ったのです。ところが吉原では、女郎の出自について尋ねるのはご法度で、春日野は『知りんせん』と、とぼけるのです」

「吉原では出自を問われた場合、そう答えるよう教えられていますからね」

「ええ、随分と無粋なことを言っちまったと後悔したんですが、私も浮世絵を集めるのが趣味ですからね。それでしつこく頼んじまったんですよ」

――絵を集めるのが趣味なのか。

彦五郎のような成り上がりの有徳人の場合、吉原通いと浮世絵の収集というのがお定まりの趣味になる。

「そんなことを頼めば、花魁なら誰でも臍を曲げますよ」

「そうなんです。それで春日野が口を真一文字に結んでしまったんで、私は謝ったんですよ。すると春日野が突然簞笥に向かうと、中から画集を出してきたんです」

「春日野が消えた朝、禿が届けたという雪栄の画集ですか」

「よくご存じで。雪栄の故郷の相模国から富士を眺めた風景が三十ほどある画集でね。私は興奮しました。それでそれに百両の値を付けたんです」

「ひ、百両ですか」

力蔵にとって、たかが浮世絵に百両も払うという感覚が分からない。

「そうです。中には完成していないものもありましたが、その価値はあります。百両もあれば春日野は自由の身になれるので、悪くない話だと思ったんですがね」

「その時、春日野は首を縦に振らなかったんですね」

「そうなんです」

「しかし私が禿から聞いた話によると、春日野は若松屋さんに画集を差し上げたとか」

「はい。翌朝になって画集が届けられたので、私も驚きました。その心意気に打たれ、春日野を身請けして自由の身にしてやろうと思ったほどです。ところが春日野は消えちまった」

後になれば何とでも言えるが、若松屋の身代なら三百両から四百両は優に出せるので、いいかげんなことを言っているとも思えない。

「ということは、画集は若松屋さんのお手元にあるんですね」

「はい。大切に保管してあります」

「そいつはよかった。では、見せていただけますか」

「よござんす。少しお待ち下さい」

そう言い残すと、彦五郎が奥に消えた。

――やはり画集の件が気になる。

もちろんそれを見たところで、春日野の居場所が分かるとは言いきれない。だがほかに有力な手掛かりがない場合、何事も当たってみることが基本だ。

ところが小半刻（約三十分）ほどしても、彦五郎は現れない。

――突然の仕事でも入ったかな。

足を崩してぼんやりしていると、彦五郎が慌ただしく戻ってきた。

「お待たせてしまい申し訳ありません」

「いえ、何の――」

ところが彦五郎は何も持っていない。

「画集が見つからないんです」

「見つからないって、大切に保管していたんじゃないんですか」

「そのつもりだったのですが、暇な時に何度も見返していたので、文机の上に置いていたんですよ。使用人は奥まで来られないようにしてあるので、安心しきっていましたが、盗まれたのかもしれません」

「そうですか。それはお気の毒に」

「今は気持ちが動転していますが、落ち着いたら、どこにしまったか思い出すかもしれません」

「分かりました。もし見つかったら、お知らせ下さい」

「もちろんです。真っ先に知らせます」

それを最後に、力蔵は若松屋を後にした。すでに日は西に傾き、千住の町を紅色に染めていた。だが人々は忙しげに行き交い、夕日を仰ぐ者はいない。

——それが厳しい現世というものだ。せめて吉原で夢を見たくなるのも分かる。

力蔵は今日の仕事をここまでとして、自宅のある吉原へと足を向けた。

七

翌朝、力蔵は品川に行ってみた。品川は雪栄が女房と家を構え、一人娘の春日野を十六歳まで育てた町だ。

千住、内藤新宿、板橋と共に江戸四宿の一つに数えられる品川は、今では東海道の起点として、残る三宿とは比較にならない賑わいを見せていた。

品川沖には五百石積みはある大型船が何隻も停泊し、平底船に荷を積み替えている。湊では多くの荷が降ろされ、それを人足たちが担いで陸揚げしていく。誰もが忙しげに行き交い、店先で商談らしき会話をしている者もいる。

その雑踏をかき分けるようにして、春日野が生まれ育った北品川に着くと、品川神社の門前に居並ぶ商家に軒並み声をかけた。

「この辺りに月岡雪栄という絵師が住んでいたと聞いたんだが、何か知っているかい」

しかし誰もが首を左右に振った。品川宿ともなると人の入れ替えが激しく、昔を知る者は少ないに違いない。

そこで品川神社に行き、同じ問い掛けをしたところ、近くに住んでいる老婆が、かつて月岡家の家事を手伝っていたという話をしてくれた。

裏長屋の並ぶ路地に足を踏み入れ、教えてくれた家の前で「ごめんよ」と言うと、中から現れたのは、薄汚れた錆納戸の縮緬小袖を着た老婆だった。

――かつて品川宿の飯盛り女でもしていたのだろうな。

老婆が怪訝な顔をする。

「あんた誰だい」

「訳あって人を捜しているんですよ」

「私は何も知らないよ」

老婆が戸を閉めようとしたので、力蔵は十文の入ったひねりを見せた。

「入んなよ」と言いつつ、老婆がそれをむしり取った。

だが家の中には上がらせてもらえず、狭い土間の水入れの上に座るよう指示された。

「何が聞きたい」

「姐さんは、かつて月岡雪栄って絵師の家事を手伝っていたね」

「なんでそんなこと知ってるんだい」

「神社で聞いたのさ」

「余計なことを――」

老婆が舌打ちする。

「それで聞きたいんだが、そこの娘さんが、ここに逃げてはこなかったかい」

「ああ、お信ちゃんのことかい。さてね、全く見かけないね。何なら家探ししてもいいんだよ」

――春日野はお信という名だったのか。

それは力蔵も初耳の実名だった。実名を知っただけで、ぼんやりしていた春日野の姿が、輪郭を持って浮かび上がってくるような気がした。

「家探しなんてしませんよ」

土間を除けば四畳半一部屋の狭い家では、家探しも何もない。

「では、もういいだろう。帰ってくれよ」

「待って下さい。お信ちゃんの話をもっと聞きたいんです」

老婆が小さなため息をつく。

「あの子は可哀想だったね」

「では、今の境遇をご存じで」

「ああ、吉原に身売りされたと聞いたよ」

力蔵は、これまでの経緯と自分の役割を語った。

「そうだったのかい。あれだけ絵が上手な可愛い子が、吉原なんぞに――」

老婆が口ごもったので、多少なりとも力蔵に気を遣っていると分かった。

「お信ちゃんは、絵がうまかったんですね」

「うん。雪栄さん自慢の娘で、『わしよりも才気がある』と言っていたよ」

「吉原には、自分の得意なことをさせてもらえず、身を売るだけの女がたくさんいます」

「そうだね。私のように貧乏に追われて生きてきた者でも、吉原に売られなかっただけましさ」

「そうですね。苦界に身を沈ませてしまえば、そこから抜け出るのは容易ではありません。しかしどうして雪栄さんほどの絵師が、知り合いの請人なんぞになったんですか」

「あの人は世間知らずだったのさ。絵を描くことしかできない人だったからね。つまり夢の中で生きているような人だったんだね」

——ここでも夢の中か。

そんな好人物がすべてを失い、大切な一人娘を、男たちの夢の国に売らなければならなくなったのだ。

「それで家産を失い、娘さんまで吉原に売ったんですね」

「そうさ。おかみさんもおっとりした人だったからね」

老婆が悲しげな顔で続ける。

「でも雪栄さんは、画集だけは手放さず隠し持っていてね。ここを去る時、『わしが死んだと聞いたら、わしの骨が先祖代々の墓に入る前に、墓の中に隠した画集を取り出して吉原の娘に届けてほしい』と、私に伝言してきたのさ」

「そ、それで姐さんは届けたんですか」

「そうだよ。雪栄さん一家とは、ずっと親しくしていたからね。それで雪栄さんの葬式に出た後、墓に行って画集を取り出し、お信ちゃんに届けたんだよ。そこには駄賃も付けてあったしね」

老婆が欠けた前歯を隠すようにして笑う。

「それで、お信ちゃんは何て——」

「画集を届けた時、あの子は涙を流して喜んでいたよ。あんないい子はいない。普通に生きていれば、大店の御新造にもなれたのにね」

「そうでしたか。実は、こんなことがあったんです」

力蔵が若松屋と春日野の経緯を語ると、老婆も「おかしいね」と首をひねった。

「私には分からないけど、あの子も吉原で『張り』を身に付けたんじゃないのかね」

「『張り』ですか。だったら足抜けなどせず、若松屋さんからもらった金を万字屋に払い、大門から堂々と出ていけばよかったんですよ」

「なるほどね。しかも命より大切な画集を、その若松屋さんとやらにくれてやったんだろう」

「そうなんです。何もかも矛盾していて、春日野、いやお信ちゃんが何を考えていたのか分からなくなってきました」

「間夫がいたんじゃないのかい」

「その形跡は全くありません」

その後、老婆は誰もがするような質問をいくつかしたが、力蔵はすべて否定した。

「私には分からないね。でも――」

「でも、何ですか」

「画集を渡した時、泣きながら中身を見ていたお信ちゃんが言ったのさ」

「何て――」

力蔵が息をのむ。こうした時こそ、事件の鍵となる証言が得られるからだ。

「お信ちゃんは、『この中の絵で一つだけ描き終わっていないのがある。おとっつぁんが可哀想だ』ってね」

「ああ、そうでした。画集は未完だったようですね」

「うん。私だって、画集をお墓から引っ張り出してきた日の夜は、じっくり拝見させてもらったよ。そしたら色が塗られていないどころか、構図だけの絵が一つあった」

「それはどこを描いたものですか」

「画集は『相模富士三十六景』という題名だったかな。素晴らしい画集だったけど、稲村ヶ崎から見た晩春の富士の絵が未完だったね。それは『稲村富士』という題だった。それでも富士を眺める若い女の後ろ姿だけは描き終えていた」

「そうでしたか。しかし『稲村富士』は未完だったんですね」

絵の内容について、力蔵はさほど興味はない。

「そうだよ。まだ下書きだけだった」

「それは残念だったでしょうね」

「だろうね。だけど身ぐるみ剝がされて、ここのような裏長屋に引っ越してから、雪栄さんは借金の返済に必死だったから、とても絵を描く余裕などなかっただろうよ。それで雪栄さんは体を壊しちまってね。寝たきりになって一年後くらいに亡くなったのさ。それでおかみさんも看病疲れから寝込んでしまい、ほどなくして旦那の後を追うように亡くなった。あの一家が幸せだった頃を知る私にとっては、不憫で不憫で――」

老婆が洟をすする。おそらく涙ぐんでいるのだろう。

「絵を描いて売ることはできなかったんですか」

「雪栄さんは、『最近、浮世絵は売れない』と言っていたよ」

松平定信による寛政の改革以降、浮世絵のみならず洒落本や黄表紙などの娯楽は奢侈と決めつけられ、浮世絵も一時的な停滞期に入っていた。それが葛飾北斎や歌川広重の登場によって再び活況を呈するまで、浮世絵師たちは苦しい時代を過ごしていた。

「こんな時代に絵師になり、しかも他人を信じて請人にされてしまうなんて、雪栄さんも不遇な人ですね」

「しかし何と言っても可哀想なのは、両親の死に目にも会えなかったお信ちゃんだよ」

「そうですね。両親の死に目に会いたくて足抜けを図るなら分かるんですが、お信ちゃんが足抜けしたのは、そのずっと後です。つまり、さしたる理由もなく足抜けしちまったようなんです」

「本当にさしたる理由もないのかね」

「というと――」

「何かの目的があるから、吉原の女たちは足抜けするんだろう。間夫が手引きしていないのなら、お信ちゃんは何かがしたくて逃げ出したんじゃなかろうか」

老婆の言葉には一理あった。

「では、何がしたかったんでしょう」

「分からないね。雪栄さんが生きていれば、何か分かったかもしれないけどね」

その言葉が妙に引っ掛かる。

「そうか。誰かがお信ちゃんに何かを告げたことによって、お信ちゃんは足抜けを決意したのかもしれませんね」

「そうだね。でも私には心当たりはないね」

――そうか。分かってきたぞ。

力蔵が突然立ち上がる。

「ありがとうございました」

「もう行くのかい。茶でも淹れようかと思っていたのに」

「気持ちだけで結構です。思い立ったことがありまして――」

「そうかい。せいぜい気張りなよ」

「恩に着ます」

力蔵は身を翻すと、吉原への道を急いだ。

八

柳橋で猪牙舟に乗った力蔵は、山谷堀を下った。

大小の河川、堀、用水路が縦横無尽に走っている江戸という町は、舟運によって、どんなところへでも行けるようになっていた。多忙な商人たちにとって、これほど便利な町はない。

舟が大川（隅田川）から山谷堀に入ると、橋が多くなった。江戸は防衛上の理由から、隅田川に架かる橋は限られているが、中小河川に架かる橋には制限がない。

その橋のどれにも、人がこぼれ落ちんばかりに溢れている。下から見上げていると、橋が落ちてこないか心配になってくる。

しばらくすると、待乳山の舟寄せ（船着場）に舟が着いた。待乳山とは、山ではなく浅草寺の子院の一つの待乳山聖天（本龍院）のことで、その近くに設けられた舟寄せは、単に待乳山と呼ばれていた。

吉原に行く客は全員ここで舟を降り、日本堤の上を歩くか駕籠に乗らねばならない。入れ替わりに事を終えた昼客が舟に乗り込んでくる。どの男も満足げに顔を紅潮させている。逆にこれからの夜客は、足早に日本堤を上がっていく。

――「あとを見ぬ　人の乗るゆえ猪牙という」、か。

そんな川柳が思い出される。これは、「さあ、着いたぞ」とばかりに後ろも振り返らずに吉原に向かう男たちの逸る気持ちを、うまく表している。

日はすっかり暮れ、夜の活気が周囲を包み始めていた。

ほかの男たちとは異なる逸る気持ちを抑え、客たちの後について、力蔵も日本堤に上がった。

——こんなに美しかったのか。

そこから見える吉原は光溢れる桃源郷だった。

——まさに夢を売る里だな。

日本堤は湿地の中を土手が貫いている一本道で、道幅は優に四・四間（約八メートル）はある。その沿道には、餅屋、煮売り屋、寿司屋などの店が並んでいる。これらの小店（こみせ）は外茶屋と呼ばれている。花魁と酒宴を張る金のない者は、ここで腹ごしらえをしてから大門をくぐっていく。

人の流れに身を任せて日本堤を歩いていくと、大きな柳を目印として道が分かれていた。日本堤の分岐点だ。そのまま進むと三ノ輪方面だが、左に折れれば、衣紋坂ないしは五十間道と呼ばれる吉原に向かう下り坂となる。

衣紋坂の左右にも、びっしりと外茶屋が並び、その喧噪たるや驚くほどだ。それでも男たちは、押し合いへし合いしながら大門に向かっていく。大門の間口は意外に狭いので、そこで人の流れが停滞し、衣紋坂が大変な混雑になる。人の波に押されるままに大門をくぐると、少し空間に余裕ができたので、力蔵は人ごみを縫うようにして万字屋を目指した。

左右に立ち並ぶ妓楼の籬には、すでに人だかりができており、馴染（なじ）み客と戯れているのか、女郎たちの嬌声（きょうせい）も聞こえてくる。

擦れ違う男たちの顔は陶然とし、誰もが吉原の作り出す夢に酔っていた。

人に肩をぶつけないよう注意しながら、万字屋に着いた力蔵は茂吉に目配せした。

茂吉がやってくると、力蔵は「少しいいですかい」と言って、勝手に空いている小部屋に誘った。

「何か手掛かりが摑めたのかい」

「ええ、まあ。最近、春日野のところに初見の客は来なかったですか」

「そりゃ、春日野ほどになれば初見の客は多いさ」

「台帳を見せてくれますか」

「いいよ」と答えると、茂吉が小部屋を出ていった。

——春日野がいる場所は、あそこしかない。だが台帳を確かめるまでは、確かなことは言えない。

しばらくして茂吉が台帳を持ってきた。妓楼の台帳は誰がいつ来て、どの女郎を抱いたかが記録されている。客の取り合いで揉めることが日常茶飯事なので、楼主は証拠を残しておかねばならないからだ。

「えーと、直近では、いなくなる二日ほど前に初見客が来ているな」

台帳を見ずに力蔵が問う。

「その初見客は板元（はんもと）でしょう」

板元とは出版業を営む商人のことだ。

「どうして分かった」

茂吉が目を見張る。

「しかも年を取っている」

「ああ、真面目そうな顔をした六十近い人だった。名前は浅草猿屋町の播磨屋治兵衛（はりまやじへえ）。たぶん——」

茂吉が確信を持って言う。

「春日野を抱いていない」

「どうして分かるんです」

「この道三十年余のわしだ。客の顔を見れば分かる」

「そうか。思った通りだ」

茂吉がもどかしげに問う。

「では、春日野を見つけられるんだね」

「はい。おそらく数日中には春日野を連れ戻せます」

「さすが『鬼力』の名は伊達じゃないな」

力蔵は立ち上がると確かめた。

「五十両を用意しといて下さいよ」

「これは、ますます頼もしい」

万字屋を出た力蔵は自宅に戻ると、若松屋から書簡が届いていた。そこには「画集がどこにもない」と書かれていた。

——やはりな。画集を持ち出したのは春日野だ。

画集を持っては吉原を抜け出せないので、春日野は禿を使って若松屋に届けさせ、隙を見て盗み出したのだろう。

九

稲村ヶ崎に打ち寄せる白波を見つめつつ、その女は絵筆を執っていた。

「やはり、ここにいたな」

力蔵が背後から声をかけると、女は振り向かずに言った。

「ああ、お迎えでありんすね」

「そうだ」

「ようぞ、ここにいると分かりんしたね」

「様々な話をつなぎ合わせてな」

春日野が朗らかな笑い声を上げる。

「さすが『鬼力』さんでありんすね」

「どうして、わいだと分かった」

「ここまで追ってこられる人は、吉原に一人だけ」

「そうか。では、覚悟はできているな」

「はい。この絵を完成させ、板元の播磨屋治兵衛さんに届けたら、それで戻りんす」

力蔵がため息をつく。

「分かったよ。だが、わいも播磨屋さんまで付いていく」

絵筆を休めず、春日野が答える。

「構いんせん」

「つまりこういうことだろう。播磨屋さんは、お前の父さんに画集が完成したら版画にして売り出すと言っていた。ところが浮世絵が流行らない世の中だ。それで播磨屋さんは廃業することにし、それをお前さんのところに伝えに行ったんだな」

「そうでありんす。播磨屋さんは父の古い友で、前々から父の画集を出したいと仰せでした。でも三十六景の一つだけ欠けているので、これでは出せないと仰せでありんした」

江戸時代は九とその倍数が神聖な数として尊重された。そのため三十五景というわけにはいかないのだ。

「それでお前さんは、播磨屋さんが廃業する前に『稲村富士』を描き上げるため、どうしてもここに来なければならなかった」

「そうでありんす。父の残した最後の作品『稲村富士』を描き上げねばならのうござりんした。それもあとわずかでありんす。待っていて下さいますか」

「ああ、待つさ」と答えると、力蔵は背後の石に腰掛け、煙管を取り出した。

煙草を吸いながら、力蔵は春日野の描く絵を見つめていた。

——こいつは本物だ。女郎にしておくのはもったいない。

春日野が絵筆を滑らせる。その白い手から生み出される力強い波や岩塊は、まさに奇跡のようだった。

「お前さんは、雪栄さん以上の才気を持っていたそうだね」

「それは、父が言っていたことでありんすか」

「そうだよ。人伝に聞いた。でも、こうして背後から見ていれば分かるよ。お前さんは一流だ」

「絵が描けても、女郎仕事の役には立ちんせん」

春日野の片頬に自嘲的な笑みが浮かぶ。

「どうだ、自由の味は」

「もう結構どす」

「本当によいのか」

「はい、こうして『稲村富士』も描き終わりんしたから」

初めて振り向いた春日野が、力蔵に絵を見せてくれた。

――見事なものだな。

思わず感嘆のため息が漏れる。

「さあ、これで心残りはありんせん。播磨屋さんに絵を届けてから吉原に戻りんしょう」

「そうだな。いや――」

「どうかなさいんしたか」

「ああ、うん、まあな」

力蔵は迷っていた。今後の生活を考えれば、万字屋の出すという五十両は、喉から手が出るほどほしい。その金があれば蕎麦屋の一つも出せるし、きつい鋳掛屋仕事からも解放される。安楽な老後も過ごせるはずだ。

――だが、わいのようなつまらん者が、春日野の才気の芽を摘み取ってよいのか。

心を鬼にしようと思うが、どうしても鬼になりきれない自分がそこにいた。

――わいも年を取った。

力蔵が伸びをしたので、春日野がくすりと笑った。

「さあ、行きんしょう」

「どこにだい」

「どこにって――、吉原じゃありんせんか」

「やめた」

「やめたってどういうことで――」

「お前さんを連れ戻すことをやめた。わいも焼きが回ったってことだ」

春日野が息をのむ。

「よろしいので」

「ああ、お前さんに、あの苦界は似合わねえ。お前さんに似合うのは、広い空、青い海、そして霊峰富士だ」

「本当に」

春日野が涙ぐむ。

「画集は、わいが播磨屋さんに届けてやる。しばらくしたら播磨屋さんに連絡し、金をもらいな」

「お金なんて要りんせん。ただ父の画集を完成させられれば、それでようござんした」

「そうか。それはお前さんと播磨屋さんとのことだ。わいは口を挟まねえ。だがな、金は大切だ。何かをやるにしても元手が要る。だからもらっときなよ」

煙管と火打袋を懐にしまったその時、力蔵はあることを思いだした。

「そうだ。一つだけ聞いてもいいかい」

「はい。何なりと」

「お前さんは、どうやって吉原を抜け出したんだい」

春日野の顔に笑みが広がる。

「もちろん誰かが手引きしたと聞いても、そいつを捕まえはしない。だがな、それだけが喉に刺さった魚の骨のように気になっているんだ。どうしても解けない謎ってことさ」

「力蔵さん、吉原なんてものは夢の里でありんす」

「夢の里ったって、お前さんは見事に抜け出した。その方法を知りたいんだ」

「ですから、夢の里では何でもできんす」

「よく分からねえな」

春日野が画集の「稲村富士」を示した。

「この稲村ヶ崎から富士を眺める女の後ろ姿だけは、父が描き終えてやした」

「ああ、そのようだな。成長したお前さんの姿を想像して描いたんだろう」

そのなだらかな肩といい、小さな腰といい、それは春日野の後ろ姿以外の何ものでもなかった。

春日野が意味ありげな笑みを浮かべる。

その時、画集と春日野を見比べていた力蔵は、あることに気づいた。春日野の着物の柄と絵の中にいる女の着物の柄が一致していたのだ。

「その着物はどうした」

「分かりんせんか」

「分からない。えっ、もしかして、お前さんは絵の中に――」

「吉原は夢の里でありんす。できねえことなど何もありんせん」

そう言うと春日野は、「よろしゅうお願いしんす」と言って画集を力蔵に渡した。

声も出ない力蔵に春日野は微笑みかけると、一瞬にしてその場から消えた。

――どういうことだ！

周囲に人気はなく、ただ波濤の砕ける音だけが響いている。身投げしたのかと思い、慌てて眼下の海を見回したが、春日野の姿はない。

――ま、まさか！

慌てて画集を開けた力蔵は、「稲村富士」を見た。

そこに描かれた女は、これまで後ろ姿だったのが、半顔（はんがん）をこちらに向けて微笑んでいた。

放召人（はなちめしうど）討ち

仙北道
手倉御番所跡
首もげ地蔵
狼沢口（旧道入口）
まが坂
お園の越所
弘法の祠
一ぱいの清水
十里峠
藩境塚
丈の倉
引沼道
柏峠
山の神
粟畑
焼石岳
柴沢山
獅子ヶ鼻岳
笹森山
胆沢川
胆沢
小出川
小出の越所
マタギ坂
アドレ坂
小胡桃山
小胡桃山
東下嵐江
東成瀬村
中山小屋
（お助け小屋）
東山
亀の子石
林道終点
栃川落合
ツナギ沢
大胡桃山
五郎沢山
栃ヶ森山

プロローグ

出羽国の春は西から吹く微風で始まる。長い冬の間、主に北東から吹いていた風は、誰にも気づかれることなく西に振れ、次第に風力を増していく。長い冬の終わりを告げる西風だ。
夏に奥羽地方に冷害をもたらす東風、いわゆる「やませ」は、奥羽山脈に遮られるため、久保田藩（秋田藩）領はほとんど影響を受けない。だが耕作地が少なく豪雪地帯の藩領東南部は、「やませ」の影響を受けなくても食べていくのはぎりぎりだ。

この地域は、狩猟以外では樵、炭焼き、木地挽を生業としている者が大半で、貧しいことでは久保田藩内でも有数の一帯だった。

そんな藩領東南部にある東成瀬村は、山間の狭い集落にもかかわらず、九十戸ほどの家々がひしめく賑やかな宿場町だ。というのもこの村は、久保田藩領から仙台藩領へ抜ける手倉越え（仙北道）の秋田側の出入口にあたる宿だからだ。それゆえ番所が設けられ、旅人の出切手（通行許可証）を確認していた。

手倉越えとは、手倉村から仙台藩領下嵐江までの六里（約二十四キロメートル）の道のことで、古代から日本海側の出羽国と太平洋側の陸奥国を結ぶ大事な道の一つだった。ただし、上り下りが激しく、難所が随所にあり、季節によっては熊が出るため、困難かつ危険な道として知られていた。もちろん冬は、積雪によって通行不能となる。

久保田藩領と仙台藩領をつなぐ街道としては、手倉越えの北方に横手から北上へと抜ける表街道がある。だが秋田湯沢方面からは遠回りになるので、手倉越えは裏街道として、湯沢から仙台藩領に産物を売りに行く背負子たちに利用されていた。

正徳五年（一七一五）の早春、東成瀬村には百を超える武士たちが押しかけてきていた。この日だけ手倉越えは封鎖され、旅人は宿への逗留を余儀なくされる。

「召人はまだか！」

「はっ、見てまいります」

義格の声に驚き、弾かれたように立ち上がった近習が駆け出していく。それを見送った後、義格は陣幕の外に出て、そこに拝跪する十人の武士たちに声をかけた。

「早く追いたいだろう」

「はっ！」

「鍛え上げた武芸の腕を見せてくれ」

「承知仕りました！」

武士たちが大声で応じる。

武士たちが着ているのは狩装束と呼ばれるもので、水干に弓籠手を着け、鹿皮の行縢を穿き、左腕には弓懸けをはめ、綾藺笠をかぶるという出で立ちだ。

その背後には熊を狩りに行く際、よく用いられる高安犬が控えている。犬たちが静かなのは、口輪で厳重に口を縛ってあるからで、さもないと興奮して止め処なく吠え立てる。

「殿、茶の支度ができました」

家老の疋田対馬守格綱（ひきたつしまのかみただつな）が畏（かしこ）まる。

「そうだな。茶でも喫しながら待つとするか」

陣幕内に戻った義格は、格綱の差し出す茶碗を受け取ると茶をすすった。温かい塊が胃の腑に落ち、先ほどまでの苛立ちが幾分か収まってきた。

「対馬よ、近頃は罪を犯す者が減り、『放召人討ち（はなちめしうどうち）』もやりにくくなった。とくに若い者は盗み一つ働かぬ。町の治安はすこぶるよくなったが、それはそれで困りものだな」

高らかに笑う義格に追従（ついしょう）するかのように、居流れる家臣たちに戸惑った笑みが浮かぶ。

その時、先ほどの近習が陣幕内に駆け込んできた。

「申し上げます。召人が連れてこられました。外に待たせてあります」

「よし、行くか」

義格が陣幕の外に出ると、腰縄を結ばれ、後ろ手に縛り上げられた召人が、小者（こもの）に背を押さえられ、ひれ伏していた。召人は編笠をかぶせられ、半臂（はんぴ）（袖なしの上衣）を着て、股引（ももひき）を穿かされている。寒いのと恐ろしいのとで、召人は歯の根が合わずガタガタと震えていた。

「そなたが今日の召人か」

頭（こうべ）を垂れていた召人が上目遣いに義格を見る。

「ど、どうかご慈悲（じひ）を――」

「ご慈悲だと――、罪を犯して慈悲を乞うとは不届き千万！」

「うっ！」

次の瞬間、義格が突然召人の顔を蹴（け）り上げたので、召人がのけぞるように倒れた。

「思ったよりも若いな。そなたいくつになる」

「はい。二十と二になります」

「そうか。二十二か。おっ、わしと同い年ではないか」

召人が何と答えようか困っていると、義格がうれしそうに問うた。

「で、何をやった」

格綱が背後から口添えする。

「では、御条目を読み上げます」

「よし、召し放ちの儀を執り行え」

「はっ」という声がすると、召人の後方に控えていた役人が前に進み出る。役人は胸にしまった書付を取り出すと、高らかな声で読み始めた。

「右の者、角館において盗みを働いただけでなく、捕らえられた時、激しく抵抗して捕方を傷つけた由、本来なら死罪のところを、御前様の格別のお計らいにより放逐とする」

大名家の当主は、正式な場では御前様と呼ばれる。

「そなたは盗みを働いただけか」

その言葉に希望の光を見出したのか、召人が懸命に訴える。

「はい。腹が減ってどうにも我慢がならず、つい見世棚（移動式店舗）の饅頭に手が伸びてしまったのです」

「そうか。よほど腹が減っていたのだな」

「はい。五日にわたって何も口に入れられず、腹が減って減って仕方がありませんでした」

義格は馬鞭で召人の肩を叩きながら言う。

「だが、盗みは盗みだ」

「分かっております。深く反省もしております。それゆえ、どうかご慈悲を」

「わしは慈悲深い。だから死罪を免じてやったではないか」

召人が泣き崩れる。

「これは死罪ではありませんか」

「何を言う。わが藩領からの放逐だ。仙台藩領でもどこへでも好きなところに行き、好きに暮らせばよい」

「ああ、どうか後生（ごしょう）です」

召人が義格の草鞋（わらじ）に額をこすりつける。

「そうか。そこまで言うなら考えんでもない」

「あ、ありがとうございます！」

「常は『小半刻待ち』だが、そなたには格別の計らいとして、『半刻待ち』にしてやろう」

小半刻は約三十分、半刻は約一時間になる。

「ええっ、それでは何も変わらぬではありませんか」

「何を申すか。半刻も余計にあれば、逃げられる見込みが高くなる」

「しかし私は一介の百姓で、山など入ったこともなく――」

召人の言葉が終わらないうちに、義格の持つ馬鞭がしなる。

「痛い！」

召人の顔にみみず腫（ば）れが走る。

「与えられた時間を無駄にするな。力の限り逃げるのだぞ」

泣き崩れる召人の縄が解かれる。

「よし、あの日が中天に達したら、われらの狩りが始まる。行け！」

召人はよろよろと立ち上がると、南東の方角に向かって駆け出した。

「そうだ。そちらが手倉越えだ。道を誤るなよ！」

召人は次第に速く走るようになり、しばらくすると樹林の間に消えた。

「飯を食っていないはずなのに、体力がありそうだな」

少し不安になった義格は、傍らに控える格綱に問うた。

「農民なので日頃から野良仕事にいそしんでいたようで――」

「藩境塚の待ち伏せ方は何人いる」

「九人ばかりです」

「慣れている者どもだな」

「もちろんです。万が一にも仙台藩領には逃がしません」

「よし、逃がしたら、責めはそなたに負わせる」

「は、はい」

格綱が渋い顔でうなずく。

「わしを諫めた兄のようになりたくなかったら、そなたも検視役として行け」

かつて放召人打ちをやめさせようと、義格を諫めた廻座（譜代家老の一人）の疋田志摩守格久は、義格によって無礼討ちにされ、弟の格綱がその座に就いていた。

「承知仕りました」

格綱がそのまま座していると、義格が不思議そうな顔で問う。

「なぜ、すぐに出発せぬ」

「まだ日は中天に達していません」

「そなたも愚直(ぐちょく)だな。召人ごときとの約束など守らぬでもよい」

「いや、しかしそれでは――」

何か言いかける格綱を無視して、義格が狩装束の武士たちに声をかけた。

「皆、支度はよいか！」

「おう！」

「よし、『放召人討ち』の開始だ。行け、佐竹(さたけ)侍どもよ！」

狩装束姿の者たちが一斉に走り出す。犬使いが召人の着物の切れ端を犬に嗅がせて口輪を外すと、凄まじい吠え声を発しながら、犬たちも飛び出していく。

それを満足そうに眺めていた義格が格綱を促す。

「そなたは、まだ行かぬのか」

「ここで朗報を待つつもりだったので、山入りの支度が間に合わず、近習たちに取りに行かせております」

「そなたは検視役だ。その恰好でもよいだろう」

格綱は裃(かみしも)姿だ。

「いや、それはちとまずいかと」

「誰が討ち取るか、揉め事になったらどうする」

こうした場合、功を焦って揉めることが多いので、検視役は必須になる。

「承知仕りました」

格綱が走り出すと、それを追うように疋田家の家臣が続いた。

「おい、なぜ家臣が付き従う。そなた一人で行け！」

「はっ、申し訳ありません」

格綱が家臣たちに何か申し渡している。だが首を左右に振る者もいる。大藩の家老が裃姿で山に一人で入るなどありえず、付き従いたいと言っているに違いない。しかも四十の坂を越えている格綱にとって、手倉越えは厳しい道行きとなるので、水や食料も持たさねばならない。

「わしの命が聞けぬのか！」

自分でも抑えられない怒りが込み上げてきた。

義格は小姓が捧げ持つ刀を引き抜くと、格綱とその家臣たちが集まる場所へと近づいていった。それに気づいた格綱と家臣たちが、その場に拝跪する。

「なぜ行かぬ！」

「はっ、すぐに参ります」

「そなたを行かせぬようにしているのは此奴か！」

次の瞬間、刀が一閃されると、手近にいた家臣の一人の首が飛んだ。

「ああ、何ということを！」

「わしの命が聞けぬ者はこうなる。よく覚えておけ！」

「分かりました。すぐに行きます」

格綱が駆け出す。その慌てた様を見た義格は、腹を抱えるほど可笑(おか)しかった。


一刻（約二時間）ほど待っていると、叢林(そうりん)の中から小者が走り出てきて、「わが主、貫井市三郎(ぬくいいちさぶろう)が召人を討ち取りました！」と高らかに言上した。

「また貫井が討ったか。さすが『追手巧者（追跡の名人）』と謳われるだけのことはある」

　それからしばらくして、叢林の中から武士たちが姿を現した。格綱の姿も見えるが、左右から肩を支えられている。

「御前様、ご覧じろう！」と声を上げつつ、貫井市三郎が召人の首を高々と掲げる。

「天晴であった！」

　太鼓の音が蒼天に響きわたる。

　早速、首実検の場が整えられる。

　市三郎は首の両耳に親指を差し込み、小指で折敷を支えつつ前に進み出ると、作法通り、まず首の右横顔を義格に見せた。

「先ほどの召人に間違いなし！」

　そう言って立ち上がった義格は左手に弓を持ち、右手に扇をかざし、鬨を三度上げた。

「えいえい！」

「おう！」

　続いて、軍配者が首の吉凶を占う。

「双方とも仏眼ゆえ吉！」

「よし、貫井には五十石加増しよう。これにて『放召人討ち』はお開きとする！」

「おう！」

　早速、輿が回されてくると、義格が乗り込んだ。輿の扉が閉じられた瞬間、広い湿原に大きなため息が立ち込めたのを、義格は気づかなかった。

一

久保田藩佐竹家が常陸国から秋田に移されたのは慶長七年（一六〇二）のことで、石高は五十四万五千石余から二十万五千八百石への大減封の末の移封だった。

その理由が、二年前の関ヶ原の戦いにあるのは明らかだった。当時の佐竹家中は、家臣や与力大名の思惑の違いから足並みがそろわず、日和見しているうちに関ヶ原の戦いは一日で終わってしまった。しかも島津・毛利・上杉氏のように正面きって敵対したわけではないので、当主の義宣は家康に謝罪することもできず（謝罪すれば西軍に与したことになるため）、恭順の姿勢を取ることしかできなかった。それがまた家康の怒りを買う。その結果、佐竹家は二万余という大兵力を擁しながら、一兵も動かすことなく大減封を受け容れねばならなかった。

かくして戦わずして大減封に処されたことで、ほかの大名たちから「新羅三郎（佐竹氏の始祖）の武威も廃れたものよ」などと陰口を叩かれ、佐竹家中は肩身の狭い立場に追いやられていった。

その屈辱を取り返す機会が大坂の陣だった。しかし義宣自ら出陣した今福の戦いで、佐竹勢は先手大将の渋江政光が討ち取られるほど劣勢に陥り、鴫野で豊臣方を打ち破った上杉景勝の救援を仰がねばならなかった。

それ以前の戦国時代においても、関東を席巻していた小田原北条氏に対して確たる勝利を挙げたことはなく、諸大名から「佐竹侍は脆弱」と揶揄された。

秋田移封後も、秋田の農民たちの統治の難しさ、佐竹一門や家臣団の成り立ちから来る家中の混乱、義宣の後継者問題など、厄介なことが山積されていた。

それでも秋田移封後の最初の百年を、義宣、義隆、義処という比較的優秀な三代の藩主によって乗り切り、久保田藩政は軌道に乗ってきていた。経済面でも鉱山開発や横手盆地の新田開発を成功させたことで、表高二十万石余ながら、その実高は三十万石になんなんとしていた。

そんな佐竹家を元禄十六年（一七〇三）に継いだのが、わずか十歳の義格だった。その後、十八歳になった正徳元年（一七一一）、初めて秋田への帰国が許された義格は、佐竹家の武芸が廃れていることを知って愕然とした。元禄時代（一六八八〜一七〇四）の駘蕩とした空気は、秋田にも流れ込んできており、佐竹家中は武芸を磨くことを怠っていたのだ。

こうした佐竹家中に不満を抱いた義格は、藩士たちに武芸を奨励した。だが藩士たちは、おざなりで弓矢や太刀打ちの稽古をするだけで、本気で腕を磨こうとする者は少ない。

そこで義格は、藩士たちが武芸に熱心に取り組むにはどうしたらよいか頭を悩ましていた。

そんな時、知ったのが放召人だった。

放召人とは領内で重罪を犯した者を放逐する制度で、慈悲深い三代藩主義処が、殺人を犯さない限り、罪人を放逐で済ませることから始まった。

藩の記録には「国の規犯したる者、この峠を越して追いやらうことあり」とある。規とは規則のこと、この峠とは仙台藩との国境となる十里峠のことだ。追放された者は久保田藩領に戻ってこない限り、罰せられなかった。

義格は、この放召人を武芸振興の手段に使うことを思いついた。つまり放召人を獲物として、藩士たちに狩らせるのだ。

こうして「放召人討ち」が始まった。

だが仙台藩領に立ち入ることは憚られる。それゆえ召人を放つのを藩境の十里峠ではなく、東成瀬村の手倉御番所にし、藩境まで二里（約八キロメートル）ほどの距離の間で討ち取ることにした。そのため八人から十人の藩士を待ち伏せ方として十里峠に配した。

正徳元年から同五年まで、義格は三十人ほどの召人を放ち、一人として逃がさなかった。

この噂が広がると、その効果は絶大で、領内では盗みなどの軽犯罪もなくなり、武士たちは競うように武芸の腕を磨くようになった。放召人を討ち取った者には五十石も加増されるというので、希望者が殺到したため、義格は厳正に藩士を選抜せねばならなかった。

こうしたことから、久保田藩は犯罪が少なく、武芸の稽古にも熱心な藩となった。

だが、召人を獣のように討ち取ることに異を唱える者もいた。その筆頭が家老の一人の疋田志摩守格久だった。格久は「公儀に見つかれば、お取り潰しになりますぞ」などと言って、幾度となく義格を諫めたので、癇癪を起こした義格は格久を無礼討ちにした。


疋田対馬守格綱から呼び出しを受けた山谷伝左衛門が急いで陣所のある手倉御番所に行ってみると、「放召人討ち」が行われていた。

暗澹たる思いを抱きつつ、伝左衛門が陣幕内に踏み入ると、これまでとは違った慌ただしい空気が漂っているのを感じた。

「山谷伝左衛門、罷(まか)り越しました」

「おう、伝左衛門か。久方ぶりだな」

浮足立っている周囲をよそに、佐竹義格が明るい声音で言う。

「はっ、ご無沙汰しております」

畏(かしこ)まる伝左衛門に、義格は余裕を見せつけるかのように言った。

「もう対馬から話を聞いたとは思うが――」

「いえ、急な呼び出しを受けただけで、対馬守様とは会ってはおりません」

「ああ、そうだったか」

傍らにいた格綱が「申し訳ありません」と謝る。

「実は、ちと困ったことが起こっての」

義格が咳払(せきばら)いしたので、居流れていた家臣たちが畏まる。

「昨日、召人一人を放ったのだが、その日のうちに捕まえられなかった」

――それで呼ばれたのか。

伝左衛門がため息をつく。

「その召人というのが、そなたもよく知る男なのだ」

「よく知る男と――」

その一言は全く予期していなかった。

「誰だと思う」

「全く心当たりがありません」

義格が得意げに言う。

「又蔵（またぞう）だ」

「又蔵とは、あの鷹匠（たかじょう）の又蔵ですか」

「そうだ。そなたと故郷を同じくする又蔵だ」

又蔵と伝左衛門は仙北郡金沢西根村の出で、二人ともマタギの家に生まれた。

「又蔵は殿の鷹匠をしていたのでは。その又蔵が何をやったというのです」

「又蔵の奴め、しくじりおった」

「しくじったと――。いったい何があったのです」

「教えてやろう」

義格が思わせぶりな顔で語り始めた。

又蔵は三十そこそこにもかかわらず、鷹狩りで使う鷹を育てる達人だった。そのため義格は重用していたが、義格が最も気に入っている「迅風（じんぷう）」が突然死を遂げたことで、義格の勘気をこうむることを恐れた又蔵が逐電したというのだ。

「馬鹿な男よ。すぐに追手が掛かり、城下に潜んでいるところを捕まった」

「それで又蔵を『放召人討ち』に処したのですね」

「当たり前だ。逃げたのだからな」

「それで、ここまで連れてきて放ったのですね」

「そうだ。ところが馬鹿どもが捕まえられぬという」

――それはまずい。

山に慣れていない追手の武士たちでは、又蔵を捕まえることはできない。

――なんと愚かなことを。

伝左衛門は心中嘆息した。

「つまりこのままでは、又蔵に仙台藩領に逃げ込まれるというのですね」

「そういうことだ。追手は十人出したが、戻ってこない者もいる」

――殺られたのだ。

又蔵は武器を持っていないはずだ。どういう形で追手を殺したのかまでは分からない。

――待てよ。

その時、伝左衛門は狩小屋のことを思い出した。

マタギはマタギだけの山小屋を持っていた。それを狩小屋、または殺生小屋という。そこには水や食料はもちろん、狩りに使う備品や補充用の銃弾なども保管されていた。

――又蔵は狩小屋の位置を知っている。だが鉄砲までは、置いてあるかどうかは分からない。

鉄砲は高価なので、予備のものを保有するほど裕福なマタギでも、家に持ち帰るのが普通だった。

――だが又蔵の祖父や父は用心深かった。置いてあることもあり得る。

鉄砲を手にすれば、召人は一転して武装した兵となる。しかも一歩でも山に入れば、マタギは武士に対して圧倒的に優位だ。

――虎を野に放つようなものではないか。

又蔵は気立ての優しい男だった。だが生き残るためには、それまで教わってきたマタギの知識を総動員するだろう。

「又蔵は、あらゆる手を使って追手の何人かを殺したに違いありません」

「さようなわけがあるまい」

義格の顔に焦りの色が浮かぶ。

「おそらく十里峠に配した者たちも殺されているかもしれません」

「馬鹿な。彼奴らは当藩きっての手練れ（精鋭）なのだぞ」

「マタギをやっていた者を山に入れれば、いかに武芸に長じた武士でも赤子同然です」

「何だと――」

「又蔵に武器を持たせれば、追手も待ち伏せ方も殺すのは容易です」

「何たることか！」

格綱が口添えする。

「又蔵を仙台藩領に逃がせば、『放召人討ち』のことがばれるやもしれません」

藩境を接している藩に共通していることだが、久保田藩と仙台藩の関係もよくはない。つまり公儀に訴えられる可能性がある。

義格が焦慮をあらわに言う。

「それゆえ、そなたを呼んだのだ。又蔵が仙台藩領に入る前に、殺すか捕まえるかしろ」

又蔵が仙台藩の番所に逃げ込み、久保田藩が「放召人討ち」なることをやっていると知らせれば、仙台藩は幕府に訴え出るはずだ。訴えなければ、仙台藩も幕府のお咎めを受けるからだ。そうなると幕府の目付が入り、久保田藩は減封か移封に処されるだろう。しかも佐竹家は外様の上、立藩以来、幕府からは厳しい目を向けられている。

――悪くすると改易だな。

幕府は外様大名を改易や減封にする理由を探している。近隣諸藩も自領の拡大につながることもあるので、鵜の目鷹の目で隣の藩の過失を見張っている。そんな状況下で、「放召人討ち」なる危険な遊びを続行するなど常軌を逸している。

だが伝左衛門は危険と隣り合わせだからこそ、やめられなくなるという人の性向を知っていた。なぜかと言えば、マタギだった自分もそうだったからだ。

「そなたに又蔵を殺せるか」

「ご存じの通り、それがしはもう『召人討ち』から身を引いております」

かつて伝左衛門は召人討ちの名人とされたが、齢四十を超えたことで、山に入る武士たちの指導役となっていた。

「さようなことを申すな。そなたほどの腕利きはおらぬ」

「しかし――」

「そなたは又蔵に恨みを持っていただろう」

「それは昔のことです」

伝左衛門は又蔵との因縁に思いを馳せた。

二

マタギとは山達とも呼ばれる猟師の一種だが、常の猟師と違うのは、狩猟を本業とし（猟師は兼業が多い）、仲間内だけで通じる独特の言葉を使い、独自の山岳宗教を信じ、厳しい狩人作法と掟を順守する点だ。

彼らはマタギ村を作り、主に奥羽地方の山々を歩き回っていた。彼らマタギの主な獲物は熊で、その毛皮と胆を売ることで生計を立てていた。胆とは胆汁の入った胆嚢を乾燥させたもので、万病に効く万能薬として需要があった。

久保田藩では耕作地や名産品が少ないことから、マタギを手厚く保護しており、彼らが熊を仕留めた場合、一定の価格で皮と胆を買い取っていた。というのもマタギが商人に売る場合、その時の供給量によって買い叩かれることがあるからだ。しかし藩が定額で買い取ってくれるなら、マタギたちは安心して狩りにいそしめる。

久保田藩には薬法方（やくほうがた）と呼ばれる買い取り窓口まであり、良質な胆は幕府にも献上していた。

マタギが一般の猟師よりも優れているのは、その特性からだ。まず寒さに強い。零下数十度でも、雪穴を掘って眠ることができた。次に体力が挙げられる。マタギたちは「五十里の山道を休まず歩き続けられる」と言われるほど、強靭な脚力を持っていた。また疲労回復も早く、一晩寝れば、前日までの疲労を持ち越さないとまで言われていた。

これは伝説だが、マタギたちは十日眠らず、十日食べなくても狩りを続けられ、大怪我を負っても、自力で里に戻る方法を身に付けていたという。

これらを可能にしたのは薬による。マタギの薬は熊の胆に、乾燥させたガマ、マムシ、昆虫、薬草などを混ぜて作るのだが、多分に麻薬的な成分もあったらしい。だが薬の調合はマタギたちの秘伝なので、なかなか知ることはできなかった。

マタギたちの知識量も凄まじかった。天候の予想から動物の生態、また豪雪や食料が不足した際の雪山での過ごし方まで、その知識は多岐にわたっていた。

しかも雪庇（せっぴ）を踏み抜かず、雪崩（なだれ）のありそうな地形を見分けることができるほど雪山に長じており、それらの知識も仲間内だけで秘匿（ひとく）していた。

伝左衛門と又蔵は、かつてマタギをしていた。伝左衛門の元の名は伝之助（でんのすけ）といい、又蔵とは年の差が九つほどあった。そのため二人はさほど親しくはなかったが、伝左衛門の弟の治兵衛(じへえ)と又蔵は年が近く、親友の間柄だった。

伝左衛門と治兵衛の兄弟は、幼少の頃からマタギとしての訓練を祖父と父から受けていた。同じように、又蔵も己の父から教えを受けていた。

伝左衛門は三十の時、隠退した父の跡を継ぎ、三十五歳の時、マタギたちのシカリ(指導者)となった。

三月初旬、ブナの根元の雪が溶ける「根開き」が見られると、熊が冬眠から覚め始める。ブナの新芽は熊の大好物だからだ。

——奴らが出てくる頃だ。

シカリは、熊が穴から出てくる時期を外気温や自然の息吹によって感じ取る。春熊狩りは三月の一カ月が勝負なので、この季節のマタギは多忙な日々を過ごす。

しかも熊は、決まって雪崩が収まる頃に出てくる。熊穴の中で雪崩の音を聞き分けるからだという。穴から出てきてからも、熊が雪崩に巻き込まれることは皆無に近い。この点に関して、熊は人よりもはるかに優れていた。

伝左衛門の「よし、明日行くべ」という触れが出ると、マタギたちは支度に入る。

又蔵と治兵衛もすでに仕事には慣れている。とくに又蔵は鉄砲の腕が抜群なので、伝左衛門は今年から放ち手の一人として起用するつもりでいた。

マタギは「熊祭り」などの祝祭の時は村総出で狩りに出るが、常は五人から十人ほどで山に入る。その中の一人に選ばれることは、たいへんな栄誉になる。

この日は冬眠から覚めたばかりの春熊を狩るべく、仙北マタギの主戦場と言われる朝日岳に向かった。むろん頂上を目指すのではなく、その西麓の朝日沢か南麓のマンダノ沢で、穴から出てきたばかりの熊を狙うのだ。

熊を狩る季節は冬眠前と冬眠後と決まっている。前者を秋熊狩り、後者を春熊狩りと呼ぶが、秋熊狩りは組織的な狩りをするわけではなく、熊たちが冬眠に備えて夢中になって木の実を食べあさるのを見計らい、忍び寄って撃ち殺す。

一方、春熊狩りは勢子を使い、熊を鉄砲放ちの方に追い込んで仕留める。これを「熊巻」という。ちなみにマタギは、熊を狩るのに犬を使わない。

なぜ冬眠から覚めた直後がよいのかと言うと、熊の胆が最も肥えているからで、穴を出てから時間が経つと、運動量が増えることで胆が縮小していく。

この日は「熊巻」なので、伝左衛門は入念な支度をしてから山に向かった。

マタギの狩装束は厳密に決められている。まず麻の下着を着けて山袴を穿く。どんなに寒くても股引などは穿かない。動きが鈍るからだ。その上に吹雪除けの胸当てを着け、その背にニホンカモシカの皮を羽織る。頭にはアマブタと呼ばれるマタギ笠をかぶる。

足は半ばきと呼ばれる脚絆を、草鞋の上には鹿皮で編んだケラソッカと呼ばれる足袋を履いた。手には木綿の手甲とテックリケヤシと呼ばれる鹿皮で編んだ手袋をはめる。

そして左手にコナギやサッテと呼ばれる雪箆を、右手に熊槍を持ち、火縄銃は背に括り付ける。背負っているマタギ袋の中には、鉈、包丁、ナガサと呼ばれる山刀、火縄銃の玉薬と弾、予備の輪カンジキ、薬類などを入れる。

そのほかにも食料などを持っていくので、とても軽装とは言えない。これだけのものを身に着けて傾斜が急な山々を走るので、体力は相当消耗される。

マタギは狩りの前、山神社と呼ばれるマタギだけの神社に詣で、御神酒や餅を捧げ、オオシラビソ（アオモリトドマツ）を焚き、その煙で体を浄めてから山に入る。

マタギは信心深く、山に入る時と里に戻る時の二度にわたって山神社に詣でる。獲物があった時は、「山の神からの授かり物」として、山の神に丁重に感謝の祈禱を捧げる。獲物がなかった時でも、皆が無事に下山できたことを報告し、同じく感謝の祈禱を捧げる。これはマタギの祖先が山岳修験も兼ねていたことに由来している。

一連の山入りの儀を済ませた後、伝左衛門一行七人は山を登り始めた。荷物担ぎは平等に分担される。若者に負担が掛かりすぎると、脱落してしまうからだ。

この日も入念に地面や木々を見ながら熊穴を探した。熊は地面を掘って作った地穴だけではなく、岩穴、木の根元、巣と呼ばれる大木の空洞などに入っている。木々を見るのは、熊にはカガリと呼ばれる習性があるからだ。これは自分が入ると決めた穴の近くの木をかじり、印を付けることで、穴を使っていることを、ほかの熊に知らせるためだと言われている。だがマタギにとって、これは恰好の目印になる。

「あった」という声がしたので、そちらの方に行ってみると、間違いなくカガリがあった。

「近くにいるぞ。ノボリマキの位置に就け！」

熊は人の姿に驚くと、尾根に向かって真っすぐに登る習性がある。カモシカは斜めに走り、猪は山麓へと走る。動物ごとに、生き残る可能性の高い方法が遺伝子に刻み付けられているのだ。

ノボリマキとは下方から勢子が熊を追い立て、筒放ち（鉄砲撃ち）が尾根近くに陣取る構えで、最も多く用いられる。しかし熊が尾根近くにいる場合、反対斜面に逃げられてしまうのを防ぐために、オロシマキをする場合もある。また熊を横に逃がし、放ち手から狙いやすい位置に追い込むヨコマキが行われることもある。

谷を隔てて向かい合う斜面に伝左衛門が座を占めると、勢子の三人は狩り場の斜面を登り始め、放ち手の三人は事前に決めていた配置に就いた。

放ち手は三人で、マタギたちが「三五郎のくびれ」と呼ぶ鞍部にいる。最も腕のいい放ち手、すなわち一番鉄砲が中央の射場を担当し、その左側十間（約十八メートル）ほど離れた場所に二番鉄砲が、一番鉄砲の同じく右側十間ほどの場所に三番鉄砲の又蔵が配置された。

一方、治兵衛ら勢子三人は山麓から押し上げを始める。

こうした番割りは、それぞれの技量や経験を考慮し、シカリが決める。

この頃から空は黒雲に閉ざされ、雪が舞い降り始めていた。視界が悪くなると、シカリの身振りを視認しにくくなるので、猟は中止になることが多い。だが伝左衛門は、「このくらいなら行ける」という判断を下した。

シカリは谷を隔てた反対側の斜面など、放ち手と勢子の双方から見えやすい場所に陣取り、全身を使った身振り手振りで様々な合図を送る。合図は個々の位置や速度に関するものが多い、つまりシカリは熊の位置をしっかり確認しつつ、熊が見えていない勢子や放ち手に、的確な指示を送らねばならない。

熊は斜面のどこかに潜んでいるはずだが、その姿は「一里見通し」と謳われた伝左衛門の目でも確かめられない。

――仕方ない。ぶっ放すか。

火縄銃に火薬を込めると、伝左衛門は空に向けて空砲を放った。次の瞬間、斜面に点在する笹藪の一つから黒い塊が飛び出した。

——山の神がお出ましになったな。

その姿からすると、体長五尺四寸五分（約百六十五センチメートル）はある大物だ。体重は優に三十貫（約百十二・五キログラム）にはなるだろう。

「熊を発見」という身振りを送ると、「ホーリャ、ホーイ、ホーレ、ホーイ」といった独特の追い立て声を発しながら、勢子たちが山を登り始める。だが雪は本格的に降り始め、視界が次第に悪くなってきた。

熊は直登するのが本能だが、地形の関係で斜めになることがある。この時は左にずれていったので、中央の放ち手、すなわち一番鉄砲に撃たせたい伝左衛門は、左端の勢子に上がりを急がせた。

——左端の勢子は治兵衛か。

伝左衛門の合図が分かったのか、治兵衛の足が速まる。それに合わせるように、中央と右端の勢子がわざと遅れる。勢子たちは左上がりの斜め隊形になった。

——治兵衛、ちと、上がりが早いぞ。

経験不足なのか、治兵衛は懸命に登っている。

——あっ、気づかれたか。

熊の動きが緩慢になった。行く手を塞がれていることに気づいたのだ。よく見ると、三番鉄砲の又蔵が、隠れていた笹藪の中で動いている。

——あの馬鹿！

放ち手はシカリの許可があるまで鉄砲を撃てない。だが経験が浅いと、最適な射角を得るために動きすぎ、熊に見つかってしまう。又蔵はまだ熊を仕留めたことがなく、功を焦っているのだ。

「動くな！　隠れろ！」

伝左衛門が懸命に身振り手振りで又蔵に伝えようとするが、雪でこちらが見えにくいらしく、又蔵は一顧だにしない。

一方、それは治兵衛も同じで、ぐいぐい登っている。

――何をやっている！

上手の又蔵、下手の治兵衛の間に挟まれた熊は、その場にとどまって思案しているようだ。

「治兵衛、止まれ！」

伝左衛門が懸命に「止まれ」の合図を送るが、治兵衛は気づかない。こちらを見ているようにも思えるが、はっきり見えないのだろう。

その時、中央を駆ける勢子が伝左衛門の動作に気づき、治兵衛に大声で止まるよう告げた。

それが聞こえたのか、治兵衛が足を止める。しかし人が動きを止めると、熊は力を得る。

「だめだ。下がれ！」

今度は治兵衛に山を下らせようとしたが、治兵衛はその場に佇み、こちらを凝視している。指示を確認しようとしているのだ。

――しまった！

その時、治兵衛の上方の笹藪に隠れながら、熊が治兵衛に近づいていくのが分かった。

伝左衛門は熊脅しの空砲を放とうとしたが、鉄砲を地面に下ろしていたので、火縄が湿っていて、すぐには放てない。

「空に放て！」

伝左衛門が空砲を撃つよう又蔵に動作で知らせる。だが又蔵は、熊を追うように山を下ってきた。

「だめだ。戻れ！」

三番鉄砲はめったに撃てない。シカリが一番鉄砲に撃たせるように熊を追い込むからだ。しかし視界の悪化によって勢子たちも指示通りに動けなくなり、熊は一番鉄砲では狙えない位置にいる。

熊が治兵衛の背後に迫る。

「逃げろ治兵衛！」

その時、ようやく背後に迫る熊に気づいたのか、治兵衛が山を転がるように下り始める。それを熊が追う。さらに熊の背後から又蔵が追う。又蔵は自らの判断で火縄に点火したようだ。

次の瞬間、又蔵の鉄砲が火を噴いた。

だが熊には当たらず、熊は火がついたように驚き、左方へと一目散に逃げていく。

——逃がしたか。

伝左衛門が舌打ちした時、視界に何かが入った。それは丸くなり、微動だにしない。

——ま、まさか！

又蔵がその場にたどり着くと、大声で周囲の者たちを呼んでいる。皆が一カ所に集まろうとしている。だがその中に治兵衛の姿はない。

——ということは、倒れているのは治兵衛か。

位置的には治兵衛以外に考えられない。

——又蔵の撃った弾が治兵衛に当たったのだ。

伝左衛門は息をのんだ。だが次の瞬間、血止め薬などの入れられた袋を摑むと、谷を隔てた対面の山に向かって駆け出した。

「治兵衛、死ぬな！　死ぬなよ！」

叫びが深々（しんしん）と降る雪にかき消される中、伝左衛門は狂ったように走った。

三

拝跪したまま俯（うつむ）く伝左衛門を見下ろしつつ、義格が言った。

「弟の仇（かたき）を思い出したか」

「あれは、私にも非がありました」

「しかしマタギは、シカリの許しがあるまで鉄砲を放ってはならぬはず。又蔵はその掟を破ったのではないか」

「いかにもそうですが――」

――だがあの時、又蔵からわしの姿は見えなかった。

吹雪が視界を閉ざしてしまえば、放ち手の判断に委ねるしかなくなる。だいいち放ち手が熊に襲われる危険もあるため、そこまで掟を守らせるわけにはいかない。

「考えてもみろ。熊は山を下っていったのだろう。それを又蔵は追っていった。全く身の危険が迫っていないということだ。しかもその先に勢子がいるかもしれないことを考えもしなかった。つまりこれは事故ではない。誤殺（ごさつ）だ」

義格は、その時の状況を伝左衛門から聞いていた。というのも義格は、マタギの狩りのやり方に異常なまでの関心を示していたからだ。

「われらは山を下りた後、長老も交えて詮議（せんぎ）を行いました」

「そなたは詮議に加えてもらえず、大きな不満が残ったのだろう」

「はい。それでも証言はさせてもらえました」

「だが結論は『又蔵にお咎めなし』だったと聞くが」

「その通りです」

確かにあの時、悪天候を押して猟を強行した伝左衛門にも過失はあった。だが「あの状況下で狩りを強行したシカリに責はある」と長老たちに結論付けられ、又蔵が不問に付されたのには不満が残った。

「それゆえそなたは、言葉を尽くして自らを正当化し、又蔵の非を長老に認めさせようとした。だがそれは叶わず、藩庁に訴え出た」

「は、はい。仰せの通りです」

それはマタギの掟を破ることだった。山で誰かが死ぬことはしばしばあり、その死因など藩庁は関心を示さない。だが届け出があれば、吟味せねばならない。それがマタギの村々への藩庁の介入を招き、それ以来、仙北マタギは様々な面で藩庁の干渉を受けることになった。

熊の胆を仙台藩の商人に売っていることもばれ、藩庁から村に過料（罰金刑）が科され、強い「お叱り（呵責刑）」も受けた。以後、売り買い帳簿の提出も義務付けられた。

こうしたことから、伝左衛門一家は村八分とされた。

一方の又蔵も、親友の治兵衛を撃ってしまった衝撃から、マタギを続ける気力を失った。

こうした顚末（てんまつ）を聞いた義格は、村八分となった伝左衛門を「放召人討ち」の指導役として、村に居づらくなった又蔵を鷹匠に採用した。マタギは鷹匠も兼ねることが多く、又蔵の家も父祖代々の鷹匠だったからだ。

奇しくも二人は、同時に武士の末席に名を連ねることになった。

その後、伝左衛門は無類の腕を発揮し、召人を五人も討ち取り、三年で二百五十石取りの中級家臣に累進した。こうしたことから、伝左衛門のことを嫉妬した武士たちは、伝左衛門のことを「マタギ武士」と呼んで蔑んだ。

一方の又蔵も鷹匠の才を発揮し、狩りに適した多くの鷹を養成し、義格のお気に入りになっていった。

「して、伝左衛門、わしに拾われなかったらどうするつもりだった」

「旅マタギとなり、どこかの山を歩いておりました」

「妻子はどうしていた」

「離縁して実家に帰しました」

「そうか。ということは、今のように給米で飯が食え、妻子と一緒に暮らせるのは、わしのおかげではないか」

「はい。その通りです」

伝左衛門はマタギ社会から追放されたが、災い転じて福となすを地で行くように、「放召人討ち」によって名を挙げ、禄まで得ることができた。

「そなたは、わしのおかげで二百五十石取りの武士となり、城下に住まいを与えられ、妻子とも離縁せずに済んだのだ」

「はい。その厚恩(こうおん)は忘れません」

「では、わしの依頼を断れぬな」

「――」

「どうした。恩義あるわしの頼みを断り、弟の仇を討てる機会を逃すのか」

「それがしは――」

大きく息を吸うと、伝左衛門が言った。

「もう人を殺めたくありません」

「なんと――」と言うと、義格が高笑いする。

「そなたはもう五人の召人を討ったではないか。今更『人を殺めたくない』など、どの口が言える」

伝左衛門が首を左右に振りつつ言う。

「それがしが討っていた頃の召人は、火付け、盗賊、殺人の類を犯した重罪人ばかりでした。それでも五人目を討った時、これ以上、人を殺めたくないと思い、マタギの技を教えるだけの役にしていただきました」

義格が笑みを浮かべて言う。

「そうだったな。わしはそなたの希望を容れてそうした。しかも禄を削らずにな」

「ありがとうございます」

「よし、分かった。帰ってよいぞ」

「そ、それは真で――」

「だが禄はすべて没収し、召し放ちとする」

「えっ――」

召し放ちとは追放処分のことで、討手が掛からないものの、久保田藩領から出ていかねばならなくなる。

「これまで召人を五人も殺して得た禄を、そなたは手放すことになる」

――何たることか。

五人目の召人を討ち取った時のことを、伝左衛門は今でも覚えている。常であれば二十〜三十間ほど離れた位置から銃撃して殺すだけだが、その時は笹藪の中で、出合い頭に召人と遭遇してしまった。その時、召人はひざまずき、命乞いをした。

「ど、どうかご慈悲を！」

「ならぬ！」

「ああ、私は生きたいのです」

「ど、どうしてだ」

つい伝左衛門は問うてしまった。このまま生き続けても、その男に希望があるとは思えなかったからだ。

「分かりません。でもせっかくこの世に生まれたのです。壮健な体もあります。生まれ変わって真人間になりたいのです」

「真人間、とな」

「そうです。どうかご慈悲を」

——この男を殺さねばどうなる。

男と出会わなかったことにすれば、誰も見ていないので、それだけのことだ。だが周囲には召人討ちの武士たちがうようよいる。到底男が逃げられるとは思えない。

——どのみち誰かが五十石を得るだけだ。

「残念だが、そなたは死人と同じだ。わしが見逃しても、誰かがそなたを殺す」

「それでも、わずかな見込みに賭けたいのです」

「わずかな見込みか」

一瞬、仏心が湧いた。だがその時、近くの藪で声がした。

「わしだ。撃つなよ」

召人討ちの武士が近くまで来ていたのだ。

——致し方ない。

「許せ！」

「ああ、ご慈悲を！」

伝左衛門は間近から男を撃ったが、近すぎて動揺し、急所を外してしまった。男は血反吐を吐きつつ、「覚えておれよ。そなたを七生まで呪ってやる！」と言いながら死んでいった。

それ以来、伝左衛門はこの仕事が嫌になった。

義格が得意げに言う。

「そなたが『もう人を殺したくない』と言うので、わしはそれまでの功に免じ、それを許した。だがな、いつかは山に戻ってくると信じていた」

義格が感情を込めて続ける。

「弟の無念を思い出せ。常の放ち手なら撃つはずがない状況だ。だが又蔵は功を焦って撃った。しかも山を下りながらだったので、狙いもつけていなかった」

「その通りです」

「では、山に入り、弟の仇を取るな」

「は、はい」

伝左衛門がうなずく。

「よし、それでよい。ただしだ」

義格がにやりとする。

「わしも行く」

伝左衛門は、義格が「放召人討ち」をやりたがっていると、格綱から聞いていた。

「山は容易なものではありません。しかも、どこに又蔵が潜んでいるか分かりません」

「そなたは、わしが足手まといにでもなると思っておるのか！」

「殿は心配ないかもしれませんが、近習や小姓に山は無理です」

義格は武芸を好み、馬も人並み以上に乗りこなす。しかも二十二歳なので体力的にも申し分ない。しかし十代前半の小姓や、御殿生活に慣れた近習では、伝左衛門の足についてこられないだろう。

「遅れる者は置いていく。それだけの話だ」

「分かりました。致し方ありません」

「出発は半刻（約一時間）後だ。飯でも食っておけ」

それだけ言うと、義格は小姓らに山入の支度を命じた。

四

記憶も定かでない幼い頃から、山に一歩踏み入ると、又蔵は母に抱かれているような安心感に包まれる。どんなに厳しい北風（ならい）が吹いていても、腰まで雪が積もっていても、なぜか山にいるだけで安堵を感じる。それが、幼い頃から山に入っていた者の感覚なのかもしれない。

山は何千年、何万年という歳月の間、自然や生き物を守ってきた。山では動物、魚、昆虫、一木一草から菌類まで、あらゆる生命が共生し、調和し、生命を謳歌（おうか）してきた。これらの作る複雑な生態系の中に人もいる。だからこそ人は、母なる山に抱かれている時、心から落ち着くのだ。

——何とか二人を殺し、一人を傷つけたか。

一人目は急崖のある場所まで逃げ、追ってきたところを背後に回って突き落とした。その時の揉み合いで脇差を奪い、二人目は木の上から襲い掛かって殺した。三人目も同じように殺そうとしたが、うまくいかず格闘となった。それでも相手の足に脇差を刺して逃げ切った。

——追手を殺すことが目的ではないが、追いつかれたら殺すしかない。

又蔵は自分にそう言い聞かせた。

大小の石がごろごろしている河畔を歩いていくと、ようやくお目当ての場所に着いた。

——確か、この辺りだったな。

又蔵は記憶を手繰り寄せ、河畔から藪の中に踏み入った。

——あった。

喜びが波のように押し寄せてくる。

成瀬川の支流の合居川の河畔にあるマタギの狩小屋は、少年時代に見た時と変わらず、その場にあった。すでに記憶も曖昧だが、どのような場所に狩小屋を設けるべきか祖父や父から教えられていたので、地形によって見つけられた。

又蔵は手倉越えを通るようなことはせず、獣道を北に向かい、合居川にあった狩小屋を目指した。

「放召人討ち」を宣告され、手倉村で放たれた召人は、事前に教えられた手倉越えを通って仙台藩領に抜けようとする。だが水も食料も持たない召人が、いくらも行けるわけはない。

それゆえ召人の大半が領内で討ち取られた。それでも、まれに仙台藩領に踏み入ることができた者もいる。仙台藩は大藩だけあって藩境に番所を設置していないため、多少は藩境を越えても見つからない。それゆえ追手たちも、仙台藩領に入って召人討ちをすることがあった。

狩小屋は、河畔から少し入った窪地に半地下のようにして築かれていた。周囲はブナの大木と笹藪で覆われ、旅マタギに見つからないよう迷彩が施されている。

互いに親交のある村どうしの場合、緊急時の避難所として狩小屋の相互利用は許されるが、縁も所縁もない旅マタギには使わせない。

祖父の言葉がよみがえる。

「殺生小屋（狩小屋）は川の少し上さ作れ。炊事の時さ川に近えど便利だんてな。だども川と同じ高さはだめだ。夜中に溢れ水になるがもしれんからな。なしてもさびい時は、小屋の中さ穴掘ってすまれ（寝ろ）。外に寝んのはいげね。人の臭いで狼寄ってくっがらな」

また祖父は、春は雪崩が多いので、急斜面のすぐ下に作ってはだめだとも教えてくれた。

――爺ちゃん、ありがとう。

又蔵は亡き祖父に感謝した。

その小屋は、こうした条件を満たした理想的な場所にあった。

マタギの小屋は四本の柱を立て、そこに獣皮を幾重にもかぶせてあるだけだが、頑丈で暖かい。それでも外光がわずかしか届かないので、小屋の中は暗闇だ。

小屋に入ると、人が四、五人横たわるのがやっとという狭さだった。又蔵は敷かれている莚を取り除けると、湿った土を払った。

――あった！

莚の下の戸板も取り除けると、備蓄されている兎の干し肉やカネ餅が見えた。

カネ餅とは保存食の餅のことで、餅に粳(うるち)半分ずつの粉に塩を付けて固めたものだ。腰が強く一口かじるのにも一苦労だ。その分、腹持ちがよいので、少しで空腹は満たされる。

又蔵は、食い物を引き上げようとしたが、すんでのところで思いとどまった。

祖父の言葉が脳裏によみがえる。

「山で鉄砲なぐしたら手ぶらで帰らねばならねぐなる。んだんて殺生小屋さ予備の鉄砲や弾置いでおぐのが、マタギの心得だ。だども旅マタギさ見づがれば、がめられる（盗まれる）ごどもある。んだんて罠仕掛げでおぐ」

暗闇の中、手近にあった枝を差し入れると、何かに挟まれた手応えがあった。兎用の罠が仕掛けられていたのだ。又蔵は冷や汗をかいた。さらに枝で探ったが、もう罠はないようだ。

用心深く手を伸ばした又蔵は、干し肉を取り出すと貪(むさぼ)り食った。それで人心地ついたので、さらに中を探ると、ヂェン袋に入った火打石が出てきた。

ヂェン袋とはマタギが愛用している布袋で、紐が両側に付いているので、袈裟に掛けて結べるようになっている。

――これで暖が取れる。

春とはいえ山は寒い。体が冷え切ってしまうと、気づかぬ間に動きが鈍くなる。そうなる前に暖を取らねばならない。

さらに手を伸ばしていると、獣皮に包まれた筒状のものに手が届いた。それを取り出して獣皮を広げた又蔵は、心からほっとした。

――これなら戦える。

そこにあったのは予備の火縄銃だった。さらに穴倉をまさぐると、これまた獣皮に包まれた弾丸と黒色火薬も出てきた。火薬は器に入れられ、念入りに密封されていたので、開けるのが厄介だったが、中の火薬は十分に乾燥していたので、すぐにでも使える。

　また狩装束や山刀などの武器も出てきた。さすがに熊槍や雪箆はなかったので、熊や猪は狩れないまでも、鹿などは狩れる支度が整った。もちろん鉄砲の発射音を召人討ちたちに聞かれれば命取りになるので、狩りをする時は慎重にならねばならない。

　腹が落ち着いてくると、睡魔が襲ってきた。そういえば昨夜から寝ていない。あまりの緊張にずっと眠気を催さなかったが、夜の帳も落ち、今夜のうちに見つかる危険が減ったので、眠気に襲われたのだ。

　――小便でもしてくるか。

　外に出ると寒気が襲ってきた。川に向けて用を足していると、背後に気配を感じた。

　――召人討ちの者か！

　一瞬、どきりとしたが、武士たちは日が暮れてからは動かない。となると答えは一つだ。

　続いて川音に交じり、威嚇するような唸り声が聞こえてきた。

　――落ち着け。

　冬眠を終えたばかりの熊は飢えている。そんな時に人と出遭えば、食用にせずとも本能的に襲ってくる。だが鉄砲も追い払うための火も小屋の中だ。

　――こうした場合の対処法は一つだ。熊を脅かすしかない。

　又蔵は突如として振り向くと、「ぐわー！」という声を上げて小屋に向かって走った。それに驚いた熊が、笹藪の中に駆け込むのが音で分かった。その音が次第に遠のいていく。

　――臆病な奴だ。どこまで逃げる。

熊が遠ざかったと感じた又蔵が小屋に入ろうとした時だった。一町（約百十メートル）ほど先で火が瞬くのが見えた。

――今のわしの声が聞こえたのではないか。

武士たちは意外に近くで野営していた。誰かが起きていて、又蔵の声に気づいたに違いない。

又蔵は小屋の中に置いていた鉄砲とチェン袋を摑むと、近くの笹藪の中に隠れた。

――なぜここまで追ってきたのだ。

又蔵は、武士たちが予想できない行動を取ったはずだ。しかしつけられてきたということは、何か理由があるに違いない

――犬だ。

すぐにそのことに思い至ったが、犬の鳴き声はしない。

――そうか、足手まといになるので、どこかに置いてきたのだ。

犬は口輪をしていても唸り声を上げられる。それが又蔵に気づかれることを危惧し、途次に置いてきたに違いない。

やがて周囲を警戒しながら、いくつかの篝（かがり）が近づいてきた。

「こんなところにおるわけないだろう」

「聞き違いではないか」

「いや、間違いなく人声だった」

「もうよそう。こんな暗がりでは見つけても逃げられる。日が出てから探せばよい」

「それにしても、初日に捕まらなかった者は珍しいな」

「伊達領に逃げ込まれる前に、何とか討ち取らねばならぬぞ」

話し声が次第に小さくなり、篝が遠ざかっていく。しばらくして笹藪から出た又蔵は小屋に入った。

――夜明け前に、ここを出ねばならぬな。

又蔵はすぐにでも出られる支度を整えると、座ったまま眠りに落ちた。横になると泥のように眠ってしまうからだ。しかし気が張っているのか、眠りはなかなかやってこなかった。

――かように理不尽なことがあろうか。

ここ数日に起こったことを、又蔵は思い出していた。

あの日、又蔵はいつものように日の出と同時に起き出し、兎肉と水の入った容器を携え、鷹のいる小屋に出向いた。

小屋の中は仕切りによって隔てられ、一つの区画に鷹や鷲（わし）が一羽ずつ入れられている。いつものように手前から水を入れようとすると、何かが地に落ちているのに気づいた。

――まさか！

それは「迅風」の籠だった。慌てて鍵を外して中に入ると、すでに「迅風」は事切れていた。

――心の臓が止まったのか。

鳥などの小動物の場合、急死というのは珍しい。とくに前日まで大空を飛翔していた「迅風」が死ぬなど、考えもしなかった。

――腸（はらわた）（内臓）のどれかに、生まれついて病いを抱えていたのかもしれない。

いずれにせよ、「迅風」が死んでしまった今となっては、死因を探ったところで意味がない。

その亡骸を抱き上げると、まだ温かさが残っていた。

――なぜなんだ。

幼鳥の頃から、寝食を共にするほどだった「迅風」との別れは悲しい。狩りができる鷹に育て上げる苦労はもちろんだが、又蔵と「迅風」は鷹匠と鷹以上の強い絆で結ばれていた。

だがその死を悲しむ暇もなく、大恩ある義格に対して申し訳ない気持ちでいっぱいになった。同時に、義格の勘気をこうむった者がどうなるかも思い出した。

――たいへんなことを仕出かした。

腹底から恐怖が込み上げてくる。

久保田藩佐竹家では、些細なことでも落ち度があると、使用人でも召人にされる。少し前も、草場で放し飼いにしていた馬が狼に襲われたことで、その責任を取らされた馬飼の男が召人にされた。その男は、陰で馬を虐待していたというのが表向きの理由だった。しかし又蔵は知っていた。その男が誰よりも馬を愛していたことを。

それを思えば、藩主お気に入りの「迅風」を死なせてしまった又蔵に、どのような濡れ衣が着せられるか分からない。

――逃げよう。

咄嗟にそう思ったのが運の尽きだった。鷹が死んだのは又蔵の責任ではない。さすがの義格でも、それだけで「放召人討ち」にするとは考え難い。だがあの時は動転してしまい、とにかく自らが置かれた状況から逃れたかったのだ。

又蔵は黙って鷹小屋を出ると、身の回りの品を懐に押し込んで城を出た。諸門を守る番士とは顔なじみなので、容易に城外に出られた。しかしその後がいけなかった。

城下町の遊郭には、いつか所帯を持つことを言い交わした馴染みの女がいた。「錦楼」の志野だ。

志野は美人とは言い難いが、気立てがよくて優しい娘だ。

そのまま藩境の関まで一直線で行けば、又蔵なら顔で通過できたはずだ。しかしどうしても志野の顔が見たくなり、つい遊郭に足を踏み入れた。

「錦楼」に入り、しばし別れを惜しんでいると、外の気配がおかしい。「しまった」と思って飛び出したものの、捕方が待ち伏せており、あえなく御用となった。

志野を取り次いだ女郎屋の若衆が主に相談し、主の判断で通報されたと後で聞いた。後難を恐れての判断なので致し方ないことだった。

翌日、白洲に引き出された又蔵は、一切の申し開きを聞いてもらえず、「癇癪を起こして鷹を殺した」という罪状をでっち上げられ、「放召人討ち」とされた。

——なんと愚かだったのか。

大人しく鷹の死を報告していれば、こんな目に遭わずに済んだはずだ。だが若い頃の又蔵は慌てると、見境のない行動に出てしまうことがある。

——治兵衛を撃ってしまった時も、そうだったな。

それを思い出し、又蔵は唇を嚙んだ。

五

又蔵は父祖のようにマタギになりたかった。なりたかったというより、父祖の仕事を継ぐのは当然のことだと思っていた。そのために子供の頃から積極的に山に入り、様々なことを学んだ。

だがあの忌まわしい事件があり、もう二度と鉄砲を手にしたくはなかった。それどころかマタギという仕事に従事するのも嫌になった。

あの時、又蔵が銃を構える近くまで熊は寄ってきていた。だが又蔵は、シカリの伝左衛門の指示があるまで火縄に点火しないでいた。

――どうなっておるのだ。

完全に撃てる射程に熊を捉えたが、雪で視界が閉ざされ、伝左衛門の指示が見えない。

苛立ちが募る。

――撃つか。

熊は二十間（約三十六メートル）ほど下の斜面をうろうろしている。どうやら山麓から迫る勢子の姿が気になっているらしい。

――今なら確実に仕留められる。

だが雪は激しくなり、視界は悪くなる一方だ。

――もう待てん。

シカリの指示が見えなければ、自己判断も許される。又蔵は最適な場所を得ようと、体一つずらした。その時、小石を落としてしまった。

熊が上方を警戒する。もはや隠れようがなく、熊と目が合った。その瞳に恐怖の色が走る。

熊が山麓に向かって駆け出した。素早く火縄に点火した又蔵は、その黒い巨体を追った。

走りながら撃っても命中させることは難しい。だが又蔵は初めての獲物に舞い上がっていた。

――今だ。

確実に尻に命中させられると思った又蔵は、立ち止まると引き金を引こうとした。だがその瞬間、足が滑った。

鉄砲の残響が残る中、熊は血相を変えて右手へと逃れていった。

――しくじったか。

無念さに体の力が抜ける。今から弾を装塡し直しても、とても間に合わない。

――後で皆に叱られる。

そんなことを思いながら、熊が逃げた方から視線を下方に戻すと、何かがうずくまっているのが見えた。その形と大きさから熊ではない。

――ま、まさか！

鉄砲を放り出すと、又蔵は斜面を転がるように駆け下りた。

慌てて助け起こしたが、治兵衛はすでに事切れていた。

――ああ、なんということだ。

運の悪いことに、又蔵が足を滑らせて放った弾が、治兵衛の心の臓に命中したのだ。

又蔵は治兵衛の遺骸を抱いて泣いた。その後のことはよく覚えていない。伝左衛門に張り倒され、皆に殴られ、蹴られ、どうやら昏倒したらしい。それでも皆は又蔵に肩を貸して下山させてくれた。

誰もが過失だと知っていたからだ。

――わしはこれを使えるのか。

その古びた火縄銃を見ていると、あの時の感覚がよみがえる。

――わしは治兵衛を殺したのだ。

それから、又蔵は生きていく気力をなくし、抜け殻のようになった。そんな時、佐竹家の鷹匠の爺が隠居することになり、又蔵にお召しがあった。又蔵は藁にもすがる思いで村を出て、城に飛び込んだ。

そこで待っていたのは義格で、「事情は聞いた」と言ってくれた。この時、又蔵はこの主君に命を捧げてもいいと思った。だが又蔵は、義格の恩義を踏みにじるようにして出奔したのだ。その罪の報いに「放召人討ち」とされるのは、当然のことのように思える。

——明日の朝、両手を広げて武士たちに声を掛け、的となるか。

だが、いかに義格に恩義があろうと、又蔵とて人だ。死ぬのは怖い。しかも鷹を殺したなどという濡れ衣を着せられ、狩りの獲物にされたのだ。汚名を着せられたまま殺されるのは口惜しい。

そんなことをつらつら考えていると、つい寝入ってしまった。

夢境をさまよう又蔵が目を覚ましたのは、人の声が聞こえたからだ。

——しまった！

昨夜の武士たちが近くまで来ているようだ。

手早く小屋を出る支度を整えると、外の様子をうかがった。

その時、会話が耳に入ってきた。

「ここらにはおらんだろう」

「手倉越えに戻ろう。今頃、貫井殿が討ち取っているやもしれんぞ」

「『貫井殿と同じ道を行っても討てないから、脇道を行こう』と言い出したのは、そなたではないか」

「おかしいな。犬が間違えることはないのだがな」

「仕方ない。戻ろう」

声の数からすると三人だ。

その時だった。

「おい、あれは何だ」

「あれとは——」

「あそこだ。雪の間に何か見えないか」

——しまった！

ここに来た時、狩小屋の周囲を覆っていた木々や草を取り払ったことを忘れていた。

「あっ、いかにも何かあるな」

どうやら三人は、河畔からこの小屋を見ているようだ。冷や汗が背を伝わる。

「あれは炭焼き小屋だ。この辺にはよくある」

「あそこに潜んでおるのではないか」

——もうだめだ。

相手は三人だ。不用意に外に出れば、一人は倒せてもほかの二人に討ち取られる。地下蔵の中に身を潜ませようかと思ったが、上に蓆をかけるなどして偽装する時間はない。

河原石と灌木を踏む足音が近づいてくる。

——万事休したか。

どうせ死ぬなら一人でも殺そうかと思ったが、「やはり撃てない」と思い直して鉄砲を置いた。

——どうとでもなれ。

その場に胡坐（あぐら）をかき、又蔵は武士たちが来るのを待った。

「おい、入口はここだ」

「気をつけろ。武器を持っているかもしれんぞ」

その時、何かが笹藪を突っ切ってくるような音が聞こえた。

——何事だ！

次の瞬間、武士の一人の絶叫が轟いた。

「ぐ、ぐわー！」

それは断末魔の声に違いないと確信できるほど、おぞましいものだった。

「熊だ。逃げろ！」

残る二人は一目散に逃げ出したようだ。

どうやら昨夜の熊と同じ個体らしい。おそらく狩小屋の近くで冬眠していたのだろう。

――そうか。子を産んだので、この近くから離れられぬのだな。

子を産んだ雌ほど気が立っている熊はいない。それゆえマタギたちは細心の注意を払う。

――母熊を撃ったらいかん。

マタギたちは熊の種を守るため、子を産んだと思しき雌は、よほど不猟の場合を除いて見逃すのが常だ。母熊を殺すと、子熊は育たないからだ。それゆえ誤殺した場合など、子熊を村まで連れてきて、ある程度の大きさになるまで育ててから山に放つことまでした。

しばらく息をひそめていると、何度か絶叫が聞こえ、熊の走り去る音がすると静かになった。

又蔵が忍び足で外に出てみると、武士が一人倒れていた。どうやら正面から爪を立てられたらしい。顔から胸まで三つの深い線が刻まれている。ぱっくりと開いた胸の傷の間から、心の臓が動いているのが見える。

――これはひどい。

だが手の施しようがない。しばらくすると、武士は血反吐を吐き、心の臓も鼓動を止めた。

――成仏して下さい。

遺骸に手を合わせると、又蔵はゆっくりと河畔に下りた。すると少し先に、もう一人倒れているのが見えた。その男はまだ手足を動かしていた。

恐る恐る近づいてみると、男は頭頂から背中に爪を振り下ろされていた。そのため髷を結った頭皮は襟まで垂れ下がり、後頭部からは白骨が見えていた。

逃げる武士に対し、熊は背後から追いすがり、後頭部に一撃を加えたのだ。

――これは助からない。

その傷は凄惨としか言えないものだった。

又蔵がその場から立ち去ろうとすると、「助けてくれ」というか細い声が聞こえた。

それを無視して行こうとすると、「待ってくれ」という悲しげな声が追ってきた。

「そなたが召人か」

「そうですが――」

又蔵はつい答えてしまった。

「わしを助けてくれたら、殿が罪一等を減じるはずだ。どうか肩を貸して山から下ろしてくれ」

それは魅力的な提案だった。しかしその武士が遺骸となってしまえば、罪一等は減じられず、又蔵は再び「放召人討ち」の獲物にされるだろう。

――だが手当てだけでもしておけば、此奴の仲間が見つけるやもしれぬ。

又蔵は近づき、その傷を確かめた。

――これはだめだ。

「残念ですが、お武家様は助かりません」

又蔵は祖父や父から傷の見方を教わっていたので、それが分かる。

「さようなことはない。わしは歩ける」

武士は立ち上がろうとしたが、上体さえ起こせず再び横たわった。

「傷は深く、後頭部から頭蓋骨が見えています」

「何だと――」

武士が懸命に手を回し、自らの頭に触れた。

「ああ、これは――」

頭蓋骨が露出しているのに、武士も気づいたのだろう。武士の顔に絶望感が広がる。

「頼む。ここに置いていかないでくれ」

「何を言うのです。お武家様は、わしを狩ろうとしたのではありませんか」

「そうだ。その通りだ。では、殺してくれ」

確かにここに残していけば、夜になって狼の餌食になるだけだ。

祖父から聞いた話だが、ある時、単独で山に入った猟師が山で負傷して歩けなくなった。夜になると狼がうろつき、生きたまま食べられることは確実だ。こうした場合、鉄砲を撃って狼を威嚇したところで、弾が尽きればおしまいだ。万策尽きたその男は、顎の下に銃口を向け、足の指で引き金を引いて自らの頭を吹き飛ばした。むろんその遺骸は食い荒らされ、骨ばかりになっていた。

「とどめを刺しても、よろしいのですね」

「ああ、腰の刀で頼む」

――致し方ない。

又蔵が男に近づき、腰の刀に手を伸ばそうとした時だった。男は身を翻すと、抜き打ちざまに刀を払った。又蔵は跳躍して、それをよけると、男と距離を取った。

「何をする！」

「無念――」

「卑怯ではないか！」

「ふふふ、召人の分際で武士を侮るからだ」

「わしを殺めても、あんたは死ぬ。これほど無益なことはない」

武士が不敵な笑みを浮かべる。

「それは違う。そなたを討てば、わが子に禄が与えられる」

「なんと馬鹿馬鹿しい」

「馬鹿馬鹿しくとも、それが武士というものだ」

このままここでぐずぐずしていては、ほかの武士に見つかるかもしれない。又蔵は立ち去るべき時を察した。

「では、勝手になされよ」

「ま、待て。わしはどうなる」

「狼に食われるでしょうな」

「食われるのか――」

ようやく武士が状況を察したようだ。

「そうです。おそらく生きたまま内臓を引きずり出されます」

「何だと」

「お仲間が助けに来るかもしれませんが、日が暮れても助けが来なければ、手に持つ脇差で自害なされよ。夕暮れまで自害する力が残っているかどうかは分かりませんが」

自害というのは、かなりの気力と体力を要する。

「待て、待ってくれ」

その言葉を無視して、又蔵はその場を後にした。

しばらく河畔を行くと合居川が南に大きく蛇行している箇所に突き当たった。そこには天正の滝と呼ばれる美しい滝がある。そこを越えれば湯田方面に抜けられ、合居川沿いに北上・花巻方面へと逃れられる。だが雪解け水で、かつて見たことのある風景は一変していた。

――これでは滝を越えられない。

滝の横をよじ登り、沢沿いを行かねばならないが、この様子では沢に水は溢れ、とても歩けるものではない。

しばし立ち止まっていた又蔵だが、この経路を行くことを断念した。

――危険だが手倉越えに戻るしかない。

又蔵は危険な賭けに出ることにした。

六

「よし、行くぞ！」

義格が先に立って歩きだした。それに二人の近習と二人の小姓、そして口輪のはめられた二匹の高安犬が追いすがっていく。重い荷を背負わされた四人の足取りは覚束ない。

しばらく行くと、二人の武士が戻ってくるのに出会った。

武士たちは拝跪（はいき）すると、息を切らせながら報告した。

「藩境で待ち伏せていましたが、又蔵とやらは現れませんでした。それで番小屋で一晩過ごし、戻ってきた次第」

義格が二人に問う。

「追手が三人ほど戻らぬが、そちらに行かなかったか」

二人は顔を見合わせると、首を左右に振った。

「こちらには来ませんでした」

義格が伝左衛門に問う。

「又蔵は手倉越えを外れたと思うか」

「又蔵はマタギの家の出です。幼い頃から祖父や父に連れられて山に入っています。獣道を見分けることも容易です」

「では、又蔵なら手倉越えを行かずに仙台藩領まで抜けられるのか」

「それは、なかなか難しいかと」

「どうしてだ」

「道というのは、そこしか通れない場所があります。それゆえ手倉越えからさほど離れていない獣道を行っても、いつかは人の行けない道となり、どこかで手倉越えに戻らねばなりません」

しかも手倉越えは斜面に付けられた道なので、道を外れて進むことは、かなりの困難が伴う。

「おおよそ、どの辺りで戻ってくる」

「手倉越えで言えば十里峠です。あの辺りは斜面に道が張り付いているようなものなので、獣道を使うのは至難の業(わざ)です」

「よし、まずは十里峠を目指そう」

その時、戻ってきた武士の一人がおずおずと問うた。

「われらは戻ってもよろしいでしょうか」

「何だと」

義格が意外な顔をする。

「山中を幾度も往復したので疲れました」

もう一人がそう言ったので、義格が吐き捨てるように答えた。

「さような者に用はない」

「申し訳ありません」

二人が逃げるように手倉村方面へと走っていく。

「だらしのない奴らだ。よし、行くぞ」

六人は首もげ地蔵のある狼沢口から、ブナの鬱蒼と生い茂る手倉越えに入った。

少し行くと、ブナ、ミズナラ、ナナカマド、サワグルミ、トチノキ、カツラなどの木が鬱蒼と生い茂っている一帯に出た。どれも樹齢百年は優に超す古木ばかりだ。ブナの足元は笹藪に覆われ、風が渡ると、さらさらと音を鳴らす。その度に近習たちは警戒する。

――さようなことでは、身が持たぬぞ。

又蔵がこんな里に近い場所にいるわけがないにもかかわらず、すでに四人は緊張している。それに構わず、伝左衛門は山道を進んでいった。義格は平然としているが、重い荷を背負った四人は、早くも息が上がり始めている。

――殿からは休息を求めてこないだろう。わしから申し出ないと休息は取らぬな。

だが伝左衛門は、休息を求めないで進むことにした。

――わしが又蔵だったらどうする。

又蔵がほかの召人と同じように、素直に手倉越えを行くとは思えなかった。

――行かないとすると、どうするか。

手倉越えを行けば、十里峠付近で待ち伏せ方に討ち取られる。又蔵がそれを知らないはずがない。

――だとすると、道を外れて獣道から仙台藩領に逃れようとするはずだ。

しかしそうなると大迂回路になる。飲み水は大小の沢があるので何とかなるが、食べ物はどうにもならないはずだ。

――武器もほしいはずだ。

だが武器を手に入れるには、武士を一人でも倒すしかない。それは極めて危険なことだ。

――やはり狩小屋か。

「お待ち下さい」

伝左衛門が立ち止まったので、義格は不快そうに問うた。

「何事だ。十里峠に急ぐのではなかったのか」

目前には急な登り坂があり、それを登りきったところが十里峠になる。

「いや、ちと厄介なことになりそうです」

「どういうことだ」

伝左衛門が狩小屋のことを説明する。

「ということは、奴は鉄砲を手に入れたかもしれないのだな」

「それもあり得るということです」

「その狩小屋というのはどこにある」

「北です。先ほど狼沢で、われらは手倉越えの右手の道を取りました。そこを左手に行けば、合居川方面に出られます。そこに狩小屋があります」

義格が苛立つように問う。

「では、どうする！」

「お待ち下さい」

伝左衛門が犬に又蔵の臭いの付いた着物の切れ端をかがせると、犬は興奮して元来た道を引き返そうとした。

――つまり、ここに又蔵は来ていないということだ。

犬は臭いの記憶をたどり、それが最後に臭った地点まで戻ろうとする。

「戻りましょう」

「致し方ない。戻るぞ」

重い荷を背負ってきた近習たちが辛そうな顔をする。険しい山道では道を誤って引き返すことほど辛いことはなく、いやが上にも疲れが増す。

小半刻（約三十分）ばかり道を引き返し、狼沢の分岐まで戻ったところで、犬は左手の道を行きたがった。

「犬の様子からして、又蔵は左手の道を行ったと思われます。しかし犬のことですから、確かとは言えません。痕跡がなければ元来た道を戻ることになります。それゆえ二手に分かれましょう」

「どうしてだ」

「これほどの荷を担ぎ、北へ行くのは困難です」

近習や小姓の担ぐ荷は尋常な量ではなく、ここまで歩いただけで、四人には疲労の色が濃い。

近習の一人が口を挟む。

「それなら成瀬川沿いを行けばよいではないか」

成瀬川は南北に流れており、河畔を北上すれば天正の滝のある合居川方面へと抜けられる。

だが伝左衛門は首を左右に振った。

「又蔵は、さような道を使いません」

もう一人の近習が言う。

「やはり十里峠に向かい、待ち伏せしよう」

「十里峠で待ち伏せても、又蔵が狩小屋で鉄砲を手に入れていれば、われらが危うくなります」

義格が問う。

「奴は腕がよいのか」

「はい。三十間（約五十四メートル）先を走る兎を撃ち殺したこともあります」

それは少し大げさだが、そのくらいのことを言わないと、義格は聞く耳を持たない。

「では、どうする」

「それがしは一人で北への道を取ります。皆様方は十里峠で待っていて下さい」

「そんなことをすれば、そなたが合居川方面で又蔵を討ち取ったら、それでしまいではないか」

「はい。今は又蔵を討ち取ることが先決です」

「では、聞くが――」

義格が意地の悪そうな笑みを浮かべる。

「そなたが返り討ちに遭うことはないと断言できるか」

「それは分かりません。彼奴に待ち伏せされれば――」

伝左衛門が言葉を濁した。

「一対一では、そうなるかもしれぬと言うのだな」

「仰せの通り。長らく鉄砲を放っていなかったとはいえ、彼奴の技量を侮ることはできません」

「それなら、わしが一緒に行く」

「北の道は難路なので、これほどの荷を背負って行くのは困難です」

「では、小姓二人は十里峠で待たせる」

「荷はどうするのです」

義格がさも当たり前のように言う。

「荷の量は減らすので、近習二人とそなたが背負えばよい」

「それがしがさようなことをすれば体力を消耗し、いざという時に役に立ちません」

「では、近習二人に背負わせる」

そう言うと、義格は四人に指示を出し始めた。しかし元々ぎりぎりまで削ってきた荷なので、容易に減らせるものではない。

「扇子は持っていく」

「さようなものは不要です」

「暑い時に風を入れるのに必要だ」

酒の入った瓢(ひさご)を小姓に渡そうとする近習を見咎めた義格が、「それは持っていく」と言い張った。

困った顔をする近習を見かねた伝左衛門が言った。

「酒は要りません」

「馬鹿を申すな。酒は傷を負った時の毒消しに使うのだ」

「われらマタギ出身者は、酒など消毒に使いません」

「では、何を使う」

「小便（ゆばり）です」

義格が高らかに笑う。

「わしが裂傷を負ったら、そなたの小便で毒を消すというのか」

「さようなことも考えられます」

「笑わせるな。さような時は酒を使う」

そうしたやりとりが繰り返された末、荷の選別が終わった。

「殿、食べ物がなくなれば、木の実や木の根を食べねばならぬことになりますが、その覚悟はおありですか」

「ああ、覚悟がなければ山になど入らぬ」

「分かりました」と答えるや、伝左衛門は近習と小姓に命じた。

「小姓二人は十里峠で待っていろ。藩境の番小屋に入っていてもよい。北を見て回って又蔵の足跡がなかったら、すぐにそちらに向かう。犬も一頭連れていく」

近習の一人が伝左衛門に言う。

「われらがついていくとはいえ、殿に万が一のことがあったら、ただでは済まさぬぞ」

「わしは道を探すのに集中する。殿を守るのはそなたらの仕事だ」

「何を申すか！」

二人がにらみ合う。

「待て」と言って義格が割って入る。

「さようなことを案じていてはきりがない。とにかく先に進むぞ」

不承不承だが近習が引き下がった。一方、小姓二人は、それまでの疲れが嘘のように嬉々として十里峠に向かった。

——これで四人か。

伝左衛門は大きなため息をついた。

七

又蔵は迷っていた。ここから道を引き返せば、狼沢まで戻ってしまう。そうなれば追手がうようよいる中を行くことになる。

——とても無理だ。

しかも引き返している途中で、追手と鉢合わせする可能性すらある。

——やはり山入りするか。

一か八かだが、焼石岳の西麓を通り、十里峠の北麓に達するしかない。だがそんな道があるのかさえ分からない。となれば、山々の位置関係を確認しながら道なき道を進むことになる。

——それ以外、召人討ちから逃れる術(すべ)はないのか。

東に行けば仙台藩領には入れるが、焼石岳の山裾が複雑に入り組み、谷は深くなっている。祖父から聞いた話だが、焼石岳の南麓に入ると、マタギでも道に迷うという。

——やはりここから南下すべきだ。

干し肉を食べながら、又蔵は道を南に取った。

しばらく行くと、山に突き当たった。焼石岳の支脈の一つの栗駒山が東から西に張り出しており、その山裾に突き当たったのだ。

――登るか迂回するか。

こうした判断は極めて難しい。日は暮れかかっており、下手をすると危険な場所で野宿することにもなりかねない。しかも冬眠から覚めた熊たちが山中を徘徊している時期だ。熊は人を食べるために襲うことはないが、自分の縄張りが何者かに侵されると、襲ってくることがある。

又蔵の心に焦りが生まれた。

――心配要らん。火を熾せば熊は寄ってこない。

だが火を焚けば煙も出るので、遠方からでも見つけられる。となると今度は、召人討ちを警戒せねばならなくなる。

――とにかく身を隠せる場所を探そう。

どうするかは明日考えることにして、又蔵は野営の支度を始めた。

まず小枝を集めて火を熾し、その横に寝床を作る。寝床は狩小屋にあった鹿皮と蓆を敷くだけだ。早めに寝床作りを始めたので時間に余裕ができた。兎でも狩ろうかと思ったが、鉄砲を放てば追手に気づかれるかもしれない。そこで川に下りた又蔵は、鮎や岩魚がいそうな淵をのぞいてみた。すると案に相違せず、多数の川魚が群生していた。魚たちは人の怖さが分かっていないので、一目散に逃げ散ることはない。ただ警戒しているだけだ。

又蔵は少しずつ魚たちを浅瀬に追い込んでいく。魚はなぜか追い込まれても、水がある限り平然としている。それでも半数ほどは逃げ散ってしまった。続いて岩と砂利を押し上げて本流へ逃れる道を塞ぐ。これは急造の生け簀で、マタギたちはヨドメと呼ぶ。

それからヨドメを徐々に狭くしていき、魚たちが浅瀬で飛び跳ねるようになった頃を見計らい、次から次に捕まえては河原に投げていく。魚たちは河原で跳ねているが、次第に動きが鈍くなる。

これは道具なしで川魚を取る方法で、子供の頃に母親から教わった。

五匹ほどの川魚を捕まえた又蔵は、それらに枝を通すと、穴を掘って小さな火を熾し、魚を焼いて食べた。煙は一本の筋になって立ち昇らないように、大きめの葉で懸命にあおいだ。

魚が焼けると、狩小屋から持ってきた酒を飲みながら魚にかぶりついた。天にも昇る気分だった。

だが明日は死ぬかもしれないと思うと、高揚しかかった気持ちも沈んでいく。

――召人討ちから逃れられた者は一人もおらぬ。わしもいつかは捕まる。

ほろ酔い気分を醒ますような不安が、足元から忍び寄ってくる。

――だが、わしは必ず志野の許に戻る。

あの日、つい別れが言いたくて「錦楼」に行ったのが運の尽きだった。楼に上がることはしなかったものの、仲よくしている若衆に駄賃を渡し、志野に取り次いでもらった。若衆は気を利かして蒲団部屋に通してくれた。

「こんな昼間からどうしたんだい」

心配する志野に、又蔵は経緯（いきさつ）を告げた。

「あんた、なんてことをしたんだい。逃げられるわけないだろう」

志野は顔を手で覆って泣き出した。

「逃げてみせるさ。そして必ず戻ってくる」

「馬鹿なことを言うんじゃないよ。逃げられたら、二度と戻ってきたらだめだよ」

「どうしてだ」

「私があんたの想い女だということは、すぐに知られる。そしたら、横目付がこの店に張り付くことになる。店の主人だって、あんたの姿を見たら番所に届け出ねばならないだろう。とても会うことなんざ無理だよ」

　又蔵は、そこまで考えが及ばなかったことを悔いた。

「では、これが今生最後になるのか」

「おそらく、そうなるね」

「俺は嫌だ。お前を必ず迎えに来る！」

「あんたが商いに成功して、大商人(おおあきゅうど)として戻ってきたって、佐竹の殿様は許さないよ。だから逃げおおせたら戻ってきてはだめだよ」

「ああ、俺は何て馬鹿なことをしたんだ」

「もう、行きなよ」

　そう言いながら志野は懐に手を入れると、財布の中から一両金貨を渡してくれた。

「こんなもん、もらえるか」

「持っていきなよ。見知らぬ土地に行けば、頼りになるのは金だけだよ」

「でも、もらえねえ。捕まったら取り上げられちまうからな」

「それでもいいんだよ。それで私はあんたに――」

　志野の言葉が震える。

「恩返しができるんだもの」

「俺がお前に何をしたっていうんだ」

「あんたは夢をくれたんだ」

「夢だと――」

「そうだよ。私はあんたと所帯を持つ夢を持てた。嫌いな男に抱かれている時、あんたと所帯を持った時のことを、朝起きてから夜寝るまでを思い描いたものさ。そうすると、時間はあっという間に経っちまう。それで私が満足そうにしているのを見て、相手も喜ぶってわけさ」

「そうだったのか。そこまで俺のことを——」

「いいんだよ、私のことは。それよりも早く逃げなよ」

「分かった。これはいただいていく。そして必ず戻ってくる」

「ちょっと待って」

そう言うと、志野はしばし考えてから言った。

「仙台には腹違いの兄がいて修験をやっているんだ。義侠心に強い人だから、迎えに来てもらえるよう折紙（簡単な書状）を出しておくよ」

「いいよ、迷惑はかけられない」

「ううん、仙台藩領の道には詳しいから、きっと逃がしてくれるよ」

「分かった。すまないな」

「早く行きなよ」

志野をしかと抱きしめると、又蔵は勝手口に向かった。だが勝手口から外に出ると、張り番らしき者に後をつけられた。やがて捕方らしき者たちが駆けつけてきた。

又蔵は走り出したが、いくらも行かないうちに追いつかれ、突棒（つくぼう）で足をすくわれ、転倒したところを押さえつけられた。それでも何とか逃れようとしたが、捕方たちは手慣れており、両腕を背後に回されると、瞬く間に縄掛けされた。

「志野！」

志野のいる方を見て声を張り上げたが、野次馬の雑踏に邪魔されて「錦楼」さえ見えなかった。志野とはそれっきりだった。志野のくれた一両は番屋で取り上げられた。おそらく捕方の物頭の懐に入ったのだろう。

——俺は馬鹿な男だ。だがな、志野に一目会いたい。だから必ずこの山から逃れてみせる。

「志野、待っていろよ」

そう声に出して言うと、胸底から闘志がよみがえってきた。

翌朝、又蔵は栗駒山を迂回することにした。ブナが生い茂る中を西に道を取ったが、思うように進めず、このままでは山で迷い、人里に出る前に力尽きることも考えられた。

——落ち着け。

こうした際は、焦れば焦るだけ無駄に体力を使うことになる。

——成瀬川か胆沢川を目指そう。

山で迷った時には、「沢に向かわず、尾根に向かえ」という鉄則がある。だが、追われる身で高い場所に出るのは危険極まりない。追手の中には遠目が利く者もいるからだ。

こうなれば沢に出て、自らの位置を確かめるしかない。だが闇雲に下方に向かっても、沢に出られるわけではない。獣道のすべてが水場へ向かうとは限らないからだ。

——困った。

その時、何かが目に入った。

——ナタメだ！

ナタメとは、山で仕事をする者、すなわちマタギ、猟師、樵、炭焼き、木地挽（きじびき）らが山で迷った時のために、樹木の腹に付けた印のことだ。

それはかなり古いものだったが、樹皮が削られ、矢印が付けられていた。しかもそこには、「沢」としか読めない字が刻まれているではないか。

——ありがたい！

又蔵は天に感謝すると、ナタメの指示する道をたどっていった。

八

「どこまで歩かせる！」

義格が耐えきれなくなったように喚く。

「もう少しで合居川の河畔に出ます。さすれば狩小屋を見つけられると思います」

「まったく」とぼやきつつ、義格が振り向くと言った。

「おーい、早くしろ！」

背後からは少し遅れて近習二人がついてきている。荷物が多いので、すでに息も絶え絶えだ。

しばらく行くと犬の様子がおかしい。何者かに怯えているのか、低く唸り声をあげている。

——どうした。

義格らに下がるように指示して身構えていると、道の向こうから犬を連れた武士に出くわした。

「あっ、これは殿！」

「新次郎(しんじろう)ではないか。ここで何をしている」

武士の名は佐藤(さとう)新次郎といい、まだ二十歳前後の部屋住みだ。

「四人で一組になって又蔵を追っていたのですが、犬が栗駒山方面に行きたがるので、そちらに向かいました。しかし又蔵はおらず、四人で談義した末、それがしが注進（報告）を託され、犬を連れて戻ることになりました。残る三人は又蔵を捜しながら戻ってくるとのことです」

「そうだったのか。それで又蔵の痕跡はあったのか」

「昨夜、一人が声を聞いたというのですが、人の気配はありませんでした」

「つまり三人は、それをはっきりさせた上で戻ってくるのだな」

「はい。おそらく――。もう三人も追いついてくるはずです」

新次郎が背後を振り向く。だが誰かがやってくる気配はない。

「よし、分かった」

義格がこれまでの状況をかいつまんで話すと、新次郎が言った。

「ということは、どこかに狩小屋があるのですね。三人が見つけていればよいのですが」

「そうだな。われらはその狩小屋を目指している。そなたも来い」

「分かりました」

新次郎の顔には不安の色が漂っている。道を引き返すのが辛いのだ。

「殿」と伝左衛門が語り掛ける。

「新次郎殿は疲れているようです」

義格が新次郎に問う。

「このくらいのことで、疲れてはおらぬな」

「はい。ご心配には及びません」

「新次郎殿」と伝左衛門が語り掛ける。

「無理をなさるな。途次についてこれなくなったら逆に迷惑だ。正直なところを言いなさい」

「ああ、はい。実は疲れております」

「この腑抜けが――。足手まといだ。犬を置いて先に帰れ！」

義格に罵倒され、新次郎は「申し訳ありません」と言うや、逃げるように道を下っていった。

「どいつもこいつも意気地のない奴ばかりだ！」

「殿は大丈夫ですか」

「わしは心配要らん。行くぞ！」

路傍で座り込んでいた近習二人に声を掛けると、一行は再び北に向かった。

――なかなか体力のある御仁だ。

義格は筋骨隆々としており、持久力もある。愚痴や泣き言が口をついて出るが、それは殿様育ちだから仕方がない。どうやら頭も悪くはないようで、一度教えたことは覚えている。

――マタギをやらせたら、よいシカリになっていたかもしれぬ。

そんなことを考えながら道を進んでいくと、血の臭いがした。

「お待ち下さい」

「どうした」

「気のせいかも知れませんが、血の臭いがします」

義格の顔が青ざめる。

「熊でもおるのか」

「熊は四方におります。ただ人を襲う時は、誤って子熊のいる穴に近づいた時か、不意に出遭った時くらいです。熊の方が先に気づいた時は襲ってきません」

「ということは、熊が鹿でも獲ったのか」

「ここでお待ち下さい」

血の臭いは強くなっていた。音を立てないように注意しながら、伝左衛門は単独で前進した。しばらく行くと、道の曲がり角の切り株に座り込んでいる人影が見えた。

――召人討ちの一人だな。

近づくと、半身が血みどろになっているのが分かった。

――熊にやられたのだ。

傷を見れば、それはすぐに分かる。

「もし」と、伝左衛門が物陰から語り掛けると、武士は咄嗟に身構えた。

「お待ち下さい。私も召人討ちです」

「ああ、助かった」

緊張が解けたのか、武士が安堵のため息を漏らす。

伝左衛門が背後に向かって合図すると、義格たちがやってきた。

――これはひどい。

傷を見ると、その武士は肩から腕にかけて切り裂かれ、大量の出血をしていた。

「おお、北村勘右衛門（きたむらかんえもん）ではないか」

「殿、どうしてここに」

「召人討ちに加わることにした。それよりもひどい傷だな。いったいどうした」

近習たちがすぐに手当てをする。

「熊にやられました」

「何だと。やられたのはそなただけか」

「いえ、まず樋口弥七郎（ひぐちやしちろう）が襲われ、それがしは小山田敬之助（おやまだけいのすけ）と共に逃げたのですが、小山田も背後からやられ――」

どうやら熊は三人に襲い掛かったらしい。河畔は大小の石がごろごろしており、草鞋履きだと思うように走れない。一方、熊は足裏が柔らかい上に走力もあるので容易に追いつける。

――別の方角に逃げなかったのだな。

こうした場合、人の本能として元来た道を引き返したがる。だが訓練を受けているマタギは四方に分散して逃げるので、熊に追いつかれたとしても、襲撃されるのは運の悪い一人だけになる。尤（もっと）もマタギは熊の習性を熟知しているので、襲われたという話はあまり聞かない。

治療していた近習が義格を見て首を左右に振る。義格はうなずくと勘右衛門に言った。

「勘右衛門、どうやらそなたは助からぬ」

「えっ」

「無念だろうが、血が流れすぎている」

「ああ、そうなのですね」

「うむ。今血止めをしたが、ここから里に向かったとしても、そなたの足では二刻（約四時間）はかかる。とても助かる見込みはない」

義格が冷静に告げる。

「それでも生きたければ行け。それとも――」

「ここで腹を切ります」

北村勘右衛門が覚悟を決めたように言う。

「分かった。腹は近習に介添えさせる。首はわしが落としてやる」

「ありがとうございます」

「首と遺骸は仮埋葬し、後で下人に引き取りに来させ、墓に改葬させる。それゆえ心配いたすな」

――人の死とは、かくも軽いものか。

勘右衛門は死後の段取りを聞き終わると、一人の近習に口述で遺言をしたためてもらっている。

その間、もう一人の近習が切腹の支度を整えた。

「では、これにてご無礼仕ります。殿の御恩は忘れません」

「わしもそなたの忠義は忘れぬ。子息に家督を継がせるので安心せよ」

「お礼の言葉もありません」

そう言い終わるや、「いやー」という裂帛(れっぱく)の気合と共に、勘右衛門が腹に刃を突き立てた。だが横に引くだけの体力は残っていない。すかさず近習が背後から手を添えて横に引かせた。

「か、かたじけない」

「では、勘右衛門、よいな」

すでに義格は刀を構えている。

「はい。よろしくお願いします！」

次の瞬間、勘右衛門の首が落ちた。

九

誰かが付けたナタメをたどって歩き続け、何とか沢に出ることができた又蔵だったが、水を前にして立ちすくんでいた。よほどのことがない限り、マタギは滞留している沢の水を飲まない。飲むとしてもほんの少量だ。というのも溜まり水には、獣の尿が混じっていることがあり、たとえ少量でも、ひどく腹を下すことがあるからだ。その点、流れが速く水量が多い川水だと安心なのだが、背に腹は代えられない。

又蔵はその溜まり水をなめてみた。とくに異臭はしない。それでも少量だけ飲み、ようやく人心地ついた。その時、ハテ（春先に残った雪）の上を逃げようとする沢蟹を見つけた。幼い頃、犬が食べているのを見たことがあるので捕まえてみた。どうしようか迷ったが、これからの食料に不安があるので、そのまま食べてみた。ところが口に入れただけで生臭くて食べられたものではない。致し方なく吐き出すと、溜まり水で口を洗った。それでも生臭さが消えない。

——祖父様（じい）や父様（とと）から教えられたこと以外は、やるもんでないな。

又蔵はそれを痛感した。

——さて、これからどうする。

それでも沢に出られて人心地ついたことで、今後どうするかを考える余裕ができた。

——やはり手倉越えに戻るしかないのか。

いかに山で生きるのに長けた又蔵でも、太陽だけで方角を探り、あてずっぽうで進むのは難しい。

——夜になってから、手倉越えを行こう。

そう決意した又蔵は、昼のうちにできるだけ手倉越えに近づいておくことにした。

しばらく歩くと成瀬川に出た。

——ここの水なら安心だ。

河畔に出ようとした又蔵だったが、祖父の言葉を思い出した。

「河原には熊もいる。突然人さ現れると、驚いだ熊は襲ってくる」

――そうだ。わしは熊より恐ろしい連中に狙われているんだ。

周囲を警戒し、身を低くして進んだ又蔵は、大岩が二つ並んだ間に体を滑り込ませ、顔を浸けて貪るように川水を飲んだ。

その時、対岸で何かが聞こえた。

――人の声か。

ちょうど大岩の間だったので、体を動かさないようにして気配に神経を集中させた。

道は河畔より少し上にあるため、灌木や雑草でよく見えない。だが目を凝らすと、四人の男の姿が見えた。

――あれは、まさか殿か！

豪奢な狩装束を身に着けているのは義格だった。義格は六尺（約百八十二センチメートル）近い身長の上、綾藺笠(あやいがさ)をかぶっているので、すぐにそれと分かる。

――わしなどを討ち取るために、ここまで出張ってきたのか。

それだけで、又蔵が捕まっていないことが重大事になってきていると分かった。

義格のほかにも供の者が二人付き従っている。

――そして案内役の男か。

義格の前を行くのは、この辺りの山に精通した案内役に間違いない。

その時、一行が止まった。先頭を行く男が何かに気づいたのだ。

――しまった。視線だ。

マタギは鹿のように勘が鋭い。草を食んでいる最中でも、鹿は何かを感じると首をもたげて周囲を見回す。マタギも同様で、山で長く過ごせば過ごすほど独特の勘が磨かれていく。
又蔵は目をつぶると息を殺した。話し声は聞こえるが、川音に遮られ、何を話しているのかは分からない。

――こちらの視線や気配を感じ取ったのだ。先頭を行く者は、ただ者ではない。

しばらく動かないでいると、手足の先から感覚が失われ、体が次第に石のように固くなっていく。

やがて義格たちは河畔まで下りてきたようだ。石を踏む音でそれと分かる。

――致し方ない。

鉄砲をゆっくりと肩から外す。腰に手を伸ばして玉薬を探る。

玉薬とは、硝石（焔硝）七割、木炭一・五割、硫黄一・五割を混ぜて造られる黒色火薬のことで、弾丸を飛ばす際に使う粒子の粗い胴薬（どうぐすり）と、点火用の粒子の細かい口薬（くちぐすり）の二種がある。

早合（はやごう）に入った火薬を銃口から注ぎ込む。続いて槊杖（さくじょう）で弾を銃口から押し込む。

撃つ覚悟を決めて対岸を眺めたが、人の姿は見えない。

――隠れているのか。

だとしたら、又蔵が鉄砲を手に入れたことを知っているのだ。

――どこだ。どこにいる。

又蔵は大岩の反対側から対岸をうかがった。

――いた。

綾藺笠が見えた。四人はサネ雪（根雪）の残る灌木の中に伏せ、こちらをうかがっている。先ほど鉄砲を撃つ支度をしたので、その時にたてたわずかな音で、気づかれたのかもしれない。

――逃げるか。

一瞬どうしようか迷ったが、今から逃げたところで、敵に何発か撃つ機会を与えるだけだ。運が悪ければ、そこで又蔵の生涯は終わる。

――たいした命ではないが、むざむざくれてやるのも癪だ。

又蔵は鉄砲を膝の上に置いた。

――我慢比べだな。

川幅はさほどでもないが、川の中ほどまで行けば腰ほどの深さはある。つまり、こちらに渡ってくる可能性は低い。

――夜になってから、背後の藪の中に隠れるか。

義格の案内役が誰かは分からないが、相当の手練れに違いない。対岸にいる者の視線を感じるか、気配を察することができるだけでなく、慎重に対処している。もし綾藺笠が見えなかったら、又蔵は安堵して姿を見せたかもしれない。

――だが、綾藺笠を取らせなかったのはなぜだ。

そこまで気が回る案内役なら、義格に綾藺笠を外すよう進言するはずだ。というのも、こちらが鉄砲を持っていることは把握済みらしいので、綾藺笠は恰好の標的となるからだ。

――おかしいな。

だが相手も気が動転しているので、気づかなかったとも考えられる。

やがて日が沈んできた。

それ以上考えるのをやめた又蔵は、綾藺笠のあった辺りをもう一度見た。綾藺笠は近くの草木と一緒に揺れているように見える。

――しまった。あれは笠だけだ!

それに気づいた又蔵が鉄砲に火薬を詰めようとするよりも早く、筒音が響いた。それは間近の岩を弾いた。

――どこだ。どこから撃っている！

対岸を見ると、硝煙が上がり、複数の人影が動いている。

次の瞬間、再び筒音が響き、頭上の岩を砕いた。又蔵が慌てて鉄砲に弾を込める。

――これは別の角度だ。

追手の一人が川を渡ったに違いない。

あれだけの川を渡るとなると、相当手間取ったはずだ。下流に流されながら泳ぎ着いたものの、体を乾かすのに小半刻（約三十分）以上はかかったのだろう。その後、気配を殺して又蔵を射程に収める位置まで近づいていたのだ。

――対岸にいた者が堪えきれず先に撃ったのか。

川を渡ったのは、おそらく案内役の男だろう。しかし又蔵が動いて体の一部が見えたことで、対岸にいる者が先に撃ったのだ。

――助かった。

案内役は静かに近づいてきていたはずだ。それで背後の位置を占めてから撃とうとしたに違いない。だが今となっては、又蔵も装塡を済ませているので容易には近づけない。

前後左右を見回すと、又蔵を撃ち殺すのに絶好の位置は背後しかない。

やがて夜の帳（とばり）が下り、河畔は川音だけに支配された。その時、「ばしゃ、ばしゃ」と水をかき分ける音が聞こえた。目を凝らすと、黒い影が対岸へと戻っていくのが見えた。

――あきらめたのだ。

黒い影は根負けし、いったん引くことにしたらしい。

又蔵は再び弾を込めると、黒い影を狙った。だが治兵衛を撃った時のことを思い出し、引き金が引けない。

——威嚇ならいいだろう。

急に襲ってきた吐き気を堪えつつ、又蔵は漆黒の空に向けて撃った。夜の闇を筒音が引き裂く。

影は一瞬動きを止めたが、身を低くして川を渡っていった。威嚇だと気づいたのだ。

——此奴とは、いつか対決する。

又蔵はそれを確信すると、ゆっくりと後ずさりしつつ、灌木をかき分けて森の中に向かった。

十

野営の支度を終え、義格の許に戻ると、義格が吐き捨てるように言った。

「もう少しで殺せたのにな」

「あれだけ任せてほしいと申し上げたのですぞ。なぜ撃ったのです」

「殺せると思ったのだ」

伝左衛門はため息をついた。

「彼奴を殺すのは容易なことではありません。次からは任せてもらえませんか」

「それでは面白くないな」

義格が開き直ったように言う。

「もはや殿が楽しむ段ではありません。早急に始末しないと、仙台藩領に逃げられますぞ」

「分かった。そなたに任せる」

「その言葉をお忘れなく」

伝左衛門は焚火の支度を始めた。

マタギは火を熾すのに慣れている。まず大きめの木で火囲いを組むと、油分の多い白樺やタモの皮を剝ぎ、それを底に敷く。その上に枯れ枝を置いて、火打石を使って火を熾す。

火が熾きると瞬く間に白い煙が上がり始める。

「火など焚いて狙われないか」

「はい。又蔵の狙いは逃げることで、殿を殺すことではありません」

「しかし、こちらの場所を知らせることになるだろう」

「それならそれで、又蔵を領内に足止めできます」

十里峠に至る道を扼しているのは義格らだ。又蔵にこちらの焚火を見つけられても、強行突破を図ってくるとは思えない。つまり姿を見せることで威嚇になるのだ。

――あの事件があってから、彼奴は待つことができる男になった。

人というのは何かに衝撃を受けると、人格まで変わると聞く。ある日、城下を歩いていて見かけた又蔵は、何かに怯えるように用心深く目を光らせており、かつての無邪気な明るさは消え失せていた。

突然、義格の声で現実に引き戻された。

「おい、いつになったら又蔵を狩れるのだ！」

近習から水の入った竹筒を奪うように受け取った義格は、それを乱暴に飲み干した。

「しばしお待ち下さい。いつか機会がめぐってきます」

「仙台藩領に入ってからでは遅いのだ！」

義格が枯れ枝を乱暴に焚火に投げ込む。

「分かっています」

「そなたはあの時、対岸から狙わず、川を渡ったな」

「より確実に殺すためには、背後から狙うのがよいと思ったのです」

「言い訳など聞きたくない！」

義格が竹筒を投げ捨てる。

「しかし殿、又蔵はやはり鉄砲を持っていました。それがしが川を渡って戻る時の筒音も聞こえたはず。ということは、慎重に対処せねばなりません」

「そなたは命が惜しいのか」

「それがしとて人の子。命も惜しければ、妻子も愛しく思っています」

「もしもだ――」

義格が残忍そうな笑みを浮かべる。

「又蔵を逃がしたら、『切腹を申しつける』と命じたらいかがいたす」

「さように理不尽な――」

「理不尽も何もない。わしはそなたの主だ。主君のためには死をも厭わぬのが、武士というものだ」

義格が近習二人に同意を求める。二人は致し方なく「はい」と答えた。

「聞いたか、伝左衛門」

「はい。聞きました」

「そなたと違い、この二人は比類なき忠義者だ。そうだろう、佐之助(さのすけ)」

義格が初めて近習の名を口にした。

「はっ」と答え、佐之助と呼ばれた近習が畏まる。

「そなたの忠義を試してみよう。そうだ。その崖から飛び降りてみろ」

「えっ」

「わしの命が聞けぬか」

漆黒の闇なのでどれほどの高さか分からないが、夕方歩いてきた道は、ずっと登り坂だったので、相当高い場所だと分かる。

「できぬのか」

「は、はい」

「不忠者め！　吉右衛門（きちえもん）はどうだ」

「どうだと問われましても――」

義格が癇癪を爆発させる。

「そこから飛び降りられるかどうか聞いておる」

「――」

「そなたら二人は、わしの命が聞けぬというのだな！」

「いえ、そういうわけでは――」

「では、どういうわけだ」

年かさらしき佐之助がおずおずと答える。

「殿のためには水火も辞せぬ覚悟ですが、無駄なことで死んでは、忠義にあらざると思います」

「なるほど。尤もだ」

だが次の瞬間、吉右衛門と呼ばれた若い近習が、崖の方によろよろと歩き出した。

「吉右衛門、何をやっておる」

「飛び降ります！」

「そなたは虚けか！」

義格の怒声が闇を裂く。

「崖から飛び降りろと言ったのは戯れ言だ。それを真に受けてどうする！」

「申し訳ありません」

吉右衛門は元の場所に戻ると拝跪した。

「では伝左衛門、腰の物を抜け」

「えっ、どうしてですか」

「よいから抜け」

訳も分からず、伝左衛門は立ち上がると刀を抜いた。

「佐之助、吉右衛門、見ろ、此奴がわしを殺そうとしておるぞ！」

二人ははっとして鯉口を切る。

「お、お待ち下さい。それがしは――」

有無を言わさず、義格が命じる。

「佐之助、吉右衛門、何をやっておる。謀反人を斬れ！」

「はっ」と答えるや、二人が刀を構える。

――これが武士というものか。

江戸幕府は諸藩に朱子学を推奨した。というのも武士たちの統制という側面において、朱子学は極めて都合がよかったからだ。

朱子学とは南宋の時代に朱熹（しゅき）という学者がまとめた儒学の一派で、幕府が封建制の維持に最適な学問として奨励したため、瞬く間に武士の間で広まった。儒学が「五条の徳目」すなわち「仁義礼智信」を重視した学問だったのを一歩進め、朱子学は君臣の序を明確にする「忠」の精神を重視した。これにより「忠・孝・悌」という主君、親、目上の者を絶対化する精神が育まれていく。

――此奴らは本気なのか。

刀を正眼に構えたまま、伝左衛門がじりじりと下がる。幼少の頃から剣術の訓練をしている武士には、さすがの伝左衛門も敵わない。だが二人の切っ先が震えていることに気づいた。

――これなら気で押せる。

伝左衛門が化鳥のような気合を入れる。

「きぇっー！」

二人がたじろぐ。伝左衛門の出自は、武士たちにとって神秘的な存在のマタギなのだ。おそらく二人は、何をしてくるか分からない相手にたじろいでいるはずだ。

二人の瞳には、恐怖心がありありと浮かんでいる。

――殿が「よせ、戯れ言だ」と言うのを待っているのだ。

だが義格は、黙って焚火に枯れ枝をくべている。

伝左衛門が一歩前に出ると、二人は一歩下がった。

――これなら相手が二人でも倒せる。

その時、義格の舌打ちが聞こえた。

「だらしない奴らだ。もうよい」

二人が刀を引いたので、伝左衛門も数歩下がり、刀を鞘に納めた。

二人の額には汗が光っている。体が熱気を帯びているので、きっと伝左衛門も同じだろう。

「剣術というのは面白いものだ。明らかに腕が上でも、気が怖(お)じてしまえば斬られるだけだ」

「面目ありません」

佐之助が無念そうに答えた。

「だが伝左衛門、忘れるな。又蔵を逃がそうなどと思ったら、わしが斬る」

「さようなことは思ってもいません」

「まあ、そうだろうな。何と言っても又蔵は、そなたの弟の仇だからな」

「仰せの通り」

「もう、よい。わしは寝る」

大きく伸びをした義格は、一段高い場所に設えられた寝床に身を入れた。

しばらくすると、義格が心地よさそうな寝息を立て始めた。

それを見計らって「伝左衛門」と佐之助が問う。

「先ほど殿が止めに入らなかったら、わしらを斬ったか」

「そなたらが打ち掛かってきたら斬った」

「そうか」と言うと、佐之助と吉右衛門も寝床に入った。

犬たちが鼻を鳴らすので、伝左衛門は口輪を外してやり、人の食べ残しをやった。三匹が競うように貪る。

――欲に駆られているのは、人も犬も変わらぬ。

だが犬は命をつないでいくための純粋な欲だ。その一方、人の欲はくだらぬ見栄に等しい。その空（むな）しさに気づくのは、死の瞬間なのかもしれない。

万が一に備え、伝左衛門は起きている。一刻（約二時間）後に佐之助と交代する約束になっているが、眠くならなければ佐之助を起こすつもりはない。

幾分か弱くなった焚火の火を見つめながら、伝左衛門は大きなため息をついた。

十一

又蔵は八方塞がりだった。このまま十里峠に向かえば、態勢を整えた義格らに迎撃される。昨夜は焚火も見えたので、又蔵を威嚇し、峠を越えさせないつもりなのは明らかだ。だがこのまま逡巡していれば、やがて包囲されて討たれるだけだ。

義格ら四人はもちろん、十里峠にいるはずの召人討ちや待ち伏せ方を合わせれば、十人前後の人数がいるだろう。そこを鉄砲一挺で突破するなど困難を通り越して不可能だ。

――ここで終わりか。

様々な思い出が脳裏を駆けめぐる。祖父や父と走り回った山々の風景。家に帰ると熱い鍋で迎えてくれた母。そして片想いの恋を実らせることもできず、突然の病いに倒れ、十五歳で逝ってしまった幼馴染みのりう。その面影を志野の中に見ていたのは間違いない。

――りうとの別れは辛かった。

金沢西根村には行商人も来る。そのうちの一人が高熱で倒れた。それがりうの家の前だった。見捨てるわけにはいかないので、りうの両親が家に寝かせ、りうたちが看病した。その甲斐あって行商人は快復し、お礼を言って村を出ていった。

ちょうどその頃、又蔵は祖父たちと山に入っていた。半月ばかりして帰ってみると、村はたいへんなことになっていた。りうの祖母が亡くなり、母と姉も臥せっていた。りうは母と姉を懸命に看病していると聞いたが、流行り病い（流感性感冒）なので近づいてはいけないと周囲から言われ、遠くから見守るしかなかった。

りうの懸命な看病によって、母と姉は快復に向かったが、今度はりうが感染し、呆気なく死んでしまった。

後に聞いたことだが、高熱に苦しみながら、りうは「又蔵さんに会いたい」と言っていたという。

それを聞いた時、あまりの悲しさに胸が張り裂けそうだった。

だが、事はそれだけでは済まなかった。村中に流行り病いが広がり、遂に又蔵の祖父母も罹患して病死した。そのため村に居づらくなったりうの家族は、家を焼き払って村から出ていった。その時の寂しげな荷車の音が、今でも耳に残っている。

――みんな逝ってしまった。わしも逝くか。

そんな思いが次第に脳裏を占めてくる。

――だが放召人討ちなどというものが、これからも行われてよいのか。どうしても仙台藩領に逃れ、このことを訴え出ねば。

又蔵には、私怨ではなく、こうした暴挙をやめさせねばならないという公憤が芽生え始めていた。

――同じような目に遭う者をなくすために、どうしても逃げ切らねばならない。だが、どうすればよいのだ！

十里峠は鉄壁の構えで、これまで放召人で突破できた者は皆無と言われていた。

長く続いた緊張から解放されたいと願う気持ちが死に誘う。それを振り払おうと、私怨から公憤へと無意識裡に変化させた気持ちがせめぎ合う。

その時、風が強くなってきたことに気づいた。十里峠の方を見上げると、山頂の桜が花を散らしている。

――待てよ。

木々の枝がどちらに靡いているかで風向きを確かめると、西から東へと吹いている。

又蔵の脳裏に、あることが閃いた。

十二

十里峠に達した義格一行は、召人討ちで山に入った者たちや待ち伏せ方と合流した。先行させていた小姓二人もいる。それを見て力を得たのか、皆を集めた義格は「又蔵は、まだ領内にいる。ここを越えさせることは罷りならぬ。討ち取った者には多大な恩賞を取らせる」と言って励ました。

貫井市三郎ら召人討ちは色めき立ち、早速、鉄砲の点検や刀の目釘を改める者もいた。

「まあ、慌てるな。彼奴も困っているはずだ。せっかく季節がいいのだ。宴席でも張ろう」

義格が命じると、小姓や近習が宴席の支度を始めた。

山頂付近の桜は満開で、宴席を張るにはもってこいの季節だ。

「伝左衛門、そなたは張り番だ。又蔵を見逃すなよ」

「承知しました」

伝左衛門は宴席から距離を取り、峠の下がよく見える場所へと移った。

やがて風に乗って宴席の声が聞こえてきた。誰かが舞っているらしく、謡の声も聞こえる。

――かような殿のために、わしは働いておるのだ。

それを聞きながら、伝左衛門は自分のやっていることが空しくなってきた。

――だが今は堪えねばならぬ。

伝左衛門は気持ちを引き締めた。

この日は天気がよく、焼石岳の山頂まで見渡せた。

しばらく立っていたが、さすがに疲れてきたので、その場に座った。

――わしも、もう若くはない。

マタギをやっていた頃は何日寝なくても、疲れなど感じなかったが、最近は疲れやすくなった。

そんなことを考えながら座していると、睡魔が襲ってきた。何度か立ち上がって睡魔を振り払ったが、次第に面倒になってきた。

――これだけ見通しがよいのだ。昼の間に突破してくることはあるまい。

又蔵は夜になってから強行突破を図るに違いない。そんな思い込みがあるので、どうしても気持ちが緩む。

――どうとでもなれ。

やがて伝左衛門は舟を漕ぎ始めた。

しばらく夢境をさまよっていると、何かが臭ってきた。

――これは何だ！

はっとして起き上がると、眼下から黒煙が湧き出してきているではないか。枯れ草が燃える音も聞こえてきた。

――山火（やまび）だ！

マタギが熊以上に恐れるのは、一に山火事、二に雪崩、三に大風や豪雨だ。それだけ山火事は怖れられていた。

火は瞬く間に広がっていく。

――これはまずい！

慌てて振り向くと、義格らは車座になったままだ。おそらく風向きで草の焼ける臭いに気づいていないのだろう。

――まさか、又蔵が火をつけたのか。

真夏ならまだしも、この季節の自然発火は考えられない。

伝左衛門は義格の許に走った。

「殿、たいへんです！」

「どうした！」

義格はしたたかに酔っており、いつになく上機嫌だ。

「火が迫っています！」

「何のことだ」と、義格が笑みを浮かべたまま問う。

「火です。山火です！」

「どこに山火が迫っている」

「西の山麓から煙が上がってきております」

義格は手庇をして西の方を見やると、「百姓が野焼きでもしているのだろう」と言って取り合わない。

「かような山奥で野焼きなどいたしません。だいいち、野焼きの季節ではありません」

「ああ、そうか。だが、たいしたことはあるまい」

――山火の恐ろしさが分かっていないのだ。

山火が瞬く間に広がるのは、山で糧を得ている者にしか分からない。

「この風では、火は間もなくここに達します。すぐに逃げねばなりません」

「致し方ない。片付けろ！」

「さように悠長なことでは、火に取り巻かれます。身一つで退避すべきです」

しかし車座になった面々の中には、酔いつぶれて寝ている者もいる。

「だが、まだ火は見えぬではないか」

「見えてからでは遅いのです」

「分かった。わしは先に行く。そなたらは酔いつぶれた者を叩き起こしてこい」

義格が召人討ちや待ち伏せ方に命じる。

「小姓と貫井はついてこい」

それにより一行は二手に分かれた。

「ささ、お早く」

伝左衛門は義格を急かすが、酒が入って気が大きくなったのか、義格は悠然としている。

「分かっておる。それよりわしの笠はどうした」

小姓が差し出す綾藺笠の紐を結ぼうとするが、酔っていてうまくいかない。

その時、崖際まで見に行った武士の声がした。

「おい、火がそこまで迫っているぞ！」

はっとしてそちらを見ると、西方は黒煙に覆われつつある。

「殿、火には煙が付き物です。煙に取り巻かれると方角が分からなくなり、火の激しい方に向かってしまうこともあります」

「そうなのか」

ようやく危機が迫っていることに気づいた義格が東へと進もうとして、はたと立ち止まった。

「ここから先は仙台藩領ではないか」

「そうです。ささ、お早く！」

「わしが仙台藩領に入るのは憚られる」

「さようなことを仰せになっている場合ではありません」

「分かった。もしもの場合の言い訳は後で考えよう」

義格は歩き始めたが、酔いで足元が覚束ない。それを近習二人が支える。小姓二人は荷を背負ってついてきている。

義格一行は山を下り始めたが、召人討ちや待ち伏せ方は、まだ全員が立ち上がっていない。酔い潰れている者もいれば、立ち上がった者も酔っているようだ。

おそらく何人かは死ぬことになるだろう。だが伝左衛門にも、そこまで気を回す余裕はない。

「早く逃げろ！」

最後にそう叫ぶと、伝左衛門は義格らを先導して峠道を進んだ。すると、熊、鹿、猪、兎などが一斉に避難していくのに出くわした。そこに連れてきた犬たちもいる。犬がいないと何かと不便だが、こうなってしまうと捕まえるのは無理だ。

動物たちは勘が鋭いので、火の来ない方角を知っている。伝左衛門は彼らを追いかけるように道を下った。その背後から義格も懸命についてきている。峠を下ろうとする時、背後を振り返ると、武士たちが酔い潰れた者に肩を貸すのが見えた。

——あれでは助からぬ！

そう思った次の瞬間、武士たちが煙で見えなくなった。武士たちは何ごとか叫びながら、必死にこちらに向かってきているようだが、火はすでに先回りしている。

——南無阿弥陀仏。

伝左衛門が茫然とその光景を見ていると、追いついてきた義格が「早くしろ」と急き立てた。

伝左衛門は、峠の向こう側にいるはずの又蔵に心中語り掛けた。

——十里峠を突破するにはこの手しかない。わしを出し抜くとはたいしたものだ。

伝左衛門でさえ気づかなかったことを、又蔵は気づいたのだ。そこには、命が懸かっているという切実な状況もあるだろう。だが又蔵が侮れない存在だということを、これで思い知らされた。

峠の頂にある藩境塚と呼ばれる標石が見えてきた。ここから先は仙台藩領だ。

——いよいよ仙台藩領で勝負か。

伝左衛門は気を引き締めた。

十三

日が沈んでから雨になったことで、峠の上まで延びていた火が瞬く間に勢いを失っていく。

——これほどうまくいくとはな。

この夜、燃え盛る炎の中を強行突破するつもりでいた又蔵は、心底ほっとした。火傷(やけど)を負ってしまえば、逃走は著しく困難になるからだ。

——そろそろ頃合いだな。

それでも敵が待ち伏せているかもしれない。又蔵は前方に注意しながら、ゆっくりと峠道を登っていった。

——この臭いは何だ。

藩境塚付近まで来ると、嫌な臭いがした。その理由はすぐに分かった。黒く炭化した遺骸が三体、折り重なるように横たわっていたからだ。どれも何かを防ぐように手を胸の前に伸ばし、口を大きく開けて何かを叫んでいるようだ。

——わしのつけた火で死んだのだな。

それを思うと罪の意識に苛まれる。

——だが此奴らは、欲に駆られてわしを討とうとしたのだ。

そうは思っても、その黒焦げの遺骸を見ていると、憎しみは湧いてこない。

「成仏して下さい」

又蔵はその場にしゃがんで手を合わせると、「南無阿弥陀仏」と三度唱えた。だが長居してはいられない。周辺が焼き払われてしまったので身を隠す場所がなく、日のあるうちは召人討ちに狙われやすいからだ。

仙台藩領に入れば、久保田藩が大人数を繰り出すわけにはいかない。だがこれで、義格が追跡をあきらめるとは思えない。

——殿は生きているだろう。

案内人が義格を逃したに違いない。

となると、風向きからして義格らは仙台藩領に逃れたに違いない。つまり義格らに遭遇することも考えられる。

――どうする。

このまま峠道を行けば、丈の倉と呼ばれる痩せ尾根が続く一帯に出る。ほかに道はないので、このまま進むしかないのだが、義格らは命からがら逃げたに違いなく、どこかで休んでいる可能性が高い。

丈の倉一帯からは、左手眼下に岩の目沢と呼ばれる深い谷が望める。そこに退避し、一息ついている可能性が高い。元の道に戻るには、再び丈の倉へと戻らねばならない。そのためには小半刻（約三十分）から半刻（約一時間）はかかる。怪我人がいれば、もっと時間が必要だろう。

又蔵は一刻も早く丈の倉を抜け、次なる難所の柏峠を目指そうと思った。

――ここで先行せねば。

義格や召人討ちたちに先行する絶好の機会が訪れたのだ。

又蔵は足裏に感じる熱に耐えながら懸命に尾根道を進んだ。しばらく行くと、再び遺骸が転がっていた。それは半焼けの状態で、顔には苦悶の色があらわになっていた。先ほどと同じように、又蔵が手を合わせようとすると、灌木の中から「おい、助けてくれ」という声が聞こえた。

――召人討ちだな。やりすごそう。

自らの欲のために、人を殺すことを平気で行う召人討ちだ。一廉の武士だったら、そんなことをしない。又蔵が無視して行こうとしたところ、再び声がした。

「又蔵か――」

又蔵の足が止まる。

――わしを知っているのか。

「又蔵、わしだ」

その声には聞き覚えがあった。

「まさか内膳（ないぜん）様ですか」

「そうだ」

藪をかき分けると、倒れていたのは義格の側用人の横山（よこやま）内膳だった。内膳は先ほど見た遺骸よりも、ひどい火傷を負っていた。しかも喉をやられたのか、しきりに咳き込んでいる。

「内膳様、どうしてこんなところに——」

内膳は又蔵と挨拶を交わす程度の間柄だったが、ほかの高位の武士たちが鷹匠を人として見ていないのと違い、しばしば又蔵に声を掛け、鷹を見ると「よう育った」と言っては目を細めていた。

「魔が差したのだ。貫井たちが加増されるのを見て、わしもやってやろうと思った。だが、なかなか番が回ってこなかった。それでようやく番が回ってきたと思ったら、そなたが召人だった。何たる因果か——」

痛みと苦しさからか、内膳の顔は苦悶に満ちていた。

「痛みますか」

「ああ、考えられぬほどの痛みと苦しさだ。まさか山火で死ぬことになるとは思わなんだ」

「火をつけたのは私です」

内膳の細い目が一瞬見開かれる。

「やはりそうだったか。かような季節に山火はないと思っていた」

「どうして逃げられなかったのですか」

「殿たちと酒を過ごしていたからだ。召人討ちに参加したことも、その最中に酒を飲んだのも、一生の不覚だ」

「山が焼けたことは藩内でも分かります。すぐに助けがやってきます」

「いや」と言って、内膳が首を左右に振った。

「両親や傍輩に『よせ』と言われたにもかかわらず、召人討ちに加わり、結句この様だ。もはや皆に顔向けできぬ。しかも足が動かぬ」

内膳の下半身は焼け爛れ、皮膚は炭のようになってこびりついていた。しかも左足の足首から先は真っ黒で、指先が欠け落ちている。

——これはだめだ。

内膳が生き延びる可能性は皆無に等しい。

「ああ、無念だ」

内膳が唇を嚙む。

「申し訳ありませんが、私には薬もなく助けようがありません」

「水だけでももらえないか」

「もちろんです」

内膳は両手も使えないらしく、又蔵は口に少しずつ水を垂らしてやった。

「ああ、ありがたい。これで覚悟がついた」

そう言うと、内膳は脇差を示すと言った。

「これで、ひと思いに心の臓を突いてくれぬか」

「しばらく待てば助けが参ります」

それを思うと、又蔵もこの場から早急に去らねばならない。

「いや、この痛みには耐えられぬ。頼む、殺してくれ」

又蔵はその望みを容れるしかないと思った。

「分かりました」

「すまぬな。わが父母にはこう伝えて――」

そう言いかけて内膳は黙した。又蔵は逃げおおせたとしても、久保田藩領に戻ることはないと思ったのだろう。

「何でもない。さあ、殺してくれ」

又蔵が脇差を抜く。

「又蔵、逃げきるのだぞ」

「は、はい」

次の瞬間、又蔵は内膳の心の臓を突き通した。内膳が「ぐ、ぐわっ！」という叫びを上げ、苦悶の色を浮かべたので、又蔵はそのまま脇差を肺まで引いた。内膳の口からは多量の血が噴き出し、白目を剝いて事切れた。

内膳に向かって手を合わせ、「南無阿弥陀仏」と三度唱えると、又蔵は振り返らずに道を急いだ。

十四

義格一行は岩の目沢まで下り、一息ついていた。どうしたわけか小姓の一人がはぐれてしまったので、一行は伝左衛門、義格、貫井市三郎、佐之助、吉右衛門そして小姓一人となっていた。

だが逃げる途中、倒木につまずき吉右衛門が、足を痛めてしまっていた。

「ああ、痛い」

裾をめくって足首を探ると、捻挫か骨折しているらしく、すでに青い腫れが出てきている。

――これでは歩けない。

吉右衛門は足首を押さえ、冷や汗をかいている。

義格が叱りつける。

「武士たる者、みだりに痛がるな」

「はっ、はい」

だが、吉右衛門の顔は青ざめていた。

――折れてはいないが、骨にひびが入っているかもしれんな。

傷を調べていた伝左衛門に、義格が問う。

「どうだ」

「吉右衛門殿が歩くのは無理です」

「何たることか。ここは他藩領だぞ」

寡黙な市三郎が口を開く。

「われらは一時的に河畔に下りましたが、夜半からの雨で山火が鎮まったので、又蔵が先行したかもしれません。となると先を急がねばなりません」

「分かっておる！」

義格が苛立つ。

「だからと言って、吉右衛門をここに置いていくわけにもいくまい」

「では、こうしたらどうでしょう」

伝左衛門が提案する。

「吉右衛門殿を、小姓と一緒に藩境まで戻らせるのです。そこで助けを待っておればよいのでは」

「どうやら、そうするしかなさそうだな」

ため息をつく義格に、佐之助がおずおずと提案する。

「殿、このまま追跡を続けるのは難しいのではありませんか」

「何を言う。又蔵を取り逃がし、仙台藩に通報されたらどうする。何としても又蔵を討ち取るのだ」

義格の面には焦りの色がにじんでいた。

思えば当然のことだった。関ヶ原の戦いの折、佐竹氏はどっちつかずの戦い方をした。改易にならず、減封されて秋田に移封されただけでも幸運だった。そんな佐竹家中が、こんな非道なことをやっていると幕府に知られれば、よくて大減封、悪くて改易に処される恐れがある。

——その鍵を握っているのが又蔵とはな。

伝左衛門は心中苦笑した。

「しかし殿——」と佐之助が食い下がる。

「殿が仙台藩に見つかれば、たいへんな騒ぎになります」

「当たり前だ。しかし鷹狩りをやっていて不測の山火に襲われ、こちらに逃れてきたと言えばよい。要は山火が幸いしたということだ」

——さすがだな。

義格は転んでもただでは起きない。

「では、追跡を続けるのですね」

「もちろんだ。逆に山火のおかげで、仙台藩領にいる言い訳ができたわ」

義格が高笑いしたが、虚勢を張っているようにしか見えない。

市三郎が義格を急かす。

「では、吉右衛門と小姓を置いて先を急ぎましょう」

「うむ。では、行くぞ」

二人を残し、伝左衛門、義格、貫井市三郎、近習の佐之助の四人は、岩の目沢から丈の倉に至る道を登り始めた。


しばらく尾根道を歩くと丈の倉に着いた。ここから見る山々の眺望は抜群だ。左すなわち北西から三界山（さんがいさん）、南本内岳（ほんないだけ）（権四郎森）、西焼石岳（南ノ森）、横岳と連なる山々は、ところどころに雪を残し、生い茂るブナの林にも薄絹をかぶせたような霜が下りている。

山嶺から吹き下ろしてくる風は冷たく、まだ寒気は厳しい。

しかし一行に山々を眺めている余裕はない。先を急ごうとしたところ、一行が目の当たりにしたのは、召人討ちと待ち伏せ方の遺骸だった。

義格が顔をしかめる。

「ここまで来て力尽きたのだな」

伝左衛門が答える。

「そのようです。行く手にも火が回り、ここで立ち往生していたのでしょう」

「こっちを見て下さい」

市三郎が呼ぶ方に駆け寄ると、遺骸が二体あった。

「殿、こちらは横山内膳殿では――」

追いついてきた義格が答える。

「ああ、側用人の内膳だ。自害したようだな」

伝左衛門が傷を確かめる。

「いや、少し違うようです」

「違うとは――」

「火傷が辛くて殺してもらったのです」

伝左衛門が傍らに落ちている脇差を示す。

「つまり内膳が又蔵に頼んだのか」

「はい。自分では、かような角度で胸を突くことはできません」

周囲を警戒していた市三郎が義格を急かす。

「殿、急ぎましょう」

「分かった。行くぞ！」

「お待ち下さい」

伝左衛門が二人を押しとどめる。

「相手は又蔵です。先に行ったと見せかけて、どこかに隠れているかもしれません」

「何だと。なぜかようなことをする！」

「又蔵は、手練れの案内役がいることを知っているはず。もしかすると、それが誰かも分かっているかもしれません。だとすると裏をかこうとするはずです」

義格と市三郎が顔を見合わせる。

「では、どうする」

「しばらく行くと、尾根道は緩やかな下りになり、引沼道と呼ばれる谷底道に出ます。その先に五本ブナと呼ばれる身を隠すのに適した場所があります。とにかくそこまで行きましょう」

一行は急ぎ足で道を進んだ。

やがて日が西に傾いてきた。引沼道に入ったが、この辺りは日が差さないのか湿っている。湿気のある場所に密生するスナゴケが、そこら中に見られるようになった。

日は陰り始めているが、日中のうちに手倉越えで最高所となる柏峠（標高千十八メートル）には着いておきたい。だが一行の顔には疲労の色が見え始めている。

野営は傾斜地では難しい。暗くなっても無理して柏峠まで登るか、引沼道の終点にあたる五本ブナで野営するか、その判断が難しい。

「おい、そろそろ休もう」

さしもの義格も疲れてきたようだ。

「殿、ここで休むとなると、日のあるうちに柏峠には着けません。又蔵は夜目が利く上、鉄砲を持っています。夜道を行くのは危険です。ならばここで野営しましょう」

「お待ち下さい」と市三郎が難色を示す。

「さようなことでは、又蔵を取り逃がしてしまいますぞ」

「それはそうだが、さすがに疲れた」

義格が岩場に腰を下ろすと、市三郎が言った。

「では殿、それがしだけでも柏峠に先行します。さすれば又蔵の様子も分かると思います」

日が落ちる前に、又蔵が先行しているかどうかを確かめようというのだ。

それは、道に残る足跡や草を踏み倒しているかどうかで判断できる。いかに山に慣れたマタギでも、通過した痕跡だけは残してしまう。だが夜になってしまえば、それを確かめる術はない。

義格が首を左右に振る。

「それはだめだな」

「なぜですか。それがしは山に慣れています」

「又蔵が先行しているかどうかの痕跡を確かめるだけなら、そなたでなくともできる」

義格は市三郎を手元に置いておきたいのだ。

――となると、わしに行かせるのだな。

しかし義格は意外な名を出した。

「佐之助、先に柏峠まで行き、われらを待て」

――そうか。殿は用心棒としての市三郎、案内役としてのわしを手放したくないのだ。

山深くに踏み入るほど、義格は二人に頼らざるを得なくなっているのだ。

「いや、それがしにはとても――」

だが佐之助は難色を示した。

「明日の朝には追いつくので、又蔵の痕跡を確かめながら進み、峠で待っていろ」

「それがしは山に慣れておらず、道に迷ってしまいます」

「そなたは、わしの命が聞けぬのか！」

「分かりました。行きます」

「それでよい。では、これを持っていけ」

義格が鉄砲と弾丸と火薬の入った袋を渡す。

「小姓の背負ってきた荷も忘れるな」

「ああ、はい」

佐之助は一礼すると、名残惜しげに背後を振り返りつつ柏峠を目指した。

十五

――殿がひどい火傷でも負わない限り、奴らは必ず追ってくる。それを防ぐにはどうすべきか。

又蔵はその方法を考えに考えた。

――殿は、少しでも早くわしを仕留めたい。だが殿も貫井市三郎も、仙台藩領の深くまで入ったことはないはずだ。では、どうして物怖じせずに入ってこられるのだ。

その答えは一つしかない。

――案内人がいるからだ。

案内人さえ倒してしまえば、いかに強気な義格や「追手巧者」の市三郎でも、あきらめるだろう。

――先頭を歩くあの男さえ倒せば、その時点でわしの勝ちだ。もしも追ってきたとしても、案内人さえいなくなれば、いくらでも追跡をかわせる。

そのためには待ち伏せし、先頭の男を仕留めればよい。

――だが待てよ。山中では、近接しないと的確には仕留められない。

山中は見通しが悪いので、確実に仕留めるとなると、かなり近づいてから撃たねばならない。

――そうなると、わしが殺される。

一行には、召人討ちの名人の市三郎がいる。たとえ案内人を殺せても、その後に市三郎に討たれれば意味がない。

——近接せずに先頭の男を倒す方法はないか。

それは不可能のように思えた。

——待てよ。考えるんだ。

又蔵の脳裏に祖父の言葉がよみがえる。

「マタギにゃ、『探す』『待づ』『おびぎ出す』の三づの芸しがね」

——わしは捜されている。だから「探す」は当てはまらない。「待つ」はだめだ。待ち伏せで先頭の男を倒せても市三郎に討たれる。「おびき出す」はどうか。敵は追ってきているのだ。おびき出す必要はない。

しばらく考えていると、さらに祖父の言葉が思い出された。

「まあ、そいでも熊見づげられん時は『仕掛げる』でいうのがある」

「仕掛げる、とは何だ」という又蔵の問いに、祖父はこう答えた。

「罠猟だ。だめもどで罠仕掛げどぐ。マタギは罠猟好まねが、食っていぐだめには仕方(しがた)ね」

「どんた罠、仕掛げる」

「熊の毛皮傷めではいげねがら、『ヒラオトシ』だな」

「ヒラオトシ」とは熊が通りそうな獣道の斜面に丸太を積んでおき、熊が下の道を通った時に、山刀で蔓(つた)を切り落とし、熊を圧死させる方法だ。

——だが、それでは追手全員を殺すことはできない。

四人が縦列になって歩いているのだ。「ヒラオトシ」で全員を倒すのは難しい。

祖父の言葉が再びよみがえる。

「殺すだげでえだば、『ハネアゲ』いうもんもある」

「ハネアゲ」とは熊の通りそうな獣道に仕掛ける罠で、熊が仕掛けを踏むことで、前方の跳ね板が弾かれたように立ち、尖った木製の槍先が熊を直撃する罠だ。熊は四つん這いで歩くが、前方に何かを感じると、後ろ足で立って周囲を見回す。その習性を利用し、跳ね板で串刺しにするという仕掛けだ。毛皮は傷つくが、「ヒラオトシ」よりは確実に仕留められる。

――そうだ。「ハネアゲ」だ！

ちょうど日が落ちてきたので、仕掛けに気づかれる心配も少なくなる。

――どこに仕掛けるか。

祖父の言葉がよみがえる。

「『ハネアゲ』は道曲がったどごがえ。とぐに登り坂だど効ぐ」

又蔵は手近の材料を集め、大急ぎで「ハネアゲ」を作り始めた。

十六

空が白んできたが、佐之助は戻らなかった。おそらく引沼道から柏峠に向かい、その途次で野営しているはずだ。

――不安で眠れなかっただろうな。可哀想に。

敵は又蔵だけではない。熊が人の臭いに引き寄せられてくることもある。熊は人肉を食べないが、荷の中に食べ物があれば近づいてくる。それを考えれば、不安で一睡もできなかったはずだ。

三人は急いで朝飯を済ませると出発した。目指すは柏峠だ。すでに佐之助が調べ終えているはずだが、先頭を行く伝左衛門は入念に左右に目を配り、又蔵の痕跡を確かめた。だが佐之助が先行しているため、踏み倒された草があっても、又蔵のものと区別できない。

やがてつづら折れの登り坂となった。中腹辺りにある一つの曲がり角を曲がったところで、伝左衛門は凍り付いた。

──「ハネアゲ」か！

佐之助は、板のようなものを抱えるようにして立っていた。

「どうした。あっ！」

その光景を見て、義格と市三郎が息をのむ。

伝左衛門が駆けつけると、佐之助はまだ生きていた。

「佐之助、しっかりせい！」

「た、す、け、て」

頭の位置を動かせない佐之助は、かろうじて黒目を動かして助けを求めた。佐之助の体には五～六カ所にわたり、木製の鏃（やじり）が食い込んでおり、中には背中から切っ先が出ているものもある。

われに返った市三郎が義格を数歩引かせると、その身を庇うようにして周囲を見回した。

いったん食い込んだ鏃を外そうとした伝左衛門だったが、そのうちの一つが、首の動脈付近を刺し貫いているのを認めた。

──外せば出血ですぐに死ぬ。

伝左衛門は辛い宣告をせねばならなくなった。

「佐之助、無念だが、そなたはもう助からぬ」

「ああ、そんな──」

「そなたからこの罠を外せば、血が噴き出して死ぬ」

「それでも――、構いません。ど、ぅ、か、外して下さい」

佐之助が弱々しい声で言う。

「分かった。覚悟せい」

佐之助の背後に回った伝左衛門は、跳ね板に足を掛け、佐之助の肩を摑むと後方に引いた。複数の傷口から鮮血が迸る。

佐之助を支えながら横たえると、伝左衛門はすぐに手巾で首筋を押さえた。だが血は止まらず、瞬く間に手巾は朱に染まった。

佐之助はしばらくの間、白目を剝いて口をパクパクさせていたが、大量の血を吐くと事切れた。

その一部始終を見ていた義格は、「可哀想なことをした」とだけ言った。

市三郎が伝左衛門に問う。

「これはマタギの罠か」

「そうです。罠猟をする時に使う『ハネアゲ』というものです」

「マタギとは残酷な罠を仕掛けるのだな」

――己のことを棚に上げて何を言う。

さすがの伝左衛門もかっとなった。

「妻子を飢えさせないためには、致し方なきことです」

「いかに食べるためとはいえ、かようなことができるとはな」

「お待ち下さい。マタギが手ぶらで帰ってくれば、家で待つ妻子が飢えて死にます。それがしが幼い頃、山の雪が深すぎて猟がはかどらず、前年に生まれた乳飲み子の二人に一人が死にました。それを防ぐには、かようなことでもせねばならぬのです」

「ふん、獣同然の連中だな」

「さようなことはありません。われらも父母を敬い、妻を気遣い、子らを慈しみます。そして仲間を大切にします」

その時、黙ってやり取りを聞いていた義格が言った。

「そなたは根っからのマタギだな。それほどマタギがよいなら、なぜマタギをやめて武士になった。マタギに戻りたければ引き止めぬぞ」

「それは――」

伝左衛門が言葉に詰まる。

「しょせん、そなたも今の安楽な暮らしが捨てられぬのだ」

伝左衛門に返す言葉はない。図星だからだ。

「では、行くぞ」

義格が立ち上がった。

「お待ち下さい。佐之助をこのままにしておくのですか」

「では、どうするのだ」

「しかるべき場所に埋め――」

「しかるべき場所とはどこだ」

柏峠に至る山の中腹は土が硬そうで、遺骸を埋めるのに適していない。

「いったん道を戻り――」

義格の顔色が変わる。

「馬鹿を申すな！　さような時間はない」

「しかしこのままにしておけば、獣たちに遺骸が食い荒らされます」

「致し方ないことだ。それよりも、いち早くわれらに仇を取ってもらうことを、佐之助は望んでいるのではないか」

そこまで言われては仕方ない。黙って佐之助の遺骸を道脇に移動した伝左衛門は、枯れ枝などを掛けてやった。だが明日になれば異臭を放ち始めるので、獣たちに隠しおおせるものではない。

「早うせい！」

義格の怒声が聞こえたが、伝左衛門は黙って作業を続けた。さすがの義格も、それ以上は何も言わず、市三郎と世間話をしながら、伝左衛門の作業を見守っていた。

「成仏せいよ」

最後に手を合わせた伝左衛門は、佐之助の背負っていた背負子を摑むと、自ら背負った。

義格は「まだ仕掛けがあるやもしれぬ」と言い、伝左衛門を先行させると、五間（約九メートル）ほど後方からついてきた。市三郎は最後尾につき、後方を警戒した。

——これで三人か。

伝左衛門は手巾で汗を拭うと、手倉越えの最高所となる柏峠を目指した。

十七

夕日が西の山の端に掛かり始めた。丈の倉の尾根筋からは焼石連峰が眺められたが、柏峠からは東山（とうざん）が、さらにその先には、東山と尾根続きの東栗駒山が見える。ここから小出川まで、なだらかな下り坂が続くことになる。

木の上方に、熊棚と呼ばれる鳥の巣のようなものが多くなってきた。これは熊が木の実を食べるために枝に腰をついた跡で、これが頻繁に見えてくると、熊の数も比例して多くなる。

だが今の又蔵にとって、熊よりも恐ろしいのは追跡者たちだ。

――先頭を歩いていた男は、果たして罠に掛かったか。

おそらくそんなことはないだろう。というのも、「ハネアゲ」はマタギなら誰でも知っている仕掛けで、獣道に仕掛けられることが多いからだ。今回のように人の行く道に仕掛けるのは珍しいが、マタギは熊の糞を見つけるために下を見ながら歩く。つまり経験のあるマタギなら、間違いなく仕掛けの存在を察知できる。

又蔵は気を緩めてはいけないと、己に言い聞かせた。

道筋から死角となる場所まで下ると、又蔵は野宿の支度に入った。

ところどころに雪だまりの残る山中の寒気は厳しい。それでもマタギは寒さを凌ぐ術を心得ている。まず大穴をうがち、山刀を使って近くの樹木の皮を剝がして積み上げていく。脂分が多い白樺やタモの木が最適だが、それらがない場合、周囲の木々の樹皮を片っ端から剝いでいく。樹皮は熱を持ったまま原形をとどめるので、地熱が長続きする。続いて、その上に乾いていそうな枯れ葉や小枝を重ねていく。そうしておいてから火をつける。

夜間だと火さえ見えなければ、煙はいくら立っても心配は要らない。問題は木の焼ける臭いだが、よほど近くにいない限り、臭いは風が運び去ってくれる。

又蔵は昼の間に素手で捕まえた兎をさばくと、その肉を小枝に刺して火にかざした。獣肉を焼く臭いが胃の腑を刺激する。

続いて寝床作りだ。樹皮や小枝は灰となり、焚火はほとんど消えかかっているが、周囲の土は触れると熱いほどだ。まず土をかけて火を完全に消し、その上に小枝や枯れ葉を重ねていく。十分な厚みができると、その中に潜り込む。焚火の余熱が体を包んでくれる。この温かさが朝まで続くので、マタギの知恵とはたいしたものだと改めて思う。

――このまま寝てしまって大丈夫か。

眠りに落ちる瞬間、そんな心配がよぎったが、眠気には勝てず、又蔵は深い眠りに落ちていった。

眠りが浅くなった時だった。物音に目が覚めた。

又蔵は体を動かさず、周囲の気配に神経を研ぎ澄ませた。すると何かを乱暴に咀嚼する音が聞こえてきた。

――熊だ！

熊棚が多いのに気づきながら注意を怠ったことを、又蔵は悔いた。

低く唸りながら、兎の骨をばりばりと嚙み砕く音が聞こえてきた。又蔵のいる場所が風下なので、熊はまだ又蔵の存在に気づいていない。

――どうする。

こうした場合、動かないのが一番だ。しかし熊の腹が兎肉の食い残しだけで満たされない場合、又蔵が狙われるかもしれない。

――脅すしかない。

しかし脅すのは危険性が高い。中途半端な脅しは、熊にも心の準備ができてしまい、逆に襲い掛かってくることがある。最も効率的なのは、突然立ち上がり、大声を上げることだが、又蔵は突然起き上がれる体勢にはない。それゆえ熊の度肝を抜くためには、あらん限りの声を上げるしかない。

しかし風の音も控えめなこの夜、大声を上げれば、義格たちに気づかれる可能性がある。もしマタギらしき案内者が健在なら、寝ていても、その聴覚は人声を捉えるだろう。

様々な考えが頭の中をめぐる。そうこうしているうちに兎を食べ終わった熊が、ほかに食べ物がないか、近くを徘徊し始めた。そして当然、狩小屋から持ってきた干し肉を嗅ぎつけた。

干し肉は袈裟に掛ける形のヂェン袋に入れていたので、熊は袋を懸命にかきむしっているようだ。袋は鹿皮製なので容易なことでは破れない。

——今なら気づかれない。

熊がヂェン袋を破ることに集中している隙に、又蔵はそっと枯れ葉の山から体を出そうとした。手には、万が一に備えて抱いて寝ていた山刀が握られている。

周囲は漆黒の闇に包まれているが、ヂェン袋を置いた位置からすると、三間（約五・四五メートル）と離れていない場所に熊はいるはずだ。鉄砲もそのあたりに置いているが、装塡している暇はない。

獣特有の嫌な臭いが鼻をつく。

ようやく目が慣れてきた。熊はヂェン袋に牙を立てている。

——今だ。

又蔵は素早く立ち上がると、山刀を構えた。だが最初の一声が出ない。

——しまった！

又蔵に気づいた熊は、ヂェン袋を捨てて身構えた。低い唸り声が聞こえる。もはや声を上げても効果はない。

その時、祖父の言葉が突然脳裏に閃いた。

「出合い頭さ熊ど向ぎ合ったら、こぢらがら動いではだめだ。そいで熊の唸り声さ耳傾げる。少しでも怯えの色感じられたら、一歩前さ出る。決して下がってはならね」

――怯えの色など、どうやって判別するのだ。

又蔵は経験が浅いうちにマタギから鷹匠に転じた。つまり熊の声など聞き分けられない。

熊の大きさまでは分からないが、黒々とした物体がわずかに動いている。こちらを警戒しているのは分かるが、引くつもりはないようだ。この時期の熊は、起きてすぐに食べ物にありつけないと、機嫌がすこぶる悪い。

その時、一瞬だけ風が吹き、木々を揺らした。又蔵もドキッとしたが、熊はたじろぐように一歩下がった。

――肝が小さいのか。

熊にも個体差があり、体が大きくても小心者がいる。またその逆もいる。

又蔵は覚悟を決めて一歩踏み出してみると、熊が一歩下がった。

――よし、追い立てるぞ！

腹の底に力を入れて「うおー」という声を上げ、又蔵は熊の方に突進した。ところが案に相違し、熊はその場から動かない。

次の瞬間、祖父の言葉が頭をよぎった。

「熊の中でも肝小せえのがいる。そいづらは肝つぶすと、その場がら動げねぐなる」

――なんてことだ！

大声を上げつつ両手を振り上げて熊の方に向かった又蔵だが、すんでのところで動きを止めた。

暗闇で熊の双眸が光る。

――しまった。立ち止まれば弱いと思われる。

相手の強弱を見極めようとするのは、野生動物も人も同じだ。

次の瞬間、熊が唸り声を上げると、こちらに突進してきた。その瞳は怒りと憎悪に燃えている。

「ショウブ、ショウブ、ショウブ！」

喉から無意識に声が出た。

マタギが熊を仕留めた時に三度発するショウブ声だ。これは「勝負」という意味ではなく、獲物を下賜してくれた山の神に感謝の意を表すもので、「尚武」という字になる。

熊が腕を振り上げた。それが振り下ろされる直前、又蔵は横に飛びのいた。その時、本能的に山刀で熊の体を払った。手応えがあったかどうかも定かでない。

だが闇の中から、熊の鳴き声が聞こえた。

「ぐおっ、くーん」

最初は驚いたような声だったが、すぐに相手に媚びるような弱々しいものに変わった。

茫然とその場に立ち尽くす又蔵の右手から山刀が落ちた。手を見るとぬるぬるしている。

月明りにかざすと、右手には、べったりと血糊が付いていた。

――殺したか！

だが、すでに熊は姿を消していた。

マタギの本能として、熊の逃げた方に向かおうとしたが、周囲は闇に包まれており、危険極まりない。手負いだとさほど遠くに逃げられないので、踏みとどまって反撃してくることもあり得る。

――いずれにしても、もうあの熊は襲ってこない。

熊は痛い思いをした場に戻らないという習性がある。

極度の緊張から解放された又蔵は膝をついた。

――この山にいるのは、人だけではない。これは警戒を怠った罰だ。

やがて東の空が白んできた。熊は反撃してこないとは思うが、何があるか分からない。又蔵は警戒しながら、熊の血痕を追っていった。

しばらく行くと、黒々とした熊が背を向けて横たわっていた。まだ胸が上下しているということは、死んでいないのだ。

顔の見える方に回り込むと、熊は涙を滴らせ、虚ろな目で又蔵を見つめていた。どうやら又蔵の山刀に脾腹を抉られたようで、朝靄の中、傷口から下が朱色に染まっていた。

熊は凄まじい痛みと格闘しているのだろう。抵抗する気力も失せたのか、慈悲を乞うように悲しげな唸り声を上げている。

――とどめを刺してやるか。

だが鉄砲を使えば、義格らに位置を知らせることになる。

――致し方ない。

山刀をかざして熊に近づいた又蔵が、心の臓辺りに山刀を突き通そうとした時だった。突然、熊が片腕を振りまわした。

「うわっ！」

慌てて飛びのいたが、その爪が又蔵の左太ももに食い込んだ。

「この野郎！」

又蔵が山刀を振り下ろすと、熊の腕がちぎれた。

「ぐおっー！」

凄まじい咆哮が空気を震わせる。

熊の腕を引きずったまま、又蔵が後ずさりして尻もちをつく。

太ももに食い込んだ熊の爪を引き剝がすと、大量の血が溢れ出た。続いて激しい痛みが襲ってきた。

——何とか血を止めなければ。

負傷も考えられるので、狩小屋に置いてあった晒を持ってきておいたことを思い出した。

又蔵が傷を確かめると、爪はさほど深くまで食い込んでいない。

——これなら何とかなる。

酒を吹きかけて消毒し、狩小屋にあった血止めの軟膏を塗る。その上に晒をぐるぐる巻きにした。

だが、そのそばから晒は朱に染まっていく。

——この傷で逃げられるのか。

立ち上がると激痛が走った。一歩を踏み出すと、さらに痛みが広がる。

——たいへんなことになった。

追ってきているのは手練れのマタギと「追手巧者」の貫井市三郎なのだ。しかも義格も武芸百般に通じているので、油断はできない。

——この傷では逃げられない。

又蔵は暗澹たる気分になった。ふと熊の方を見ると、一切の動きを止め、虚ろな瞳で中空の一点を見ている。

——死んだのか。お前の罠にわしが掛かり、さぞ満足だろう。

その顔は先ほどまでの慈悲を乞うようなものから一変し、「してやったり」と笑っているかのように見える。

マタギの間の伝説だが、手負いの熊は動けないふりをして人を引き付け、近づいたところで最後の力を振り絞って一撃を加えようとするという。まさに熊がわが身に仕掛けた罠に、又蔵ははまったのだ。

又蔵の脳裏に祖父の言葉がよみがえる。

「熊死んだように見えでも、掌開いでらがどうが確かめれ。もし閉じでだら『死んだふり』してら。下手さ近づぐど危ね」

——しまった。

熊を仕留めた安堵感から、祖父の言葉を忘れていたことが悔やまれる。

だが悔やんだところで傷が治るわけではない。次善の策を考えるしかない。

——そうだ。肝をいただこう。

せめて栄養価の高い熊の肝を食べることで、精を付けておこうと思った。

恐る恐る熊に近づいた又蔵は、熊の掌が開いていることを確かめると、心の臓の辺りを突いた。熊は微動だにしなかった。つまりもう死んでいるのだ。

続いて山刀で熊の腹を切り裂くと、待っていたかのように内臓が溢れ出てきた。その内臓からは湯気が立っている。又蔵は肝臓を探り当てると、それを引きちぎり、貪り食った。

——うまい。

動物によって、生肉を食べられるものと食べられないものがある。鹿は寄生虫が少ないので生肉でも食べられるが、熊は寄生虫の宝庫なので決して食べてはいけない。だが内臓と脳みそには寄生虫がいないので、生で食べられる。本来なら肉片も切り取っていきたいところだが、十分に干さないと食べられないので断念した。

続いて手近の枝を折ると、それをちょうどよい長さで切断し、杖代わりとした。傷は自然に癒えると思われるが、痛みが引くまで三日から五日はかかりそうだ。残る酒をすべて傷口に染み込ませたので、傷が化膿することはないと思うが、もしも化膿したら、そこで逃走も終わる。

——その時は自害するしかない。

又蔵は覚悟を決めた。

十八

浅い眠りに落ちていた伝左衛門は、熊の悲鳴のような声を聞いた。

起き上がって耳を澄ませたが、さらさらと枝の葉を揺らす風の音以外、何も聞こえてこない。

——気のせいだったか。

熊が何の理由もなく悲鳴を上げることはない。上げる時は瀕死の重傷を負った時だけだ。

——今の叫びは、悲しげな色を帯びていた。

それは弱々しさを伴っており、罠か何かに掛かって痛い思いをした時などに発する声に近かった。

——又蔵に何かあったか。

直感的に、今の熊の悲鳴には、又蔵がかかわっている気がした。

木にもたれかかって浅い眠りに落ちていた伝左衛門は、立ち上がると焚火のところまで行き、弱くなりかけている火を熾した。火を中心に寝ている限り、熊の心配はない。だが、それは追う者だからできることで、追われる者は火を焚いたまま眠ることなどできない。

——つまり熊に襲われることもあり得る。

「伝左衛門、何をしている」

義格は目を覚ましていた。

「火の具合を見ていました。起こしてしまい申し訳ありません」

義格の傍らに横たわる市三郎は起きてこないが、おそらく眠りは浅いのだろう。時折、傍らの刀を引き寄せている。

「伝左衛門、寝ずの番、大儀」

「当然のことです」

「そなたも疲れておるだろう。先ほど舟を漕いでいたな」

「申し訳ありません」

義格は起きていたようだ。

「よい。わしが起きていたからな」

「眠れなかったのですか」

「いや、容易に寝つけるのだが、わしの眠りは長くない」

――マタギと同じだ。

マタギは、三日三晩くらいなら一睡もしないで過ごせる。それ以降もほんの少しまどろむだけで、睡魔は去っていく。実は、それも訓練の賜物だった。

マタギになろうとする少年は、山神社で「寝ず入り」と呼ばれる修業をせねばならない。これは何日か寝ないでも睡魔に襲われないために、大人のマタギの監督下で眠らないようにする訓練のことだ。横になって疲労を取ることは許されるが、寝入ってしまったら揺り起こされる。それを繰り返すうちに、山入りしてから三日は眠らなくても過ごせるようになり、それ以降も浅い眠りで事足りるようになる。

「どうして長く眠れないのですか」

愚問だとは思ったが聞いてみた。

「出るのよ」

「えっ」

「奴らが出るのよ」

「奴らというのは、まさか——」

「わしが放召人討ちで殺した連中よ」

伝左衛門が息をのむ。

「はははは」

突然、義格が声を上げて笑ったので、市三郎が寝返りを打った。

「馬鹿め。戯れ言だ。彼奴らは大人しく冥途への道を歩んでおる」

「では、なぜ——」

「佐竹の家のことは知っておろう」

「はい。少しは——」

「わが家は新羅三郎義光(よしみつ)公を祖とする由緒ある家柄だ。平安時代から常陸国に盤踞(ばんきょ)し、勢力を広げてきた。だが常陸一国を押さえるところまではいかなかった」

「そのようですね」

「歴代当主たちの内訌がひどく、いつ寝首をかかれるか分からない日々が続いた。それゆえ嫡男は童子のうちから、深く眠らないよう訓練されるのだ」

嘘か真か分からない話だが、さもありなんと思った。

――武士というのは、たいへんな稼業なのだ。

「われらマタギも同様の訓練を施されました」

「そうか。だとしたら、われらは冬眠している熊と同じだな」

冬眠中の熊は、寝入っているように見えて半ば意識があり、外の気配に敏感に反応する。

「ということは、殿が寝息を立てている時も、寝入ってはいなかったのですね」

「そうだ。意識は半ばあった。それゆえそなたが刺客でも、わしの寝首はかけぬ」

義格が呵々大笑する。

義格は野宿の時、常に傍らに大刀を引き寄せている。市三郎も同じなので、そうした教えを武士たちは受けてきたのだろう。

もしも伝左衛門が義格の寝首をかこうとしても、おかしな動きはすぐに察知され、下手をすると、何もしないうちに抜き打ちで斬られることになる。

「滅相もない。それがしが殿の寝首をかく理由はありません」

「そうだな。わしがそなたを武士にしてやったのだからな」

――いかにもな。

義格は度々こうした恩義を相手に思い出させ、忠節を尽くさせようとする。市三郎にも、事あるごとに「『放召人討ち』があってよかったな」と言っている。それが、家臣たちの頂点に立つ大名の心得なのかもしれない。

「そこに寝ている市三郎とて、眠りは浅いはずだ。そなたが刀を抜いて近づけば、抜き打ちに斬られる」

市三郎は眠っているように見えるが、起きていることは十分に考えられる。起きてしまえば、義格の前で横たわったままというわけにはいかないので、寝たふりをしているのだろう。

「殿、明日は柏峠越えです。もう眠りましょう」

すでに柏峠の中腹まで来ているが、日が暮れかけてきたので、平場を見つけて野宿した。本来なら柏峠まで行きたかったが、又蔵は鉄砲を持っているので、とくに夜間は待ち伏せを警戒しながら進まねばならない。そのため夜でも見通しがよく狙われやすい峠の頂部を避けたこともある。

「そうか。明日は柏峠を越えるのか」

「はい。峠を越えると、一気に下り坂になって小出川に出ます。そこまで行くと、仙台藩領の川漁師に見つかることもあり得ます」

「それは厄介だな」

「そうならぬようにしますが、万が一見つかったらどうしますか」

「斬るしかあるまい」

「他藩の民を斬れば、ただでは済みません」

「こんな山奥だ。誰も見てはおらん」

「誰も見ていなければ、罪なき者でも斬るのですか」

「当たり前だ。そこにいる者が悪いのだ」

——それが殿の考え方なのだ。

殿様だから独りよがりなのは当たり前だが、義格には、他人に対する同情や共感という感情が欠落していた。それがあるように見せかけることがたまにあるが、それは家臣の心を取るために使っているだけなのだ。

これ以上、不毛な会話を続けていても仕方ないので、伝左衛門は口をつぐんだ。

——殿は常人ではない。

ここまで行を共にしてきて、義格の人物像が見えてきた。自己中心的というよりも、自己愛が過多で、家臣や周囲からどう見られているかを常に意識している。

——だが、それだけではない。

義格は何事にも動じず、自分だけは大丈夫だと信じ込んでいる節がある。常の大名家当主なら、改易にされる危険性のある放召人討ちなどやらないのだが、それでもやるところに、何か病的なものを感じる。

——殿は、危機と隣り合わせでないと生きていけないのではないか。

戦国時代には、異常なまでに戦を好む者がいたという話を聞いたことがある。義格には、そんな血が流れているのかもしれない。

——殿は生まれる時代を間違えたのだ。

義格はそんな血を持て余し、「放召人討ち」などという忌まわしい儀式を編み出してしまったのかもしれない。

「伝左衛門、なぜ無言でいる。そなたは、わしのことが嫌いなのではないか」

義格の洞察力は鋭い。

「滅相もない。われわれ家臣は、主君に対して好きも嫌いもありません。ただひたすら忠節を尽くすだけです」

「本当にそうなのか。わしに反発しているから、又蔵を討とうとしていないのではないか」

「まさか。それがしは本気で又蔵を追っています」

「果たしてそうかな。本気で又蔵を討つ気があるなら、もっと気迫が感じられるものだが、そなたにはそれがない」

「お待ち下さい。山は危険がいっぱいです。それがしは案内役としての役割を全うせねばなりません。気迫が感じられぬのは、常に周囲に気を配っているからです。もしも――」

伝左衛門は切迫した口調で言った。

「殿に万が一のことがあれば、われらは腹を切らねばなりませんから」

「それもそうだな。そなたの申す通り、そなたは案内役に徹しろ」

「御意のままに」

義格が手枕で横たわった。

「山に入ってしまえば、そなたに命を預けたも同じだな。つまり――」

義格が笑みを浮かべて続ける。

「そなたは、わしの生殺与奪権を握っている」

義格が無言で寝返りを打った。その背には、言葉とは裏腹な自信がにじんでいた。

十九

木々の間から時折見えるだけだが、右手に東山、左手に焼石連峰を眺めつつ歩き続け、山の神の標石に達した又蔵は道を下っていった。途次に粟畑と書かれた標石を見ながら、さらに下ると中山小屋に出る。

この小屋は仙台藩が行商人のために設けた宿泊場所で、ちょうど手倉越えの中間辺りにある。

合掌造りの笹小屋なので粗末なことこの上ないが、風雨が激しい日や、熊が旅人の携帯する食料を狙う今の季節は、こうした小屋のありがたみが分かる。東から来る仙台の行商人たちは、ここで一泊してから一気に柏峠を越え、その日のうちに久保田藩領に入り、手倉まで行くことになる。

柏峠から四町（約四百四十メートル）ほど下り、ようやく小出川に至った又蔵は、真っ赤に染まった晒を解くと傷口を見た。

――よかった。血は止まっている。

傷はかさぶたになり、出血は止まっていた。だが熊の爪で攻撃されると、そこから毒が入って化膿することがある。それを防ぐのが、マタギ独特の薬草を何種も混ぜて作った薬だ。

狩小屋にも化膿止めの粉末らしきものがあった。その効能までは分からないが、血が止まったので服用してみた。血が止まる前だと効能が薄くなると聞いたことがあるので、これが最初の一服になる。

そこは「小出の越所（えっしょ）」と呼ばれる小出川の渡渉場所で、中山小屋と同じような笹小屋もある。夏場には仙台と秋田双方から多くの商人たちが行き交い、食べ物、草鞋、合羽などを売る老人が見世棚を出すほど賑わっていた。だがこの季節は、人の行き来が少ないので老人もいない。

――長居は無用だ。そろそろ行くか。

見通しのよい河原に長居はできない。岩陰で手早く軟膏を塗って晒を巻き直すと、又蔵は立ち上がった。その時だった。対岸に二つの人影が見えた。

――あれは何者だ。そうか。仙台藩領から来たのだな。

岩陰からじっと凝視すると、大きな背負子（しょいこ）を二つ重ねて背負っている。仙台藩領で生産された反物か何かを運んでいる行商人らしい。おそらく秋田まで売りに行くのだろう。

仙台藩領から久保田藩領に入る商人たちは、三陸海岸や北上川で獲れた魚の塩漬けや干物などを運んでいく。日用品では金物類、とくに南部鉄瓶が重宝された。また黒砂糖も好まれた。逆に久保田藩領からは、米や酒が運ばれていった。

この季節、まだ雪が残る上に熊が出るので、行商人が手倉越えを行くのはまれだ。それゆえ義格は「放召人討ち」をやっているのだが、大半の召人は久保田藩領内で討ち取られるので、仙台藩側に知られることはない。仙台藩領から行商人が来たとしても、藩境の番小屋で足止めすれば、「放召人討ち」のことは知られなくて済む。だがここは仙台藩領なのだ。このまま行商人たちが手倉越えを進んで行けば、義格一行と出くわすことになる。

——殿のことだ。口止めで二人を殺すかもしれない。

挨拶をして擦れ違うだけかもしれないが、久保田藩領から狩り姿の者たちが歩いてきたことが仙台藩に知られれば、厄介なことになる。悪くすると幕府に訴え出られるかもしれない。頭の回転の速い義格なら、すぐにそこまで考えるだろう。

——いや、曲がり角などで唐突に出会えば、抜き打ちで斬るかもしれない。

ハネアゲの仕掛けで犠牲者を出しているとしたら、義格一行は警戒を厳にしているはずだ。そんな時、出合い頭に行商人たちと鉢合わせすれば、何が起こるか分からない。人がやってくれば分かるものだが、風の激しい日などは、手練れのマタギでも足音を聞き分けられないことがある。

——もしそうなったら、わしのせいだ。

又蔵が姿を現し、行商人たちに道を戻るように言ったらどうか考えてみた。彼らは仙台から重い荷を背負ってきている。容易なことでは戻らないだろう。

——威嚇射撃か。

だがそんなことをすれば、こちらの位置を義格たちに知らせることになる。もしも義格たちが近くにいたら、逃げ切ることは難しい。

――やはり道を引き返させるしかない。

そう決意した又蔵は、「おーい」と声を上げながら、川を渡って二人に近づいていった。

又蔵が近くまで来ても、二人は警戒心を解かず、その場に佇んでいた。

「私は猟師です。ここから先は雪が深く、とても進めません。里まで引き返し、二、三日待てば、随分と歩きやすくなると思います」

「ご親切にありがとうございます」

二人は丁重に頭を下げたが、年かさの男は引かない。

「しかしながら、この荷を早急に秋田に届けねばならないのです」

「どうしてですか」

二人は顔を見合わせると、年かさの男が答えた。

「久保田藩が藩史を編纂している文書所を秋田史館と改称し、開所の儀を行うらしいのです。そこで働く藩士たちにそろいの袴を支給するとかで、百腰もの注文がありまして、何日も徹夜して織り上げたのです」

「それが、その荷というわけですね」

又蔵が背負子を示すと、年かさの男が答えた。

「そうです。三日後に開所の儀を行うというので、道を急いでおります」

「しかし雪が――」

「ご親切にありがとうございます。われわれはカンジキも持っていますし、雪道には慣れていますそれだけ言うと、二人は川を渡ろうとした。

「お待ち下さい」

「まだ何か——」

二人の顔に不信の色が差す。

——正直に話すか。

「実は、私は追われています」

二人の顔に緊張が走る。

「つ、つまり久保田藩領から逃れてきたと」

「そうです。でも、たいした罪ではないのです」

事ここに至り、「放召人討ち」のことを説明する難しさに、又蔵は直面していた。

「私を追ってきている者たちは、私を討ち取ろうとしています。それゆえ、とても危うい者たちです。かの者たちは——」

又蔵は懸命に説明した。だがそれでも、どれほど理解してもらえたかは分からない。案の定、厳しい言葉が返ってきた。

「われわれを巻き込むのはやめて下さい。迷惑だ！」

「巻き込むつもりはありません。しかしこのまま道を行けば、何が起こるか分かりません」

「われわれは商人です。何の関係もありません」

「それは分かっています。しかし——」

若い方が初めて口を開いた。

「しかし先ほどは雪が深いという話をし、なぜ此度は、さようなことを話すのですか。なぜ初めから、その話をしなかったのですか」

「申し訳ありません。説明するのが難しい話なもので――」

年かさの男が口を尖らせる。

「久保田藩士が仙台藩領に入ってきていることが仙台藩に知られれば、揉め事になります。さようなことをするはずがありません」

「いや、それを承知で私を追ってきているのです。それゆえ彼の者らは、誰にも姿を見られたくないのです」

「われらは見て見ぬふりをします。さすれば擦れ違うだけでしょう」

「さようなことで見逃してくれる相手ではありません」

「追われているのはあなただ。われらではない」

もはや何を言っても、聞く耳を持たないようだ。

年かさの男が若い男に命じた。

「おい、行くぞ」

年かさの者が先に立って川を渡り始めた。

「父上、この者の言うことにも一理あります。一日だけ里に下りて待ったらいかがでしょう」

「だめだ。開所の儀に間に合わなければ、佐竹の殿からたいへんなお叱りを受ける」

納期ぎりぎりで織り上がった袴を、一日でも早く届けたいのだ。

――もう猶予はない。

又蔵は最後の手札を切った。

「聞いて下さい。私を追ってきている一行の中には、久保田藩主の佐竹義格公もいます。それゆえ、仙台の方に姿を見られれば見逃すことはありません」

「何と――」

二人の顔が青ざめる。

その時だった。蒼天に筒音が轟くと、次の瞬間、目の前にいた年かさの男が、血しぶきを噴き上げながら倒れた。

「父上！」

若い男の絶叫が聞こえたが、それに構わず又蔵は対岸の藪に向かって駆け出した。一瞬、倒れている年かさの男を見たが、背中から胸にかけて大穴が空いていた。

――こんなに近くまで来ていたのか！

無理して走り出したおかげで傷口が裂けたのか、痛みが襲ってきた。

続いて筒音がすると、若い男の悲鳴が聞こえた。肩越しに振り向くと、若い男も倒れていた。

――何と酷いことを！

またしても筒音が聞こえた。それは懸命に走る又蔵の傍らの岩に当たった。

又蔵が藪の中に飛び込んだ時、四弾目の筒音が轟いた。

二十

「おう、当たったぞ」

――あっ、なんてことを！

少し離れた場所の岩陰から、又蔵らの様子を窺っていた伝左衛門は、義格と市三郎のいる場所に駆けつけると、義格の手から鉄砲を奪おうとした。だが次の瞬間、後頭部に激痛を感じた。市三郎が銃床で殴ったのだ。

思わずその場に手をつくと、再び筒音がして義格の「よし！」という声が聞こえた。

――ああ、可哀想に。

一目散に走り去ろうとしている又蔵らしき人影を、義格は追おうとした。その背に向かって市三郎が声を掛ける。

「殿、又蔵は鉄砲を持っています」

「そうだったな」

義格がその場に身をかがめる。だが又蔵は鉄砲を放つどころか、対岸の藪の中に走り込もうとしている。それを見た義格は、無理な体勢で一弾放ったが、岩に当たった。

「しまった！」

義格は慌てて装塡し、もう一弾放った。だが又蔵の姿は、すでに藪の中に消えていた。

「くそっ、逃がしたか」

市三郎が義格の許に走り寄る。

「殿、追いますか」

「ここで追うのは危ういだろう」

すかさず伝左衛門が口を挟む。

「又蔵は藪の中に隠れ、待ち伏せているかもしれないので、今は自重した方がよろしいかと」

「それもそうだな」と言って義格は立ち上がると、倒した者たちの方に向かった。それに市三郎が続く。痛みを堪えながら伝左衛門も立ち上がり、二人に続いた。

対岸の河原に到達した三人は、血だまりの中に倒れる二人の商人を見つけた。

「やはり商人だったか」

市三郎が顔つきを一切変えずに言う。

「気にすることはありません。これは口止めのために必要な措置です」

「こっちは息をしていないな」

義格が年かさの商人を足でつつく。

「こっちは生きています」

胸を撃たれた若い商人は、まだ生きていた。

「どうかご慈悲を――」

「市三郎、とどめを刺してやれ」

「お待ち下さい」

二人の背後から現れた伝左衛門が、息も絶え絶えの若者に近づくと、その傷を見た。

――だめだ。致命傷だ。

こんな山奥で、これほどの銃創を負ってしまった者を助ける術はない。

伝左衛門は覚悟を決めさせねばならないと思った。

「聞け。そなたはもう助からぬ」

「ああ、そんな――」

「経を唱えろ」

「うう、嫌だ。死にたくない」

「可哀想だが、もう何もしてやれない」

「ああ、南無阿弥陀仏――」

若者がたどたどしい声音で名号を唱える。だが、それが終わらないうちに血反吐を吐いた。

「伝左衛門、そなたも酷い男よの」

背後で義格の声がする。

「しょせん助からぬなら、早くとどめを刺してやるのが武士の情けというものだろう」

「名号を唱えることで、心置きなく往生を遂げられるのです」

「往生はよいが、苦しんでおるぞ」

若者が泣きながら伝左衛門の袖を取る。

「ここにあるのは――、久保田藩から依頼のあった袴です。われらが徹夜で織ったのです。どうか――、どうかこれを秋田に届けて下さい」

――そうだったのか。

壊れた背負子の中には、びっしりと仙台平が折り畳んであった。

「ああ、そうか。これは秋田史館の開所の儀のための袴か」

義格があっけらかんとして言う。

それを無視して伝左衛門が若者に問う。

「とどめを刺すが、覚悟はよいか」

「ああ、本当に助からないのですね」

「うむ」

「な、南無阿弥陀仏――」

「ご免！」

伝左衛門が若者の心の臓を一突きすると、鮮血が迸り、若者は息絶えた。

——許せ！

義格の方を見ると、笑みを浮かべて立っている。

「伝左衛門、何か言いたいことでもあるのか」

「いいえ」

伝左衛門は出かかった言葉を止めた。義格に何を言ったところで、聞く耳を持たないのは明らかだからだ。それなら従順に命令に従い、この嫌な仕事から早く解放されることを願うだけだ。

「殿、先を急ぎましょう」

市三郎が義格を急かす。

「しかし此奴らを、このままにしておくわけにもいかぬ。二人で埋めろ」

確かにその通りなので、市三郎と二人で手足を持って遺骸を藪の中に運び、無言で穴を掘って埋めた。だが市三郎は不満なのか、不貞腐れたように穴を掘っている。先に一人を埋めた伝左衛門は、市三郎を手伝うことなく義格の待つ場所に戻った。

石に腰掛けて二人の作業が終わるのを待っていた義格に、伝左衛門が問う。

「この仙台平はどうしますか」

壊れた背負子からは、新品の袴がはみ出している。

「これも埋めろ」

「この袴は、二人が秋田史館の開所の儀のために大急ぎで運ぼうとしたものです。それを——」

「そなたは面白い奴だな」

「何が面白いので」

「どうして見ず知らずの親子に同情する」

義格の言葉に、伝左衛門は唖然とした。

「二人は親子なのですか」

「そうだ」

「なぜ、それを――」

「わしが注文したからだ」

「待って下さい」

伝左衛門は動揺を抑えて問うた。

「ま、まさか、二人をご存じだったのですか」

「ああ、知っていた。仙台城下でも指折りの袴を作る笹屋長久（ささやちょうきゅう）の親子だ。納期が難しい注文だったが、さすが老舗だ。見事にやりおおせたな」

――そうか。運搬人足を頼むと遅れるかもしれないので、主人親子が自ら運ぼうとしていたのか。

伝左衛門に言葉はなかった。

「此奴らは、わが家中の御用達（ごようたし）だったので、何度かわが城にも来た。わしも小僧だったので、息子と独楽（こま）で遊んだこともある」

「殿は二人が何者か知っていて――」

「初めから知っていたわけではない。ここに来て顔を見て分かったのだ」

「笹屋長久の親子だと知っていたら、撃ちましたか」

一瞬考えた後、義格が言った。

「やはり撃っただろうな」

その言葉は、義格の人格のすべてを表していた。

そこに市三郎が戻ってきた。市三郎は上士階級なので、穴を掘らされて不服そうだ。

「市三郎、大儀。ついでにその背負子も埋めてくれ。そうだ、此奴らは食い物を持っているだろう。それだけはもらっておけ」

「そうしたことは伝左衛門にやらせて下さい」

「馬鹿を申すな。二人でやれば早いだろうが！」

義格が市三郎を怒鳴りつける。

いつ何時、仙台方面から別の者がやってこないとも限らないので、早急にここを立ち去らねばならない。

不貞腐れたように背負子の一つを背負うと、市三郎は藪の方に向かった。伝左衛門が残る背負子を抱えて藪の方に向かおうとすると、背後で義格の悪態が聞こえた。

「秋田史館の開所の儀は古袴でやるしかないな。これも又蔵のおかげだ」

もはや伝左衛門は、義格の人格について考えたくなかった。

二十一

足の怪我も顧みず、又蔵は必死の思いで藪をかき分けていた。義格らがこんなに早く追いついてきているとは思いもせず、油断をしたのがいけなかった。

藪の中を闇雲に駆けたので方向を見失った。「まずい」と思った時には、どこにいるのか分からなくなっていた。

――山だ。山の位置を確かめよう。

そのためには高所に登らねばならない。だが何とか山の見える場所まで登ったところで、手倉越えに戻るまでには、鬱蒼とした森林を通らねばならない。つまり山の見えない場所に戻れば、また道に迷うだけなのだ。

――たいへんなことになった。どうしよう。

周囲にはブナ、ミズナラ、ナナカマド、サワグルミなどが生い茂り、獣道さえない。

――ここは熊さえいない「死に山」だ。

高木が多い山中では、マタギさえ方角を見失う。そんな一帯を、マタギたちは「死に山」と呼んで近づかないようにしていた。なぜかそうした一帯には、熊や鹿はもとより兎の姿さえ見かけない。日中でも地面に日が差さず、下草が育たないので、動物たちの生存に適さないからだ。

「死に山」で迷えば、待っているのは死だけだ。

高木が多いと、晴れていてもすぐに日が陰る。足元にはスナゴケやナラタケが密生しているので、この辺りは晴れた日の昼でも、日が差さないと分かる。

――落ち着け。落ち着くのだ。

腰にぶら下げた竹筒の水を飲み、カネ餅でもかじろうと胸に手をやった又蔵は愕然とした。

――ない!

先ほど樹林の中を闇雲に走った時、たすきに結んでいたチェン袋を落としてしまったのだ。

――どうしよう。

食料をなくしてしまったらおしまいだ。まだ体が俊敏に動くなら、野で兎を追い、川で魚を捕まえることもできるが、怪我で十分に動けないとなると、木の実でも食べるしかない。だが周囲は高木ばかりで、木の実のなるような低木はない。

さらに悪いことに、思い切り走ったので傷口が開き、腰骨に響くような鈍痛も襲ってきている。だが化膿止めの薬もヂェン袋ごとなくしたので、化膿する可能性も出てきた。しかも敵は、すぐ背後に迫ってきている。

——よし、川を探そう。

沢や川へ向かうのは、さらに道に迷う危険性があるものの、傷口を洗わねばならない。

枝を折って杖代わりとすると、耳に神経を集中しながら、又蔵は低い場所を選ぶように進んだ。どのくらい歩いたか分からないが、頭が朦朧としてきた。

——どうしたんだ。

しかも額からは汗が噴き出てきている。思わず膝をつくと、寒気が襲ってきた。

——寒い。

額に触れると、汗がべったりとついている。粘り気のあるよくない汗だ。

——まさか、傷口が膿んできたのか。

これ以上、傷口が開くのが怖かったので、晒を解くのをためらっていたが、慌てて傷口を調べると、赤く腫れ始めている。

——やはりそうか。

こんな山奥で傷口が化膿してしまえば、助かる術はない。

——とにかく水場を探そう。

杖を支えに立ち上がった又蔵は、覚束ない足取りで低い場所に向かった。

どれほど歩いたのだろう。薄暗くなってきているので、もう夕方かもしれない。

——しっかりしろ。志野と所帯を持つんじゃなかったのか！

自分を叱咤して歩き続けていると、沢音が聞こえてきた。

——よかった！

沢音は次第に大きくなってきたが、日はさらに陰ってきている。

それでも日が落ちる前に、何とか川に到達できた。

顔ごと川に突っ込んで貪るように水を飲むと、晒を解いて傷口を洗った。化膿しているのは確実なので意味のないことだが、それ以外に治療法はない。

たちまち目がくらんできた。熱によって体から汗が噴き出してきた。

又蔵はたまらず河原に身を横たえた。

——わしはここで死ぬのか。

志野の顔が脳裏に浮かぶ。器量はよくないが、愛嬌のある顔がはっきりと思い出される。

——もう死ぬのだな。

討たれなかったことだけが唯一の誇りだが、死んでしまえば仙台藩に訴え出ることはできない。

——無念だ。

途絶えがちな意識の中で、「無念だ」という言葉を繰り返すと、又蔵は意識を失った。

二十二

普段は口数の多い義格だが、黙している時間が多くなった。疲れもあるのだろう。これまであった余裕は失せ、終始うつむき加減で歩いている。

――殿は気分屋なのだ。

義格と行動を共にすることで、機嫌がすこぶるよい時とその逆の時が、頻繁に入れ替わると分かった。しかも何のきっかけもない。

――気分屋というより、心気の病いかもしれぬ。

「殿、足元にお気をつけ下さい」

「ああ、分かっておる」

大小の石が散らばる河原を進んでいるので、足でも挫いたらたいへんなことになる。

市三郎が問う。

「伝左衛門、この道で間違いないのか」

「間違いありません。手倉越えは、人の手によって開かれた街道ではありません。旅人が行き交うことで自然に作られた道です。それゆえ、こうした川沿いの道を進むこともあります」

「しかし、これほど左右の岸を行き来するとは思わなかった。これが本当に道なのか」

「はい。この道は倒木もあれば、川水が溢れて道を消している場所もあります。逐次、渡りやすい方の岸を行かねばなりません」

手倉越えは小出川をさかのぼる形になる。小出川は上流に行くに従い、せせらぎも同然になるので、歩きやすい側を選びながら進むことになる。

「しかし先ほどから川水に入ることが多いので、もう殿の足袋も草鞋も濡れてきておる」

「では、休みを取りましょう。まだ替えがあるはずです」

義格の身の回りの品は、伝左衛門と市三郎が分担して背負っている。

珍しく義格が前向きのことを言った。

「日も陰ってきたし、そろそろ野宿の支度をするのだろう」

「その通りです」

「だとしたら、もう少し進もう」

「では、そうしましょう」と義格に応じつつ、市三郎が伝左衛門に問う。

「この道を、このまま進めば里に下りられるのか」

「はい。明日の夕方には下嵐江(おろせ)に出ます」

下嵐江は仙台側から手倉越えを行くための拠点となる集落だが、それ以上に、下嵐江の西南にある渋民沢に銀が出てから、千軒を超える掘っ立て小屋が立ち並ぶ銀山として賑わいを見せていた。

市三郎が不安げに問う。

「下嵐江と言えば、渋民沢の銀山のおかげで随分と潤っていると聞くが」

「その通りです。あのような山奥に人夫たちがひしめき合い、女郎屋まであると聞きます」

「では、又蔵がそこに着く前に捕まえねばならぬな」

「仰せの通り」

市三郎が振り向いて義格に告げる。

「殿、今聞いた通りです。猶予は明日一日しかありません」

「そうか」

だが義格は上の空だ。

「殿、いかがなされましたか」

市三郎も義格の異変に気づいたようだ。

「何でもない。ちと疲れたのだ」

——いや、飽きてきたのだ。

何かに熱中すると、義格は気もそぞろになるという。「放召人討ち」もその一つだ。だが熱中する度合いが高ければ高いほど、冷めやすくなるとも聞いていた。

その時、伝左衛門は目印を見つけた。

「あそこに見えるのが亀の子石です」

「亀の子石だと」

「はい。亀の子石とは川の側面に見える亀の甲羅のような石で、旅人の目印になっています。あの向こうが栃川（とちがわ）落合という小出川と栃川の合流点になります」

亀の子石は、小出川の中央にあって流れを二分する大石のことだと勘違いされることが多いが、実は側面に張り付いている甲羅の形をした大石のことを言う。

その辺りは少し広いので、野宿するのに適していた。

亀の子石の付近は深瀬になっており、橙色（だいだい）の斑点をしたニッコウイワナが泳ぐ姿も見られる。

——この辺りには川漁師も来るだろう。早く決着をつけねばならぬな。

そんなことを考えながら栃川落合に着いた時には、日が暮れかかっていた。

市三郎が問う。

「ここで野宿するのか」

「はい。雨が降り出すかもしれないので、本来は炭焼小屋を探したいのですが——」

その時、岩に腰を下ろしていた義格の声がした。

「雨が降るのか」

「はい。明日は雨になりそうです」

「わしは濡れるのは嫌だ」

「しかし、それをご覚悟の上で、ここまで来られたのでは」

「二人で炭焼小屋を探せ」

市三郎が不安そうに言う。

「殿を一人にするわけには――」

「心配無用。自分の身は自分で守る」

人里も近いとしたら、ここで待ち伏せするよりも、又蔵は逃げることを優先するだろう。

「では、市三郎殿は上流に向かって下さい。決して川筋から離れないように。もし離れれば道に迷います」

「分かっておる。そなたはどうする」

「これまで来た道を引き返しつつ、少し川から離れた場所を探してみます」

二人は義格を置いて上流と下流に分かれた。

半刻（約一時間）ほど炭焼小屋を探したが、やはり見つからなかった。日はとうに陰り、岩場を歩くのも難しくなってきたので、伝左衛門は道を引き返した。

すると市三郎が先に戻ってきていた。その手には晒のようなものがあり、義格と何か話している。

「おう、伝左衛門、戻ったか」

「はい。それは何ですか」

市三郎が答える。

「ここから少し先の沢で、こんなものを見つけた」

「こ、これは——、血が付いているようですが」

「うむ。血の付いた晒だ」

その晒には茶色く変色した血痕が付いていた。大きさと長さからして、晒は太ももに巻かれていたようだ。

——この晒を巻いていた者は、傷口が膿んでいるかもしれん。

その血痕は、どろどろとした感じがする。

義格の顔が明るくなる。

「これは又蔵のものに相違ない、どうやら又蔵は手負いとなっておるようだ」

伝左衛門が市三郎に問う。

「又蔵は見当たらなかったのですか」

「うむ。ほかに又蔵の痕跡はなかった。しかし、かようなものを残していくとは間抜けな奴だ」

「では、明日にも捕まえられそうですね」

「ああ、近くを捜そうと思ったのだが、彼奴は鉄砲を持っておるので、慎重を期して引き返してきた。足を怪我していれば、動けなくなって待ち伏せしていることも考えられるしな」

黙っていた義格が不機嫌そうに問う。

「それで炭焼小屋はあったのか」

「いいえ」

二人が同時に答える。

「では、雨露が凌げぬではないか」

伝左衛門が言い訳する。

「殿の寝台を作る際に、最も葉が生い茂った場所を選びます」

「致し方ない。そうせい」

市三郎が自信ありげに言う。

「殿、明日は又蔵を仕留めてみせます」

「当たり前だ。さもないと、そなたらは切腹だ」

「えっ、それがしもですか」

市三郎が息をのむ。

「当たり前だ。又蔵を人里に逃がせば、わしも佐竹家もおしまいだ。腹の一つで許してやるのだから、ありがたく思え」

「は、はい」

「まあ、よい。明日が楽しみだ」

そう言うと義格はため息をついた。

——どのみち明日には終わる。

伝左衛門は、明日をショウブの日と決めた。

二十三

又蔵は夢を見ていた。捕吏に捕まり、秋田の城下を引っ立てられていく夢だ。

左右の道脇には人だかりができ、皆気の毒そうな顔で又蔵を見ている。童子たちはいかにも楽しそうに、人の間を縫うようにして又蔵の少し前を走り抜けていく。

いつしか又蔵の視点は童子のものとなっていた。又蔵は走っては人の間から顔を出し、磔刑（たっけい）となる者の顔を下から盗み見た。深編笠をかぶせられたその男は、すべての感情を押し殺し、全くの無表情だった。

――なんだ、つまらない。

又蔵は正直落胆した。死を目前にして恐怖におののく顔というのを見たかったからだ。ところが向かう先に磔柱（たっちゅう）を見つけると、囚われている者の顔色が変わった。おそらく磔刑の酷さを知っているのだろう。

男の足がすくむ。それを背後から捕吏が突棒（つくぼう）で押す。そんなことが幾度か繰り返された。男は歯を食いしばり、恐怖に顎や頬を引きつらせていた。死の恐怖というより、死に至るまでの苦痛が恐ろしいのだ。

一撃で首の後ろの神経を切断し、苦痛を感じる暇もなく死ねる斬首刑とは異なり、磔刑は、左右の脇腹から対角の肩めがけて槍を突き通すという残虐な刑だ。心臓を外すので一撃では死ねず、槍の穂先で次々と内臓を巻き取られた末、ようやく死がやってくる。つまり凄まじい苦痛を味わわなければ死には至らない。

あの時、又蔵は磔刑を見られると思っていた。だが一緒に来ていた父は「童子の見るものでね。もう行ぐぞ」と言い、又蔵の手を引いていった。遂に磔刑を見ることはできなかったが、この世のものとは思えない悲痛な声が、背後から聞こえてきたのを今でも覚えている。

いつしか又蔵の視点は再び男のものになっていた。だが背中を押されて刑場へと向かう又蔵の行く手に磔柱はない。牢に入れられるだけかと思ってほっとしていると、突然、広い場所に出た。そこには大きな檻があり、中にはあの時の熊がいた。

――ま、まさか！

熊は又蔵を認めたのか、低く唸り声をあげて檻の中を動き回っている。餌を与えられていないのか、おびただしい涎を流し、舌舐めずりしているように見える。

息をのむように熊を見据えていると、甲高い笑い声が聞こえてきた。

「ははは、此奴が又蔵だ。これまでの放召人の中で最も手強かった。それに免じて無罪放免とする」

その声は言うまでもなく義格だった。

「だがそれは、この熊と素手で戦って勝ったらの話だ」

義格が腹を抱えて笑うと、それに追従するように群衆も笑いに包まれた。又蔵は足がすくんで前に進めない。その背を捕吏たちが押す。致し方なく、又蔵は檻へと一歩ずつ近づいていった。

又蔵の耳に何かが聞こえてきた。

「南無大聖不動明王、ノウマク　サンマンダ　バザラダン　センダ　マカロシャダ　ソワタヤ　ウンタラタ　カンマン」

――これは何だ。

それが山岳修験の唱える真言だと気づくのに、さほどの時間はかからなかった。

――ここはどこだ。

続いて護摩の匂いが漂っていることに気づいた。

――ああ、浄土に召されたのか。

目を開けると屋内のようだ。少し首をひねると大きな背中が見えた。その上にのる頭は剃り上げられている。

――わしはどうしたのだ。

記憶をまさぐったが、時系列が交錯していてよく分からない。

「うう――」

言葉を発しようとしたが、言葉にならない。

護摩壇に向かっていた男が振り向いた。顔は赤く火膨れしており、頻繁に護摩を焚いていると分かる。その眼光は鋭く、頬骨は岩塊のように高い。

「目を覚まされたか」

「は、はい」

「よかった。これで助かる」

そう言うと修験姿の男は又蔵を抱き起こし、竹筒の水を飲ませてくれた。それがあまりにうまいので、又蔵は息せき切って飲もうとした。

「慌てるな。今は喉を潤すほどでよい」

「ううっ、ありがとうございます」

「そのうち粥を食わせてやるが、胃が弱っているうちに食うと食あたりを起こす。今宵には薄粥を進ぜよう」

「あなた様は――」

修験が慈悲深い眼差しを向ける。

「わしは高麗坊尭覚（こまぼうぎょうかく）という修験だ。各地の修験道場を回っておる」

「ということは、まさか――」

「そのまさかだ。志野の兄だ」

修験の顔に笑みが広がる。

「どうしてここに――」

「志野から早飛脚が着いてな。そなたを迎えに行ってくれというのだ。それで仙北道を通って秋田に向かったのだが、意外に早くそなたに出会えた」

ようやく人心地ついた又蔵は、左右を見回しながら問うた。

「尭覚様――、ここはいったいどこですか」

周りを見回すと、笹に覆われている。

「修験道場だ。とは言っても朽ちかけた笹小屋だけどな」

尭覚が照れ臭そうに笑う。その顔は意外に皺深く、思っている以上に年を取っているようだ。

「私は、いったいどうしたのですか」

「そなたは河畔に倒れておった」

「河畔に――」

「ああ、栃川の河畔だ」

「栃川、ですか――」

記憶が次第によみがえってきた。

「経緯（いきさつ）は知らぬが、そなたは太ももにひどい傷を負っておる。熊にやられたらしい。そこから毒が入り、高熱を発したのだ。わしはそなたをここまで運び込み、そなたが気を失っている間に施療し、修験の妙薬を飲ませたので快復した」

太ももを見ると、真新しい晒が巻かれていた。しかも血がにじんでいない。修験だけが持つという血止めの軟膏を塗ってくれたのだ。

「そうだったのですね。何とお礼を申し上げてよいか」

「礼など要らぬ。神仏に仕える者は衆生（しゅじょう）を救うのが仕事だ」

「しかし私は――」

又蔵がかいつまんで事情を話す。

「なるほどな。志野の折紙だけではよく分からなかったが、さような経緯があったのだな」

話し終わった時、あることに気づいた。

「私を見つけた時、その場で傷を見たのですか」

「そうだ。晒が巻かれていたが、血がにじんでいたので、その場で新しい晒を巻き直した」

「ということは古い晒は――」

「そこに捨ててきた」

又蔵が天を仰ぐ。

「ということは、すぐに追手がやってきます」

「そうか。血染めの晒を見つければ、そなたが近くにいることが、追手にも分かるからな」

――しかしすぐに追ってこなかったということは、暗くなってから見つけたのだろう。

義格らは、夜が明けてから追跡を再開しようとしているに違いない。

「追手は私が手負いだと知り、朝になってから余裕を持って追ってきます」

「おそらく、そうなるだろうな」

「ところで、ここはどの辺りですか」

「そなたが倒れていた河畔から、さほど遠くない場所にある」

「それは栃川に近い場所ですか」

この辺りの手倉越えは栃川沿いを通っている。

「そうだ。栃川大滝の少し東だ。ここなら水に事欠かぬし、岩魚もふんだんに釣れるので、誰かが笹小屋を作ったのだろう」

そう言えば、先ほどから水が落下する轟音が聞こえてきている。

「今は夜ですか」

周囲が暗いので、夜なのは間違いない。

「いや、外は暗いがもう朝だ。半刻（約一時間）もすれば日が昇る」

――ということは寅の上刻（午前四時）くらいか。

義格一行がやってくるまでに猶予はない。

「おそらく日が昇り、半刻もしないうちに、追跡者たちはここを通ります」

「つまり、そなたがいないか、ここを捜すというのだな」

「はい。近くには炭焼きの小屋もなく、雨露を凌げる場所はここくらいです。私が手負いなのを知っていれば、必ず『小屋の中を見せろ』と言ってくるはずです」

「となると、そなたはいち早くここを発たねばならぬが――」

堯覚に肩を貸してもらったとしても、又蔵の傷では遠くまでは逃げられない。

「追手から逃げることは到底できません。それゆえこのままでは、堯覚様に迷惑が掛かります」

「どういうことだ」

「彼奴らは、その姿を見た者すべてを殺します」

「仙台藩に知られたくないからか」

「そうです」

「何たる連中だ」

堯覚が天を仰ぐ。

「それゆえ私を道に置き去りにして下さい。そこで潔く討たれます」

堯覚の目が大きく見開かれる。

「さような理不尽を許してたまるか」

「しかし夜が明ければ、追手は必ずここを通ります。しかも私は逃げられない。万事休したのです」

又蔵は悲しくなった。些細な不注意から、ここまで懸命に逃げてきたことが水泡に帰したのだ。

しかも志野の配慮で堯覚に出会えたという僥倖（ぎょうこう）も意味をなさない。

「わしが立ちはだかり、引き返させる」

「待って下さい。追手は武士です。しかも久保田藩一の武芸の練達者もいます」

「たとえそうだろうと、そなたを渡すことはできぬ」

「しかも相手は三人です」

「三人だと――」

さすがの堯覚も、手練れ三人を相手にして勝てるとは思えないのだろう。

「そうです。堯覚様を無駄に死なせてしまうことになります」

「待て。足場の悪い場所なら、相手が三人でも戦えないことはない」

「さような場所があるのですか」

「一ヵ所だけある」

「そこはどこですか」

「栃川大滝の上よ」

「さような場所に手倉越えは通っているのですか」

「ああ、手倉越えは厄介な道でな。栃川落合からツナギ沢にかけては栃川沿いになるので、明確に決まった道はない。ちょっとした地崩れで浅瀬が変わるのだ。今は栃川大滝のすぐ上を通るのが常道だ」

しかしいかに川の中でも、三方から鉄砲を撃ち、矢を射掛けられればどうにもならない。

「やはり不利は否めません」

「分かっておる。だが、そなたはわしを知らぬな」

「えっ、まさか武芸を――」

「そうだ。かつての俗名は飯坂右近宗満（いいざかうこんむねみつ）。仙台藩の宿老の家の出だが、主君と反りが合わず禄を離れた。今では食うや食わずの修験の身だ」

飯坂右近宗満と言えば伊達家中で一二を争う武辺者として、その名は久保田藩にまで鳴り響いていた。

「志野は妾の子だった。それゆえいつの間にか仙台からいなくなっていた。それで捜したところ、秋田で春をひさいでいると聞いた。それを聞いたわしは――」

堯覚が唇を噛む。

「なんとかしてやりたかったが、かような身だ。何もしてやれないでいるうちに、月日だけが流れていた。それゆえ此度の願いだけでも聞き届けてやりたいのだ」

――そういうことだったのか。

堯覚が禄を離れたことで、志野は自立せねばならなくなり、秋田に流れて女郎となったのだ。

堯覚は長らくそれを負い目としていたらしい。

「でも堯覚様に迷惑ですから――」

「この場はわしに任せろ」

そう言うと堯覚は鉄製の金剛杖を摑んだ。

「待って下さい。追手は鉄砲や弓矢を持っています。その杖だけでは敵いません」

「追手は、わしを敵とは思っておらぬはずだ。おそらく『そなたの姿を見なかったか』と問うてくるに違いない。つまり近づくまでは撃たれない」

「本当におすがりしてもよろしいのですか」

「ああ、これも人助けだ。実はな、わしの胃の腑にはしこりがある。おそらく一年は生きられないだろう」

「そ、そんな――」

堯覚が眦(まなじり)を決して言う。

「ここで命を落とそうと、そなたやこれから放召人にされる者たちの命を救えるなら本望だ」

堯覚が勢いよく立ち上がる。その背丈は六尺に及ばんとし、肩幅も尋常ではない。

又蔵一人の命なら、堯覚を危険な目に遭わせることはできない。だがここで「放召人討ち」を断つためには、堯覚の力を借りる必要がある。

「申し訳ありません」

又蔵はその場に平伏した。

二十四

翌朝、心配されていた雨は降ってきておらず、追跡に支障はない。三人は急いで起きると、栃川の上流に向かった。

「血染めの晒は、この辺りに落ちていました」

市三郎が河畔を指し示すと、義格が言った。

「その晒が又蔵のものとは限らぬが、まずは間違いないだろう。つまり又蔵は深手を負っており、さほど遠くには逃げられない」

伝左衛門がうなずく。

「そういうことになります。すなわち又蔵が、ここから先で待ち伏せていることも考えられます」

「だろうな。しかし見通しのよい場所でないと、離れた場所から鉄砲を放てまい」

伝左衛門らがいるツナギ沢は、ブナの木が河畔近くまで生い茂り、ある程度の距離を取って狙撃するのが難しい。

市三郎が言う。

「筒を放てば一人を倒せても、残る二人に、どこにいるかを教えてしまいます。足を怪我しているので逃げられない又蔵は、討たれるのを待つだけになります」

義格がうなずく。

「そうだな。広闊(こうかつ)な場所なら、どこから撃ったか分からないこともあるが、ここでは無理だ。それで伝左衛門、そんな場所があるか」

「はい。ここから少し進むと、栃川大滝という高さ九丈余（約三十メートル）の大滝があります。手倉越えはツナギ沢という河畔からこの滝を登り、滝の上部のいずこかを渡ります。それゆえ滝の下は広闊で、滝の水音もあり、どこから撃ってきているかは分かりにくいはずです」

「しかし仙台に抜けるには、そこを通らねばならぬのだな」

「はい。足を怪我していても、又蔵なら滝の上まで登れるでしょう」

「分かった。とにかく進もう」

しばらく行くと、栃川大滝が見えてきた。伝左衛門は何度か来たことがあるが、二人は初めてらしく、その美しさに驚いている。

「見事なものだな。山間にかような美しい滝があるとはな」

「噂には聞いていましたが、仙台藩領なので来ることはないと思っていました」

――物見遊山のつもりか。のんきなものだ。

二人は死の危険など一顧だにしていない。自分が死ぬなど考えもしないのだ。

伝左衛門が注意深く告げる。

「それがしが先頭を行きますので、五間（約九メートル）ほど空け、ついてきて下さい」

「承知した」

「それがしが止まったら、お二人も止まって下さい」

「分かったから早く行け」

一時は疲労からか意気阻喪しているように見えた義格だが、又蔵の哂が見つかったことで、再び意欲を見せ始めていた。

伝左衛門は身を低くして河畔の道を歩んだ。とくに人の気配も感じず、火薬の臭いもしてこない。

二人を呼び寄せると、伝左衛門は滝の左に付けられた道に入り、最も危ういと思われた場所を通り過ぎた。

ほっとした三人はつづら折りの道を進み、滝の上に出た。

――どこから渡る。

滝の上は浅瀬になっており、どこからでも渡れそうだ。両岸に太縄が掛け渡してある場所が、最も浅瀬になっているらしい。誰かが旅人のために渡したものだろう。

追いついてきた二人に、伝左衛門が告げる。

「ここが第二の難所です。川を渡るのは容易ですが、視界が開けているので狙われやすくなります」

「では、どうする」

「まずそれがしが渡り、次に殿、そして殿が渡り終わったら貫井殿が渡って下さい」

「わしが狙われたらどうする」

「又蔵の狙いは、殿を殺すことではありません。己が逃げることです。おそらく又蔵は、まず案内役のそれがし、続いて武芸に秀でた貫井殿を狙います」

「ははは、わしが最も狙われないわけか」

義格が安堵したかのように高笑いする。

「では」と言って伝左衛門が太縄を伝い始めた。ここで銃撃されれば、伝左衛門はなす術もなく殺される。だが、ここからの道は開けているので案内役を必要としない。つまり伝左衛門を殺す意義は薄れている。最も危ないのは市三郎だ。

そんなことを思いながら渡っていると、無事に対岸に着いた。続いて義格が、さらに市三郎が続いたが、又蔵が狙っている気配は全くなかった。

――よほどの重傷なのかもしれぬ。

伝左衛門は、又蔵が熊に襲われたのではないかと推測した。

対岸に着いた三人が石に腰掛けて休んでいると、灌木の中から突然、修験姿の大男が現れた。

「何奴!」

市三郎が身構え、伝左衛門が義格を庇うように立ちはだかる。

「そなたらこそ何奴だ!」

市三郎が居丈高に答える。

「旅の者だ。そなたは修験か」

「見ての通りだ」

「ときに怪我をした男を見なかったか」

「知らんな」

義格が媚びるように問う。

「御坊は、この山で修行をしておるのか」

「そうだ」

「あれが住処か」

義格が顎で指し示す。樹林の間に笹小屋らしきものが見える。

「そうだ。あそこで護摩を焚いておる」

「中を見せてくれんか」

「なぜだ。修験道場に、どこの誰とも分からん輩(やから)は入れられぬ」

「何だと」と言いながら市三郎が腰の物に手をあてると、修験が金剛杖を構える。

「お待ち下さい」

伝左衛門が双方の間に割って入った。

「われらは神域に足を踏み入れるつもりはありません。ある罪人を追っているのです。御坊が何かを見たとしたら、教えていただけませんか」

「知らん」

「しかし御坊、罪人は間違いなくこの道を通ったはずです。どうか正直に教えて下さい」

義格が口を挟む。

「かような修験の意向など聞かずともよい。小屋を捜そう」

「罷りならん！」

「何だと」

義格がにやりとする。

「どうやら此奴は又蔵を匿っておるようだ。市三郎、殺せ！」

「しかし殿、話を聞かずともよろしいのですか」

「どのみち又蔵は小屋の中で動けぬのだろう。此奴を殺しても構わぬ」

「お待ち下さい！」

伝左衛門が間に入ろうとするが、市三郎はすでに白刃を抜いていた。

「今、そなたは『殿』と言ったな」

「――――」

修験の問いに、市三郎が「しまった」という顔をする。

「西からこの道をたどってきたとしたら、佐竹の殿しかおらぬな」

「市三郎、何をやっておる。殺せ！」

その時、筒音が轟いた。

四人が啞然として小屋の方を見ると、灌木の間から又蔵が現れた。筒口を上に向けているので、どうやら空に向けて撃ったらしい。

「おおっ、又蔵ではないか。やはりおったか！」

義格が歓喜の声を上げると、修験が背後に向かって怒鳴った。

「馬鹿め、あれほど出るなと言ったのに。なぜ出てきた！」

「ここで堯覚様をお助けせねば、わしは生涯後悔します」

「拙僧の命など、どうでもよいのに――」

「ははははは」

義格が甲高い笑い声を上げた。

「どうやら修験が又蔵を介抱し、匿っていたのだな。しかし又蔵は思い余って出てきたというわけか。二人とも馬鹿の骨頂だな」

「殿」と又蔵が言う。

「そこを動けば、殿に向けて放ちます」

「何だと」

義格が岩陰に隠れようとするが、ちょうどよい大きさのものはない。

「市三郎、まず修験を殺せ！」

腹をくくったのか、市三郎が修験との間合いを詰める。

「おやめ下さい！」

伝左衛門が割って入る間もなく、「南無大聖不動明王！」と叫ぶや、修験が先に打ち掛かった。鉄製の杖を受け太刀しては折れるか刃こぼれするので、市三郎は飛びのいた。そこに第二撃が襲う。再び市三郎が飛びのく。二人は川の中ほどまで行って対峙した。

一方、又蔵の鉄砲は義格に向けられていた。それを何とか回避しようとする義格だが、遮蔽物がないので逃げようがない。

「伝左衛門、盾になれ！」

その言葉でわれに返った伝左衛門が義格を庇うようにする。

「又蔵、待て！」

「まさか、伝左衛門殿でしたか」

「案内役が、わしとは思いもよらなかったか」

「かような仕事を引き受けるとは思いませんでした」

伝左衛門の陰になって一安心したのか、義格が得意げに口を挟む。

「ははは、懐かしき友の再会だな」

それを無視して伝左衛門が語り掛ける。

「又蔵、よくぞここまで逃げたものよ」

その間も、三人の背後となる川の中ほどで、市三郎と修験は対峙していた。

「こんな馬鹿馬鹿しいことで殺されてはたまりませんからな」

「尤もだ」

義格が背後から伝左衛門の肩を摑む。

「伝左衛門、何を言っておる！」

「殿、又蔵の言っていることを尤もだと思いませんか」

「此奴、何様のつもりだ！」

義格が伝左衛門の肩を突く。だが離れる勇気はないようだ。

その時だった。背後で気合が聞こえると、市三郎が鋭い突きを見舞った。

「うぐ！」

その一撃は修験の腹を突き通していた。

「ああ、堯覚様！」

「うおー！」

唖然とする三人を尻目に、杖を投げ捨てた修験は、白刃を突き通されたまま市三郎に抱きついた。

「何をする！」

市三郎を抱いたまま修験が川に倒れる。市三郎が体を離そうとするが、岩場なのでうまく行かない。二人はくんずほぐれつしながら流されていく。

「此奴、放せ！」

市三郎は立ち上がろうとするが、その足に修験がまとわりついて離れない。

「堯覚様、もう結構です！」

又蔵が絶叫するが、修験の耳には入っていない。遂に修験は市三郎の腰に絡みついたまま、滝の上まで来た。

「やめろ、助けてくれ！」

「うおー！」という絶叫と共に、二人の体は視界から消えた。滝壺に落下したのだ。

「市三郎！」

義格が滝壺をのぞこうとするが、その高さに足がすくんだのか、伝左衛門の背にしがみついた。

次の瞬間、筒音が轟くと、弾が義格の鬢をかすめ、近くの岩に当たった。又蔵が義格を狙って撃ったが外したのだ。おそらく怪我の影響で、照準を合わせられなかったに違いない。

「しまった！」

又蔵は弾を込め直そうとするが、弾を足元に落とした。

「伝左衛門、早く討て！」

だが伝左衛門は動かない。

「此奴、何をしておる。今なら容易に殺せるぞ！」

伝左衛門の背後から飛び出した義格が、又蔵に向かって走り出す。弾を込める前に斬り殺そうというのだ。

「死ねい！」

義格の抜いた白刃が弾を込める又蔵に振り下ろされる寸前、伝左衛門が背後から袈裟に斬り下ろした。

「くっ、ぐわー！」

飛び散る鮮血と共に義格の絶叫が聞こえた。

「何をする！」

凄まじい形相で義格が向き直る。

「此奴、なぜわしを――」

「殿、いや、義格、そなたは久保田藩に不要だからだ」

「何だと」

「わしは、密かにそなたを殺せという命を、家老の疋田対馬守様から受けていた。疋田様の背後には公儀の老中がいる」

「ど、どういうことだ」

「『放召人討ち』は、すでに公儀に知られていた。それゆえ公儀は、そなたを殺すなら久保田藩を存続させるという条件を出してきた。だが、そなたを殺すのは容易ではない。疋田様とわしは、じっとこの機会を待っていたのだ」

「何だと――」

その場に腰をついた義格の顔が、驚きで歪む。

「そなたは又蔵を殺したいあまり、まんまと手倉越えに入った。しかし市三郎がいる限り、わしも手を下せなかった」

「さようなことだったのか。何たる不覚！」

それでも義格は立ち上がると、よろけながら伝左衛門に一太刀見舞おうと振りかぶった。

「ご免！」

だがそれより早く伝左衛門が胴を抜いた。

「うわっ！」

腹から溢れ出てきた腸を両腕で抱え、義格は膝をついた。

「し、死にたくない」

「聞け、義格。これまでそなたは、死に値しない微罪の者や何の罪咎もない者を楽しみながら殺した。その報いがこれなのだ。冥府に行ったら、皆に深く詫びるのだぞ」

「嫌だ。わしは藩主だぞ。さような下賤の者らに謝れるか！」

「もはやそなたは藩主ではない。ただの下郎だ！」

伝左衛門が刀を一閃すると、義格の首が落ちた。その瞳は虚ろで、自らの死を信じられないと言っているかのようだった。

しばしの間、滝の音だけが聞こえていた。

――わしは主君を殺したのだ。

だが、殺さなければ久保田藩は改易に処される。そのためには致し方ないことだった。

又蔵の声がした。

「伝左衛門殿、覚悟はできています」

「何の覚悟だ」

「私は一部始終を見ていました。しかも伝左衛門殿の弟の仇です。逃げるつもりはありません」

「そなたを殺してどうする。このことは闇から闇に葬られる。そなたも闇に消えるだけだ」

「まさか、この命を救っていただけるのですか」

「ああ、弟の死はそなたのせいではない」

又蔵がその場に手をつき、慟哭（どうこく）する。

「どうして、こんなつまらない命を――」

「何がつまらない命だ。そなたにとって、たった一つの命ではないか。しかもあの修験が、自らの命と引き換えに守った命ではないか」

「ああ――」

又蔵の瞳から涙が溢れる。

「このまま仙台藩領に逃れろ」

「よろしいのですか」

「ああ、構わぬ。そなたのことは忘れた」

「ありがとうございます」

足を引きずりながら、去っていこうとする又蔵の背に、伝左衛門が声を掛けた。

「又蔵、そなたは二度と久保田藩領には戻れぬ。郷里の縁者に何か言い残すことはあるか」

「一つだけ――、一つだけあります」

「何だ」

「秋田遊郭の女郎屋『錦楼』の志野にだけ、わしが仙台藩領に逃れたことを知らせていただけませんか。そして――」

又蔵の目から涙が溢れる。

「義兄上――、志野の兄の堯覚様は、わしを救うために死んだとお伝え下さい」

伝左衛門がため息をつく。

「そなたが仙台藩領に逃れたことが知れれば、藩士の誰かが仇を取りに行くかもしれんぞ」

「志野は口が堅いので、その心配はありません。万が一、刺客に斬られても構いません」

「どうしてだ」

「志野のいない生涯など意味がないからです」

伝左衛門の顔に笑みが浮かぶ。

「そなたは不器用な男だな」

「はい。年季が開けたら仙台城下に来てくれと、志野にお伝え下さい。そして二人で所帯を持とうと――」

「あい分かった。しかと伝える。そなたは――」

天を仰ぎつつ伝左衛門が言った。

「幸せ者だな」

「ありがとうございます」

「では、行く。義格、いや殿の遺骸はどうする」

「私が川に流します」

「では、ふたりでやろう」

伝左衛門と又蔵は、義格の手足を持つと、それを滝の方に投げた。義格の体が滝壺に吸い込まれ、見えなくなるのを確かめると、伝左衛門は「成仏せいよ」と言いながら首も投げ入れた。傍らの又蔵は手を合わせ、名号らしきものを唱えている。

「では、戻る」

そう言い残して伝左衛門が川を渡ろうとした時、背後から声がした。

「お戻りになり、疋田様に注進を済ませた後、どうなされるのですか」

伝左衛門は振り向かず言った。

「言うまでもなきこと。いかに下郎でも、大恩ある殿をこの手で斬ったのだ。その始末はつけねばならぬ」

「というと、やはり――」

「腹を切る。それが武士たる者の務めではないか」

それだけ言い残すと、伝左衛門はその場を後にした。

いつしか山の緑は色濃くなり、風が梢を揺らしていた。

――さて、この世の見納めだ。道中を楽しみながら山を下るとするか。

伝左衛門の心中に、爽やかな風が吹き抜けていった。

この後、伝左衛門は疋田対馬守に首尾を報告した後、自邸で腹を切った。疋田は、「殿は仙台藩領の山中で病いを得て突然死を遂げた。山谷伝左衛門はその責を負って自害した」と家中に発表した。

義格には子がなかったため、分家から久保田藩第五代藩主を迎え入れた。事前に了承を取っていたこともあり、末期養子の手続きもうまく行き、久保田藩は移封や減封などのお咎めを受けることはなかった。

かくして久保田藩は、明治維新後の廃藩置県まで続いていくことになる。

【参考文献】

「島抜け」

『佐渡金山』磯部欣三　中公文庫
『図説佐渡金山』　株式会社テム研究所編・著　ゴールデン佐渡
『日本の鉱山文化　絵図が語る暮らしと技術』国立科学博物館

「夢でありんす」

『図説　吉原事典』永井義男　朝日文庫
『吉原と島原』小野武雄　講談社学術文庫
『芸者と遊び　――日本的サロン文化の盛衰』田中優子　学研新書
『図説　吉原遊郭のすべて』株式会社エディキューブ・有澤真理・森井聡美・角田美香編集執筆
双葉社
『江戸の芸者』陳奮館主人　中公文庫

「放召人討ち」

『マタギ　日本の伝統狩人探訪記』戸川幸夫　山と溪谷社
『マタギ聞き書き　その狩猟民俗と怪異譚』武藤鉄城　河出書房新社
『最後の狩人たち　――阿仁マタギと羽後鷹匠』長田雅彦　無明舎出版

『自然との共生を目指す山の番人　奥会津最後のマタギ』滝田誠一郎　小学館
『新編　越後三面山人記　マタギの自然観に習う』田口洋美　山と溪谷社
『熊を殺すと雨が降る　――失われゆく山の民俗』遠藤ケイ　ちくま文庫
『白神山地マタギ伝　鈴木忠勝の生涯』根深誠　七つ森書館
『古道巡礼　山人が越えた径』高桑信一　山と溪谷社
『シリーズ藩物語　秋田藩』渡辺英夫　現代書館
『秋田県の歴史』塩谷順耳・冨樫泰時・熊田亮介・渡辺英夫・古内龍夫著　山川出版社

共通

『イラスト・図説でよく分かる　江戸の用語辞典』善養寺ススム絵・文　江戸人文研究会編　廣済堂出版
『絵でみる　江戸の町とくらし図鑑』善養寺ススム絵・文　江戸人文研究会編　廣済堂出版
『ことばにみる江戸のたばこ』たばこと塩の博物館編　山愛書院

装幀　弾デザイン事務所
装画・挿絵　前田泰子

【初出】

放召人討ち　読楽２０２２年３月号～２０２２年７月号

島脱け　読楽２０２２年11月号～２０２３年１月号

夢でありんす　読楽２０２３年８月号～２０２３年10月号

※「花魁逃亡」を改題

伊東潤（いとう・じゅん）
1960年、神奈川県横浜市生まれ。早稲田大学卒業。『黒南風の海――加藤清正「文禄・慶長の役」異聞』（PHP 研究所）で「第１回本屋が選ぶ時代小説大賞」を、『国を蹴った男』（講談社）で「第34回吉川英治文学新人賞」を、『巨鯨の海』（光文社）で「第４回山田風太郎賞」と「第１回高校生直木賞」を、『峠越え』（講談社）で「第20回中山義秀文学賞」を、『義烈千秋　天狗党西へ』（新潮社）で「第２回歴史時代作家クラブ賞（作品賞）」を受賞。近刊に『デウスの城』（実業之日本社）がある。
伊東潤公式サイト　https://itojun.corkagency.com/
ツイッターアカウント　@jun_ito_info

江戸咎人逃亡伝（えどとがにんとうぼうでん）

2024年１月31日　初刷

著　者	伊東　潤
発行者	小宮英行
発行所	株式会社徳間書店 〒141-8202　東京都品川区上大崎3-1-1 目黒セントラルスクエア 電話　編集(03)5403-4349 販売(049)293-5521 振替　00140-0-44392
印刷・製本	大日本印刷株式会社

ISBN978-4-19-865764-2